名家十讲系列

文学理论 十讲

海峡出版发行集团 | 福建教育出版社

南帆 著

图书在版编目（CIP）数据

文学理论十讲/南帆著. —福州：福建教育出版社，2018.4（2023.7重印）
（名家十讲系列）
ISBN 978-7-5334-7945-9

Ⅰ. ①文… Ⅱ. ①南… Ⅲ. ①文学理论－研究 Ⅳ. ①I0

中国版本图书馆 CIP 数据核字（2018）第 045386 号

名家十讲系列
Wenxue Lilun Shijiang

文学理论十讲
南　帆　著

出版发行	福建教育出版社
	（福州市梦山路 27 号　邮编：350025　网址：www.fep.com.cn）
	编辑部电话：0591-83727542
	发行部电话：0591-83721876　87115073　010-62024258）
出 版 人	江金辉
印　　刷	福建东南彩色印刷有限公司
	（福州市金山工业区　邮编：350002）
开　　本	710 毫米×1000 毫米　1/16
印　　张	15.25
字　　数	215 千字
插　　页	3
版　　次	2018 年 4 月第 1 版　2023 年 7 月第 2 次印刷
书　　号	ISBN 978-7-5334-7945-9
定　　价	35.00 元

如发现本书印装质量问题，请向本社出版科（电话：0591-83726019）调换。

目 录

1 序言 文学理论能够关注什么

1 第一讲 文学、文学性与话语光谱
22 第二讲 文学、现代性与日常生活
42 第三讲 文学形式：语言、主体与世界
66 第四讲 文学类型：功能与谱系分析
90 第五讲 真实的虚构与虚构的真实
116 第六讲 人物性格及其诸种理论观念
141 第七讲 大众文学、欲望与历史结构
163 第八讲 文学批评：视角与问题
185 第九讲 文学传统：共时之轴与历时之轴
211 第十讲 文学理论：全球化时代的民族性

序言

文学理论能够关注什么

　　文学理论通常显现为一批命题和一套观点的集合。这些命题和观点的阐述对象是文学，具体的考察围绕作家、作品、读者形成的三个不同部落。许多时候，文学理论试图发现文学内部隐藏的各种公约数，例如母题、原型、叙述模式，读者的期待视野，如此等等。如果意识到不计其数的作品拥有众多繁杂的形态，这种归纳犹如披沙拣金。相对于归纳的聚焦，延展是文学理论的另一种工作模式。追溯某些问题背后隐藏的历史脉络，界定、描述问题域的分布范围，这时，归纳所获得的平面结论将具有时间与空间的维度。大多数文学理论谈论的是已然的文学，某些文学理论指向应然的文学、甚至或然的文学。后者的论述不再依据充足的文学事实，作者的意图往往是为特定的文学理想而呼吁。

　　文学理论与诸多社会科学的一个重大差异是，并未直接处理社会历史，无法对周边的生活发言。社会学或者法学考察社会的某个层面，经济学关注经济活动形成的各种事件，政治学时常卷入激烈的社会制度之争，历史学研读史料的同时还包含了田野调查。相形之下，文学理论仅仅处理一堆文本，文本之中存留的是若干虚构的内容。柏拉图认为文艺与真理隔了三层，套用这个嘲笑可以表述为：文学理论与"现实"隔了三层。如今，工具理性愈演愈烈，实用主义成为普遍的气氛，某种学说作用不明无异于一个污点。如此之多的学科正在围绕国计民生展开，文学理论又有什么理由置身事外，逍遥地自得其乐？

"雕虫小技，壮夫不为"，蔑视文学的观念源远流长。"文以载道"指的是那些宏大的论述，诗词曲赋等各种"浅斟低唱"不足为训。当然，文学理论曾经为之申辩。从康德的审美无功利、"为艺术而艺术"的口号到"独立的艺术从不反映城堡上旗帜的颜色"，各种申辩来自不同的理论谱系。显而易见，这些申辩包含了文学理论"夫子自道"的意味。必须承认，这些申辩正在现今的语境之中逐渐失效。如果说，审美独立的主张曾经显示为激进的文化反抗，那么，这种主张隐含的文化贵族姿态引致愈来愈多的不满。"文化研究"的崛起表明，文学理论不愿意仅仅徘徊于公共空间之外，演变为文化边缘某种无足轻重的泡沫。福柯式的分析显明，知识与权力之间存在各种隐秘的互动，文学理论不可避免地介入复杂的意识形态角逐。事实上，文学理论的许多结论可能曲折地抵达社会历史——谈论文学不得不谈论作家、作品、读者栖身的文化土壤；或者，作品内部显现的社会历史可能与外部世界形成某种紧张。当然，大多数时候，文学理论的叙述局限于学科内部，呈现于那些深奥的学术著作或者学院主办的学术杂志：考察文学形式、文学类型、神话象征等种种"专业"问题，一系列专门的术语、范畴以及专门文献的引用，各种命题的提出以及持续的商榷乃至激烈的争论，学科框架之内学术同行的评价，如此等等。总之，一切仿佛都是以学科内部事件的面目按部就班地出现，社会历史的喧哗之声被远远地隔离于学术话语之外。然而，某些奇异的历史时刻，某种特殊的原因或者机缘，文学理论可能破门而出，直接投入现实的公共事务，或者卷入声势浩大的思想文化革命。这时，学科内部的漫长积累可能转换为巨大的能量，众多理论命题可能获得深浅不一的现实回声。回想二十世纪，五四时期新文化运动或者八十年代思想解放运动都是这种奇异的历史时刻。大多数人无法预知奇异的历史时刻什么时候来临，但是，文学理论的漫长积累表明，这个学科不会在奇异的历史时刻茫然无措地交出一张白卷。人们也可以在哲学史上察觉相似状况：一批晦涩的概念术语流行于一个小圈子，若干哲学家终日沉溺于某些玄奥的、不着边际的思辨；然而，这些思辨与历史摩擦出异常的火花之后，整个思想长链炽烈地燃烧起来，这时的哲学革命可能导致宗教的大面积崩塌，或者转换为规模巨大的社会革命。

当然，必须重新理解社会历史。一种古老的想象是，波澜壮阔的历史正在远处展开，文学占据了某一个文化灯塔居高临下地进行观察、描述和再现，动员大众支持革命，抨击那些魑魅魍魉组成的反动势力。如果文学仅仅蜷缩于某一个角落孤芳自赏，这种局外人的席位很快将遭到历史的抛弃。然而，现今的文学理论形成了另一种远为开阔的考虑方式：文学始终是社会历史的一部分。文学的内容是社会历史的"镜子"；同时，作家的想象方式以及文学话语的构造也是社会历史的产物。那些"为艺术而艺术"的主张必须在社会学的意义上证明，这个世界已经腾出一个波澜不惊的角落，人们可以心无旁骛地享受艺术提供的乐趣。然而，正如许多人指出的那样，维持这种角落背后的社会保障从未真正脱离权力体系、意识形态或者必要的经济条件。因此，文学描述的社会历史与社会历史形成的文学是同一个问题的两面，二者均为文学理论进入社会历史打开了窗口。

提到社会历史的时候，文学理论同时考察文学如何行使"虚构"的特权。虚构意味着不是"如实"地再现，《西游记》的花果山与《红楼梦》的大观园并非真正存在，《三国演义》的赤壁与《水浒传》的梁山泊和现实之中的原型相距甚远。我曾经多次论证，文学没有兴趣复制世界表象，文学从事的是意义生产。虚构是意义生产的重要手段。人们不仅栖居于物质空间，同时还建构了各种意义空间——"意义生产显然是文学的重要功能。虚构的文学从来不提供面包和钢铁，也不向这个世界真正地输送人口。文学之中出现了一条街道，一间店铺，几个人物，这一切并非如实记录——文学表明的是这一切具有什么意义"。[①] "感时花溅泪，恨别鸟惊心"，文学不仅试图告知诸多意象隐藏了多少美学意义，而且，文学形式

[①] 南帆：《文学的意义生产与接受：六个问题》，《东南学术》2010年第6期。

负责删除那些多余的生活杂质，从而使各种美学意义尖锐地显现出来。这时，文学理论可以考虑一个相对新颖的结论：文学即是以意义生产的方式介入社会历史——这个结论与"镜子"的隐喻存在很大的差别。

当然，文学理论必须意识到欲望如何成为虚构的动力。如果不存在特殊意图，人们很少虚构刷牙、洗脸这些日常琐事。虚构热衷于现实匮乏的内容，受挫的欲望力图在文学想象之中获得实现——权势、美女、财富、漫长压迫之后的彻底复仇、弱者的特殊运气和出其不意的成功，如此等等。许多事实证明，强大的压迫可能遭遇同等强大的反弹；精神分析学的独特发现在于，欲望常常伪装成伸张正义的高尚情节打入文学，那些堂而皇之的故事毋宁说是欲望的症候。当然，多数精神分析学仅仅揭示心理图式而放弃了后续的问题：赢得了文学形式之后，这种心理图式有否可能再度冲击乃至改造政治经济结构？这是无意识与意识形态的交织或者交锋，也是精神分析学与马克思主义社会历史批评学派的分野。社会历史批评学派与精神分析学可能产生的一个结合部位是，虚构背后的欲望能否是富有政治意味的未来诉求——包含了未来历史可能的"乌托邦"？

现代性的兴起带动了传统知识体系的深刻重组，文学理论开始演化为相对于哲学、史学、经济学、政治学、社会学或者法学的独立学科。众多学科之间的分歧并非体现为观点冲突，而是体现为不同的关注指向——种种关注指向隐含的价值观念无声地潜伏于专业性的学科话语内部。如果说，每一个学科话语分别覆盖了社会历史的不同区域或者不同层面，那么，文学理论负责解释文学为什么聚焦个人与日常生活。政治学、社会学、法学乃至史学之中，学科的分析对象通常是社会整体，个人往往以平均数的面目出现，各种个案被视为社会整体的例证，而且，这种平均数通常按照各个学科话语给予命名，例如社会学意义上的某个阶级或者某个阶层，或者经济学之中的"经济人"；相对地说，文学话语展现了形神各异的个人，他们分别以独一无二的方式演示种种悲欢离合。文学话语渗透于日常生活，几乎无孔不入。日常生活是一个纷杂琐碎、头绪多端的区域，众多学科坚硬的理论术语无法处理如此稠密而多变的流体,日常生活隐藏的种种"无名"的动向、能量以及多向的历史冲动或者边缘化声音通常由文学收集、炼制或者重塑。那些文学形象为什么打动了无数人?文学理论接住了这个貌似简单的问题,进而开始涉及文学的语言、叙述、情节或者意象象征;涉及恩怨情仇、性格、命运——文学理论最终将分享文学占有的那一部分社会历史。

所以,文学理论的任务并不是搜集文学之中的具体事例佐证另一些学科,而是证明文学之所以成为另一些学科无法覆盖的"余数"。文学正是与多种学科话语的抗衡、比较、角逐之中显示出独特的性质。史学是文学最为接近的学科。很长一段时期,古人认为文学乃是正史的补充。然而,我曾经论证历史话语与文学话语的区别:前者最小的分析单位是社会,后者最小的分析单位是个人。尽管社会与个人可能彼此参证,但是,人们可以从不同的叙述聚焦发现,文学与史学遵从的价值观念存在微妙的差异。某些时候,文学所提供的人物命运无法熨帖地塞入历史著作提供的框架。对于文学理论来说,论证这些差异的存在亦即论证文学为什么拥有不可替代的独立意义。相似的情况出现于文学与社会学之间。社会学的视域可能认为,文学过分垂青那些另类的人物。事实上,《水浒传》的梁山好汉,《红楼梦》之中的贾宝玉、林黛玉或者托尔斯泰的安娜,纳博科夫的洛丽塔均为"问题人物"。无视权力体系,缺乏进取精神,爱情至上,无视世俗道德的畸恋——这些人物的大量存在必将构成威胁社会的不安定因素。然而,文学理论的解释是,这些人物之所以堂皇地充任文学的主人公,恰恰因为作家异于社会学的判断:文学看到了他们性格之中保存的某些不可忽略的文化基因。这时人们可以发现,文学理论与诸多学科保持了紧张的对话关系。

文学理论与哲学的对话关系正在出现一个隐蔽的转折。柏拉图、亚里士多德或者康德、黑格尔、海德格尔、德里达这些哲学家无一不是文学理论熟悉的名字。那些苏联版的文学理论吸纳了许多辩证法的范畴,例如内容与形式，个性与共性，现象与本质，个别与一般，偶然与必然，如此等等。文学理论接受了一个普遍的传说：哲学是一种元理论，各个学科必须向哲学申请存在本体的解释和思考的基本范畴。相对地说，文学之中充满了各种感性的、琐杂的具体事务。为了避免陷入日常生活的泥潭，文学理论必须获取某种"哲学的高度"给予形而上的观照。哲学是文学摆脱表象主义危险的救赎之道。然而，这个普遍的传说目前似乎遭到了普遍的怀疑。某些哲学家推崇的形而上学以及尾随而来的宏大叙事正在引起文学理论的警觉。作为一种反弹，后现代主义开始倡导"小"，形形色色的"小叙事"犹如雨后春笋，五花八门的"文化研究"可以视为这些"小叙事"的标本。拒绝形而上学封闭性的时候，文学拥有的感性、激情、审美开始作为破除枷锁的自由精神得到引用。个人感性或者日常生活是拒绝形而上学格式化的不竭资源。"小叙事"的出现同时与解构主义的思想背景有关。这是来自结构主义之后语言学的馈赠。文学理论与语言学的对话必须追溯至人文学科之中的"语言转向"。分析哲学或者结构主义的出现表明，语言学大规模侵入哲学，并且相当大程度地诱发了哲学的转向，传统的形而上学开始急剧衰竭。这种转向制造的剧烈震波之中，文学理论再度意识到语词与社会历史之间的秘密联系。语言与主体的关系或者语言是存在之家这些新型的哲学观点从不同的维度批判了语言工具论，文学形式、叙述学或者诗的话语分析与海德格尔所说的"存在"联系起来了。形式主义或者语言游戏、实验性写作卸下了负面的名声而重新赢得了尊重。

相对地说，文学理论与经济学缺乏交流。也许，经济学无法产生足够的对话兴趣。对于关注数百亿资金流向或者某一种产业链如何配置的学科来说，若干虚构的人物或者一阵莫名的内心波动的确不是重要话题。仅仅因为审美而一掷千金的人为数不多，经济学还没有必要为之设立专门论题。然而，文学理论必须更多地意识到经济学的存在。这个世界的财富正在急剧增加；同时，这个世界的财富分配方式正在出现深刻的调整，二者无不汇聚到一个焦点：人们的需求。新型的需求开始悄悄地出现，而且，某些意味深长的变化可能向远离经济活动的另一些领域扩散,例如伦理道德,社会关系,精神追求,如此等等。这些扩散已经多向地汇入日常生活和感性领域。可以预想,某些变化可能抵达文学,抵达审美。如果文学理论始终意识不到经济学的炽热温度,文学或者审美的某些动向将无法获得完整的解释。

很大程度上,这个世界财富的急剧增加必须追溯至科学技术层出不穷的突破;同时,科学技术从业人员在财富分配之中赢得了愈来愈大的份额。然而,文学理论对于这个文化经济现象无动于衷——文学理论与科学话语几乎不存在对话。海德格尔或者哈贝马斯对于科学技术的论述并未有机地进入文学理论的视野。二十世纪八十年代,某些科学术语——例如信息论,系统论,控制论,或者熵——曾经短暂地骚扰过文学理论,然而,这些研究模式因为难以为继很快就无疾而终。我想指出的一个重要动向是,科学技术正在以前所未有的规模介入人们的日常生活。曾几何时,科学技术如同一个遥远的抽象名词。宇宙飞船或者粒子对撞机与大众之间几乎无法交集。喷气式客机、高速列车这些科技产品仅仅短暂地掠过日常生活的外围,作为某些特殊规划——例如出门旅行——的技术支持。可是,不长的时间里,科学技术突然全面抵达。许多具有相当科技含量的小机器陆续占领了身边的每一个角落,科学话语开始演变为另一种意识形态。大数据,转基因,3D打印机,人工智能或者机器人,这些科技产品不动声色地降临四周,密集地包围人们的身体。互联网的铺设构成了一个社会的文化神经,互联网与手机的结合甚至改变了人们的感觉系统。电子工程师根据大数据提供的资料设计各种APP,种种称心如意的软件层出不穷,甚至让人产生生理依赖性。许多人每隔几分钟就要看一看手机,虚拟空间远比周边尘土飞扬的现实更为重要。如何在大脑之中植入一块贮存知识和记忆的电子芯片?这种不可思议的话题居然已经浮出水面。另一个意味深长的动向是,许多人与机器相对的时间远远超过了与同事、父母或者邻居的晤谈。除了惊奇乃至迎合,文学理论必须进行预见性的思考。事实上,科学技术已经开始改写审美的密码。视频电话如何处置异地思念的焦渴？互联网为乡愁带来了什么？虚拟空间的人事关系——例如网恋——如何冲击现实的社会结构？那些无时不刻地"刷屏"的手机积极分子对于青峰、落日、小桥、流水这些农耕文明的意象还有感觉吗？如何评判人工智能与机器人"创作"的小说、诗以及书法作品？另外，科学技术造就的新型大众传媒同时形成了多种异于传统的语言符号、叙述语法和阅读方式。文学理论必须预判这一切将为文学带来什么。

许多人时常表示怀疑：文学理论有必要为那些分子式、实验数据或者乏味的计算机程序耗神吗？如果说，文学理论曾经如此痴迷地复述那些晦涩而拗口的哲学名词，那么，为什么科学话语的陌生和深奥令人反感？或许，人文学科的"清高"仍然是一个重要原因。人们自觉不自觉地维持一个知识等级：哲学谈论的是存在本体，科学技术仅仅是一些实践性的具体手段；"形而上者谓之道，形而下者谓之器"。然而，之所以建议文学理论关注科学话语的动向，恰恰由于科学话语的急剧膨胀。不难发现，科学话语已经显示出问鼎"道"的强烈企图。显然，相当多的哲学观念与科学话语无法兼容——如果愿意正视这个事实，那么，另一个事实将同时显现：后者对于存在本体的解释正在形成强大的竞争力。不论文学理论如何选择自己的立场，科学话语的坚硬存在与强势扩张已经不容忽视。

文学理论能够关注什么？回答这种问题的时候，许多人习惯地转向了古老的学科史。"起源神话"导致历时性谱系考察的盛行。人们热衷于以追根溯源的方式论证一个学科当今的文化功能。这种观念相信，一个学科存在的真正依据完整地显现于最初的起源，后续的发展往往遮蔽了纯正的本真，甚至迷途不返；然而，我更为倾向于描述，一个学科如何置身于共时的文化结构空间，并且在文化结构多重压力的敦促之下不断地从事自我调整。具体地说，文学理论即是在紧张的对话关系之中显示了聚焦的范围和对象。

个人与日常生活、共时的文化结构、对话这些概念将陆续出现于《文学理论十讲》之中；当然，更重要的是这些概念背后的思想视域。多年之前，我曾经与几位同仁一起撰写并且出版《文学理论新读本》，这是一本以"概论"形式出现的文学理论教材，不久之后的修订版改为《文学理论》。此后，我又出版了《文学批评手册》，这本著作力图保持通俗的、具有实践意味的论述风格。刚刚完成的《文学理论十讲》大约介于二者之间。我对于涉及的十个论题具有相对独特的观点和论证路径，同时，我的表述追求流畅浅显，尽量减少一些经院气息。

是为序。

第一讲　文学、文学性与话语光谱

一

文学研究始于何处？通常认为，研究者首先试图解决的问题是何谓"文学"。赋予文学一个确凿而清晰的定义，继而在这个基础之上考察诗歌或者小说，谈论李白、曹雪芹或者莎士比亚。如果暂时无法完成任务，那么，我们必须长期致力于这个纲领性目标。一个文学研究者强调文学无法定义或者不需要定义，这种观念多半会遭受相当大范围的反对。怎么可以放弃描述自己的研究对象？无法锁定研究什么，后续的考察如何延伸？

然而，我就是如此考虑的。当然，反对声音如期而至。

通常，人们可以遇到两种研究问题的模式。一种模式是将研究对象剥离出具体的环境，切断研究对象与周边事物之间的种种历史关系，使之显现出超越一时一地限制的稳定品质，例如水的分子式是 H_2O——无论是作为研究对象的水来自长江、密西西比河还是印度洋；或者，可以用同一个公式表述自由落体的重力加速度，无论这个自由落体是一块石头、一粒苹果还是一个杯子。相当多的自然科学采用这种模式。当然，由于自然科学的巨大成就，愈来愈多的人甚至将这种模式视为唯一的范本。然而，另一种研究模式恰恰相反：这种研究恰恰要激活研究对象周边的种种关系，继而考察研究对象如何在一个具体的环境之中显现特殊的功能。相对地说，这种研究模式具有很强的历史感——研究对象周边的历史条件成为考察之中所不可忽略的内容。许多时候，人文学科更为青睐这种模式。

赋予文学一个确凿而清晰的定义，这种研究方法显然属于第一种模式。这种想象仿佛觉得，文学是一个固定的实物，不以人的意志为转移，如同宇宙之间的一个行星，或者一种等待发现的化学元素。上帝已经将万物安置于各自的位置之上，文学亦然。我们要做的仅仅是，观察和描述文学的各种形态，提炼它们之间的公约数，分析这些公约数显示了何种基本性质——这种性质时常被认定为文学的"本质"，或者称作"文学性"。许多人兴致勃勃地重复罗曼·雅各布森的著名观点：文学要成为独立的科学，必须有自己的研究对象。这个研究对象不是文学本身，而是文学性，即某一部作品之所以成为文学的特殊本质。按照这种推论，我们的主要工作即是，从浩如烟海的文学作品之中发现真正的本质，并且归纳出类似于计算公式或者化学分子式的标准表述。由于这种观念如此重视文学的本质，以至于我时常将其形容为文学研究之中的"本质主义"。"本质主义"的预设之中，文学的特殊本质客观存在，主宰一切具体的作品，并且亘古不变，我们不可能插手干预，甚至给予修改，而是只能字斟句酌地写出一个无懈可击的定义，作为考察各种具体作品的总体前提。"本质主义"默认的结论是，所谓的本质特征是鉴别文学与非文学的试金石。另一个理所当然的逻辑推论是，愈是吻合这种本质特征，愈是接近好文学。

显而易见，我更为愿意将文学研究纳入第二种模式。我之所以倾向于放弃"本质主义"的研究模式，主要出于几个方面的原因。

相当长的时间，文学的"本质主义"研究乏善可陈。这个事实是促使我反省"本质主义"研究模式的第一个原因。从"诗言志"、"文以载道"，文学来自"模仿的天性"到反映现实生活、美、典型性格、人性、无意识或者特定的语言结构，众多的命题、概念曾经入选作为文学"本质"的命名，可是，这些观点总是很快就遭到质疑。利用上述命题或者概念来论证文学的本质，这种研究方式隐含的重大缺陷是以偏概全。即使我们不再为什么是"志""道",或者什么是现实生活、什么是美而争执不休——即使我们对这一类命题和概念的内涵达成共识,文学本质的认定仍然困难重重。不愿意"言志"或者"载道"的作品就配不上文学的称号吗?或者,没有刻画出典型性格的作品就会被文学拒之门外?诸如此类的结论很快就会因为遭遇例外而被证伪。文学远非如此狭隘。这是一个富有弹性的对象,甚至如同一个飘忽不定的幽灵,各种僵硬的概括不久之后就会被无情地甩掉。必须承认,作家的不竭创新是形成这种状况的重要原因。我们不可能再造一个行星或者一种化学元素,但是,我们可以再造一个前所未有的作品——或者说,这恰恰是作家苦心孤诣的追求。对于作家来说,彼此相似乃至相互重复无疑是一种耻辱。他们必须绕开先辈的成功而独辟蹊径。这个意义上,文学内部始终存在逃离概括与界定的冲动。纵观文学史可以发现,进入现代社会,这种冲动似乎愈演愈烈。如果说,现代主义出现之前的文学已经拥有很长的相对稳定期,那么,现代主义以及后现代主义似乎酝酿出某种文化的癫狂,种种令人诧异的文学形态纷至沓来,"各领风骚数百年"正在演变为"各领风骚三五天"。这种状况显然对"本质主义"的研究模式构成了重大的挑战。如果说,历史并未为文学的发展设定一个下限,文学的未来包含了无限的可能,那么,企图借助一个命题乃至一个概念证明文学的本质,这种做法本身就包含了不可克服的逻辑矛盾。

促使我怀疑"本质主义"研究模式的另一个事实是,文学定义的阙如并未影响文学的发展,甚至也没有影响文学研究的发展。对于中国文学来说,从先秦的诸子散文到汉赋、唐诗、宋词、元曲、明清小说,这些文学段落并未因为缺少一个文学定义而止步不前。与此同时,绝大多数文学研究并未依赖文学定义作为论述的前提。无论是诗、小说、戏剧或者散文,分门别类的文学研究并不是从某种文学"本质"的概括之上引申出来的;另一方面,这些研究的总和也不能汇聚为某一个显示了文学"本质"的命题或者概念。总之,所谓的文学定义仿佛成了一个久攻不下同时又无关紧要的论题。

我在"本质主义"研究乏善可陈之前加上的时间状语是"相当长的时间"——至少大半个世纪。作为一个比较,大半个世纪的自然科学成绩斐然。无论是航天飞机、基因图谱还是计算机和互联网,自然科学仿佛塑造了另一个世界。然而,文学研究始终徘徊于所谓的文学"本质"外围,进退维谷。如果不愿意贬低文学研究从业人员的智商,那么,解释这种现象的时候,我们可否考虑另一种可能:思索文学"本质"本身就是一种错误的提问方式?这是一个臆造的虚假问题。

因此,表述文学"本质"的文学定义只能落空。

二

我要谈到的第三个原因涉及"文学"的概念演变。

概念史显明,古往今来的"文学"不存在一个固定的所指对象,也没有一个不变的本质作为概念与对象之间相互衔接的依据。"文学"一词最初见于《论语·先进篇》。德行、言语、政事、文学被称之为"孔门四科"。中国传统文化之中,"文学"乃是"文献""学问""典章制度"等义。从当时的"文学"演变为现今与哲学、史学、经济学、社会学比肩而立的"文学",之间存在一个漫长而复杂的过程。按照一些学者的考证,魏晋时期"文"与"笔"的分离曾经是这种演变的一个重要环节。一种观点认为,无韵者称为"笔",有韵者称为"文"。另一种更为宽泛的观点认为,议论叙事为"笔",情采飞扬的诗赋为"文"。总之,中国古代批评家开始从理论上对于华丽优美的文采加以区分,某些文辞特征引起了特殊的关注。"文章者,盖情性之风标,神明之律吕也。"[①] 事实上,古人所说的

---

① [梁]萧子显:《南齐书》卷五十二《列传第三十三·文学》,中华书局,2000年版,第617页。

"文章"更为接近现今的"文学"之义，另一些时候也称之为"词章之学"①。

尽管独立的"文学"这个概念很迟才出现，但是，诗赋词曲这些文体早已产生——只不过它们并未统一地纳入"文学"的名义之下。换言之，如今这些公认的文学作品当时并未明确地界定为共同的话语类型而且赢得一个总体的名称，它们更多是因为相近的文辞特征从而常常被相提并论。当然，所谓的文辞特征仅仅是一个模糊粗糙的表象。因此，谈论更多作品的时候，中国古代批评家无法遵循某种严格的甄别原则，另一些似乎不是"文学"的文体往往混杂其间，争得一席之地。例如，陆机的《文赋》即是将诗赋与各种应用文混为一谈："诗缘情而绮靡，赋体物而浏亮。碑披文以相质，诔缠绵而凄怆。铭博约而温润，箴顿挫而清壮。颂优游以彬蔚，论精微而朗畅。奏平彻以闲雅，说炜晔而谲诳。虽区分之在兹，亦禁邪而制放。要辞达而理举，故无取乎冗长。"另一方面，中国古代批评家又有意无意地认为，仅仅追求文辞的漂亮无异于舍本逐末，信言不美、美言不信的传统根深蒂固。这个意义上，所谓的"文章"一直无法获得很高的评价。

由于没有一个总体的"文学"概念制定清晰的边界，我们甚至无法明确地判断，中国古代批评家是否曾经将叙事文学——例如戏曲，尤其是小说——视为诗赋的同类？如果说，戏曲之中的"曲"与诗词之间仍然存在不可分割的血缘关系，那么，小说——姑且借用这个概念的现代涵义，古代的"小说"一词亦非确指这种现代文体——拥有迥然不同的发展脉络。无论是神话、传奇、笔记还是话本的源头，小说的叙事与修辞已经和诗赋词曲相距遥远。对于中国古代文人来说，诗文时常被视为正宗——"诗言志"；崇高雄健是诗人追求的风格；相对地说，词更多的是一己的私情，卿卿我我，缠绵恩爱，所谓"诗庄词媚"，这种状况直至苏东坡、辛弃疾

---

① 这方面的详细讨论可参阅陈广宏：《近代中国文学概念转换的历史语境与路径》，《文学评论》2016 年第 5 期。

的"豪放派"才得到扭转。至于戏曲、小说则不登大雅之堂,不少小说作家甚至因为担心世人的取笑而隐姓埋名。许多时候,"说部"那些琐杂的内容与诗赋的堂皇不可比拟。西方的"审美"概念尚未普及之前,批评家大约不会轻易地将两种作品产生的心理反应等同起来。诗、小说、戏剧拥有共同的"文学"根源,这种见解更像是现代观念反观中国古代文化之际的重新分类。我宁可认为,中国古代文化之中,现今的"文学"概念仅仅在缓慢地生成与聚合;事实上,诗赋与戏曲、小说共同成为这个概念的所指对象很大程度上可能来自 literature(文学)一词的影响。

有趣的是,西方文化之中 literature 也有相似的演变。雷蒙·威廉斯的《关键词》曾经详细地考察了十四世纪以来 literature 的演变史:14 世纪的 literature 意为通过阅读得到的高雅知识;十八世纪以后,literature 不仅是"写得很好的书",而且是具有"想象力"或者"创意"之类的书。"很明显,literature(文学)、art(艺术)、aesthetic(美学的)、creative(具创意的)与 imaginative(具想象力的)所交织的现代复杂意涵,标示出社会、文化史的一项重大变化。"[①] 彼德·威德森的《现代西方文学观念简史》做出了更为详尽的考察。他转述韦勒克的观点认为,这个词 1760 年之前经历了一个双重过程,即"民族化"与"审美化"。他的论断是:"到了 19 世纪下半叶,一个充分审美化了的、大写的'文学'概念已经流行起来了。"[②] 这时的 literature 开始接近现今"文学"的涵义。换一句话说,我们没有理由将变动不居的 literature 涵义视为一个代表了"文学"本质的标杆,仿佛中国文学的各种发展只是为了趋近继而汇入 literature 的涵义。中国现今的"文学"一词是从日文"bunngaku"转来的,而日文又是借用中国古代的"文学"一词翻译 literature。三者之间如何交汇是翻译史和文学

[①] [英]雷蒙·威廉斯:《关键词》,刘建基译,生活·读书·新知三联书店,2005 年版,第 272 页。

[②] [英]彼德·威德森:《现代西方文学观念简史》,钱竞等译,北京大学出版社,2006 年版,第 38 页。

史上的一个复杂事实，但是，可以肯定的是，这个事实之前不存在一个标准的"文学"对象。

许多人都注意到教育学上的一个插曲：考察当年京师大学堂章程的三次修订可以发现，中国古代的"文学"概念和"文章"或者"词章之学"逐步交融，直至京师大学堂设立"文学"专科。从"中国文学门"的"文学研究法""说文学""音韵学""历代文章流别""古人论文要言"等课程设计之中可以发现，"文学"学科所包含的内容已经与现今的文学相差无几。当然，更为重要的是，现代的"文学"不再镶嵌于中国古代经、史、子、集构成的文化秩序之中，而是与经济学、哲学、史学、自然科学等共同作用于现代社会。

三

迄今为止，文学的形态一直处于持续演变之中。这种现象的背后通常存在两种解释。

一种解释是，持续演变表明了文学对于某种高高在上的终极理想始终不懈地追逐。文学的每一次重大变化意味的是迈向更为高级的另一个阶段，同时也更为接近这种终极理想。不断地进化构成了文学史的主旋律。这种解释制造的想象之中，文学沿着纵轴垂直上升，直至抵达终极理想，完成一个完美的形态。这是功德圆满的时刻。当然，没有人知道文学与终极理想重合之前需要多少时间，重合之后还将做些什么。很大程度上，这种终极理想即是文学本质的另一种表述。

另一种解释更为重视横轴的作用。并不是纵轴顶端的终极理想发出了不可抗拒的召唤，而是来自横轴的压力促使文学抛弃陈旧的躯壳，造就新的形式。如果说横轴的这一端是文学，那一端即是喧闹的社会现实。换言之，喧闹的社会现实形成的巨大压力横向地传送到文学之中，推动了文学的重大变革。所以，纵轴与横轴的辩证关系是，来自横轴的压力成为带动文学纵轴之上持续演变的动力。例如，我们可以在纵轴之上看到，中国的诗歌从先秦的诗经、楚辞到两汉之后的乐府、唐诗、宋词、元曲；或者，叙事文学从神话、传奇、宋元杂剧、明清长篇小说至五四新文学之后的现代小说，每一个文学段落前后相随，绵延不绝。然而，我们无法论证，中国的诗歌史或者叙事文学史的发展方向是在坚定不移地指向终点的一个伟大的范本。我宁可认为，诗歌或者叙事文学的每一次重大转折无不可以追溯至社会现实的发展。正如许多批评家所言，一个时代有一个时代的文学。解释、评价和衡量一个时代的文学，横轴上的关系远比纵轴上的演变轨迹更为重要。换一句话说，文学如何充分地表现那个时代的社会现实是内在的原因，文学形态如何演变仅仅是回应这个问题的结果。

  这同时解释了作家的创新动力。考察文学史的时候，"影响的焦虑"是一个著名的命题。一些批评家认为，前辈经典作家的巨大成功给后代作家带来了巨大的压力。后代作家不甘于栖居在经典作家的身影之中，仰承他们的"影响"，复制既定的成功路径。相反，折磨后代作家的莫大"焦虑"是，如何摆脱他们的"影响"，闯出一片自己的天地。"焦虑"这个概念来自精神分析学，"影响的焦虑"这个命题隐含了以精神分析学之中"弑父"的冲动解释文学史内部一代又一代作家之间的联系。这个命题揭示了文学史内部继承传统之外的另一种隐秘维度：摆脱传统。不言而喻，摆脱前辈经典作家的唯一策略即是：标新立异、自我作古。然而，尽管"影响的焦虑"指出了文学史内部不可遏止的创新能量，这个命题无法证明创新的方向。为什么形式华丽的赋体骈文难以为继，为什么精雕细琢的中国诗词格律不再吸引人们？西方文学之中，为什么古希腊神话的夸张、史诗的率直或者古典主义的典雅整饬不复再现，作家宁可把精力转向了日常、平民乃至后现代主义式的反讽与怪诞？总之，为什么这些方向不再吸引作家？这时我们可能发现，作家的创新很大程度上必须与某一个时期社会现实造就的精神状态联系起来。

必须承认，重视横轴关系的考察方式可以追溯至我对于文化的理解。何谓"文化"？据说这个概念拥有数十种定义——这种状况毋宁说没有定义。在我看来，没有必要将"文化"形容为某种神秘的知识，仿佛只有那些学富五车的精英分子才能涉猎。人类的生存过程始终保持了与周围的环境磨合与协调，包括协调自然关系与社会关系。这种磨合与协调不仅产生了各种物质文明，同时还遗留下各种经验。文化既包含这些物质文明，也包含符号记载的各种经验，使之作为传统持续承传。所以，雷蒙·威廉斯的观点得到了很多响应：文化即是我们生活的总体方式。从书籍、报纸、电影、电视或者互联网到楼房、城堡、园林、道路、汽车，从茶文化、酒文化、咖啡文化、厕所文化到服装、饮食以及如何对待家人、朋友、孩童或者老人，文化已经覆盖了整个社会，融入普通人的生活实践，支配社会成员的言行举止，决定他们的为人处世。不同地域的自然环境不同，磨合与协调产生了相异的物质文明和风俗人情，因此，各个族群根据自己的经验逐渐形成种种面貌各异的政治制度、经济制度、宗教信仰以及意识形态，等等。某种意义上，这即是文化圈的形成。

文化的发展存在某种预设的目的吗？我对于历史目的论持怀疑的态度，文化亦然。我更愿意认为，文化是人类与周围环境互动的产物。漫长的历史之中，无数个人追求自己的目的，这种追求与周边环境的相互改造形成了历史运动。诸如经济基础、上层建筑、生产力、生产关系等概念描述了历史运动之中的决定因素与被决定因素，但是，联合国总部并不存在一份事先设计的世界发展蓝图，从而决定历史运动的每一段曲线乃至每一个步骤，也不存在预定的各方面指标，例如人口的数量，科技水平必须到达哪一个高度，社会财富总量必须多少，如此等等。如果认定历史存在一个至高的目的，这个目的派生出某种不可抗拒的秩序规范历史的步伐，诸如此类的观念或者想象多半来自宗教。只有上帝或者神才拥有这种智慧。这种智慧高悬于历史的上方，烛照一切，暗中指引芸芸众生，完成一个神秘的使命。然而，迄今为止，哲学家或者科学家均未令人信服地论证这种智慧的存在。事实上，遭遇种种历史转折的时候，发现经济、政治或者文化的原因远比发现上帝或者神的支配容易得多。无论是十八世纪的工业革命还是近期的金融危机，引用一个至高的目的进行解释显然比引用社会制度的积弊或者金融行业的操作方式加以描述要困难得多。

放弃了历史目的论同时又不是悲观主义者，社会历史意义上的"存在先于本质"流露出自信的乐观精神。这种观念相信人类可以依赖自己的创新解决生存之中遭遇的种种问题，而不是依赖上帝及其一切代替物。我们并不知道何为历史的最终目的，但是，我们的每一个决策都是对于历史现状的积极回应。这始终是文化的现世意义。

如果文学是这种文化之中最为活跃同时也最为积极的部分，如果文学收集到的是现世的、大众的声音——而不是如同黑格尔想象的那样，感性地显现某种"绝对精神"，那么，文学就没有理由平庸地躲藏在某一个设计好的"本质"背后，抛出一个千篇一律的定义对付生生不息的社会现实。这同时是我优先考虑第二种研究模式的原因：激活文学周边的种种关系，考察文学在各个历史时期承担了什么。这是注重考察一种活的文学。

我之所以对于制作一个文学定义兴趣索然，很大程度上因为我的文学期待——"作为一个社会的文化神经，文学有义务在第一时间察觉历史内部的异动，并且创造性地构造再现的文学形式"。[1] 如果文学定义无助于这种期待而是形成了保守的限制，那么，理论又有什么必要为之奉献心血？

四

当然，抛开了一个可信的文学定义，我们不得不面对一些实际问题：如何辨认什么是文学？课堂上的文学教育要按照什么标准进行？文学研究

---

[1] 南帆、王伟：《文学可以定义吗？》，《文艺争鸣》，2016年第8期。

如何划定自己的学科范围？我们甚至必须解决一个小小的麻烦：如何在书店里购买一本文学著作？书店又是根据什么将某些著作冠以"文学"的名称放置在同一个架子之上？

或许我们就是在这时察觉到，许多人并非借助一个抽象的定义判断手中的著作属于什么类别。例如，店员整理书店的书橱时，嘴里通常不会紧张地默诵教科书上的文学定义。对于眼前的一本著作，他们往往不自觉地采用了另一种辨认方法：比较。

相对于牡丹、梅花、菊花，这是玫瑰；相对于卡车、吉普车、轿车，这是面包车；相对于蟒蛇、水蛇、银环蛇，这是蝮蛇；相对于欧洲人、非洲人，这是亚洲人，如此等等。通常，我们无法孤立地辨认一个对象，"自我"只能在各种"他者"形成的网络之中逐步定位。没有任何"他者"构成比较性的参照，我们甚至无法断定什么叫做"豪爽"，什么叫做"洁白"，什么叫做"幸运"，什么叫做"保守"。结构主义语言学最为重要的一个观念是，利用"二项对立"组织起一个庞大的比较网络。没有"上"就无所谓"下"，没有"高"就无所谓"低"，没有"干燥"就无所谓"潮湿"，没有"污浊"就无所谓"洁净"。当然，构成比较的"他者"存在远近之别，通常的比较顺序是由远及近。比较对象愈密切，相近的"他者"愈多，分析必须愈细致，形成的分辨率亦愈精确。"相对于一只猴子，这是一棵树"十分简单，"相对于一棵枇杷树，这是一棵龙眼树"不得不诉诸复杂的比较。

很大程度上，这也是辨认"文学"的重要方法。相对于哲学、史学、经济学、法学、物理学、化学、数学……这时的文学著作即会自动地脱颖而出——这种方法远比概括一个文学"本质"、推敲一个文学定义容易操作。

的确，辨认"什么是文学"的时候，我首先推荐的方法即是，利用各种"他者"的参照圈定"文学"。各种自然科学著作可以作为第一批比较对象，文学的初步特征开始显现；社会科学的诸多著作——例如经济学、政治学、社会学、法学——继而进入比较，文学的特征开始进一步聚焦；历史学著作或新闻报道是文学的近邻,它们之间的比较往往构成了最后一个步骤。某些时候,"什么是哲学"、"什么是史学"或者"什么是社会学"、"什么是新闻"的前提并非理所当然,因此,"文学"也可能作为别一种"他者"组织到另一主题的比较网络之中。在我看来,这种"比较的循环"并不可怕,比较的主题和历史语境可以自动调节每一个"他者"的位置和分量。

在我看来,我们必须更多地考虑的毋宁是另一个问题:比较哪些层面。从封面装帧、版权归宿、印刷的字号到叙述方式以及情节的构成,一本著作可以由诸多的元素构成。哪些层面最为突出地显示了文学与其他各个学科之间的差异?我选择的是"话语"。结构主义文学批评曾经制订一个宏伟的理论目标:炼制出一套标准的"文学语言",力图根据一套特殊的语法、修辞或者叙事辨认什么是文学。然而,这个理论意图并未实现——或者说不可能实现。文学无法在日常用语之中划出一个特区,设立文学语言系统——统计无法证明,哪些词汇或者语法、修辞专属于文学而拒绝进入其他学科。"话语"指的是句子组织的言语类型。正如托多罗夫所言:"这些句子彼此配合,并在一定的社会-文化语境里被陈述;它们因此变成言语事实,而语言则变成话语。"如果说,句子内部的语法构成了刚性的约束,那么,这些言语类型的组织规范仅仅是通常的约定俗成。这些组织规范的形成往往来自特定社会区域或者特定社会主题,例如外交辞令、上流社会的社交语言、某个行业——诸如军队、码头工人、街头黑帮——的流行语、谈论性事的各种隐喻,如此等等。所以,托多罗夫解释说:"话语概念是(语言)'应用'之功能概念的结构对应物。"① 这些通常的约定俗成之所以可能发生改变,多半因为特定社会区域或者特定社会主题的扩大、转移以及收缩。某一个时期,军事术语大量进入各个领域充当隐喻,这种现象表明了战争经验对于一代人思维方式的深刻影响。将"文学"视为一种特殊的话语类型,强调的是某种表述方式与社会主题的交汇

---

① [法]托多罗夫:《巴赫金、对话理论及其他》,蒋子华等译,百花文艺出版社,2001年版,第17页。

形成了相对稳定的特征。

我曾经想象一个社会的共时性话语光谱。之所以使用"光谱"一词而不是纵向的"谱系",考虑的是众多话语系统之间横向的结构性关系。文学话语与哲学话语、史学话语、经济学话语以及政治学或者社会学话语等等相互衡量,相互确定对方的特征。社会文化构筑的开阔平台之上,这些话语系统分兵把守,各司其职,同时又或明或暗地角逐、竞争乃至争夺:

> 每一个独立的话语系统彼此抗衡,互施压力,最终表现出相对稳定的特征。换一句话说,相对于历史学、哲学、经济学、社会学、政治学——相对于诸多学科,文学之所以成为文学。话语系统之间的差异关系既提供了认识"自我"的"他者",又表明了话语权力的再分配。社会话语光谱并未显现均等波长。至少在今天,文学的效用和威信远远无法企及经济学或者政治学。尽管如此,每一种话语系统均会接收来自另一些话语系统的压力。由于文学的存在,某种特殊的能量将轻重不均地波及历史学、哲学、经济学、社会学、政治学,制造强烈的影响、有力的冲击或者潜在的掣肘。描述社会话语光谱内部隐藏的种种联系、呼应、纷争、反抗、平衡,描述文学如何在这种结构内部赢得一席之地——总之,描述共时的关系和结构,这是"文学性"考察的另一种形式。①

五

作为一个案例的分析,我曾经考察了文学话语与历史话语的差异。相当长的一段时间,中国古代文化之中"文史不分"。两种话语系统逐渐分道扬镳,史学话语似乎比文学话语更早成熟。因此,许多人的观念之中,

---

① 南帆:《无名的能量》,人民文学出版社,2012年版,第14—15页。

文学话语时常成为历史话语的佐证或者补充。文学话语最终之所以赢得独立的资格，很大程度上因为它逐渐拥有了独特的社会主题。我曾经发现，历史话语——许多社会科学也是如此——的基本分析单位是"社会"，文学话语的基本分析单位是"人生"。这时，两种话语开始展现了不同视野及其隐含的两套价值观念。历史话语更多地总结了社会的概貌、整体性演变、影响全局的宏观事件以及导演这些事件的若干英雄人物；相对而言，文学话语通常从小处着眼，关注一些小人物的命运，演示几个家族的悲欢。这是叙述对象的另一种分配方案，显示了不同的观察视角和剖析世界的方式。对于这种视角和剖析说来，"人生"不仅是"社会"这个范畴的图解和例证，"人生"本身就是一个具有独立意义的价值单位。

床头柜上摆了一架破旧的闹钟，屋角堆几个空的啤酒瓶，书架上几本书蒙上一层细细的灰尘，似乎从未取下来过——这种室内景象的描写很难说针对某一个"社会"，但却有效地显现了某种"人生"的状况。这即是"文学"。当然，作为一种价值单位，所谓的"人生"仍然隐含一种边界，一种取舍的标准，文学不可能巨细无遗地再现见到的一切。

多数时候，历史话语与文学话语相互印证，彼此声援。文学话语有效地验证了历史话语提供的结论，包括验证历史话语提出的各种范畴，例如阶级、阶层的分布，经济状况，社会制度，土地的占有，交通的改善引起的社会关系改变，城市与乡村的博弈，如此等等。然而，某些激进的文化转型时期，文学话语可能摆脱传统的历史话语从而显示出不凡的文学视力。尽管历史话语分析的"社会"面貌依旧，但是，某些敏锐的作家已经意识到日常生活底部的某些异动，甚至从若干特殊的性格之中察觉"风起于青萍之末"。《红楼梦》之中那个拒绝了仕途经济的贾宝玉、《阿Q正传》之中那个擅长自嘲自勉的阿Q、《堂吉诃德》之中那个疯疯癫癫的堂吉诃德、《哈姆雷特》之中那个愤世同时又迟迟无法复仇的王子、《复活》之中那个忏悔的聂赫留朵夫公爵、《变形记》之中那个某一天早晨突然成为甲虫的可怜人……当历史话语的传统解释无法容纳这些文学人物及其命运和遭遇的时候，这意味了文学开始展示另一个无名的社会空间，或者捕捉到另一种历史能量。

历史话语与文学话语的另一个重大差异是虚构。历史话语极力杜绝虚构，真实的记录是历史话语的不二法门，然而，文学话语却获得了虚构的特权，可以纵情挥洒不羁的想象。我们身边的生活已经事先存在，社会的画卷徐徐展开，历史话语承诺如实的再现。既然如此，文学话语虚构各种故事的意义何在？

可以看到，虚构的首要意义是超凡脱俗。我们的日常生活沉闷而琐碎，日复一日波澜不惊。虚构首先是突破生活的平庸秩序，引导我们投入一个神奇的时空。没有特定的目的，我们通常没有兴趣虚构乏味的流水账，例如早晨起床、刷牙、洗脸、吃饭等等。虚构往往指向了我们所向往同时又十分匮乏的内容。这个意义上必须承认，虚构常常与欲望联系在一起。正如精神分析学所论证的那样，许多文学的虚构充当了欲望的代偿性满足——弗洛伊德干脆认为文学是一种"白日梦"。

我想指出的是，欲望并非仅仅是弗洛伊德所说的性欲，亦非天然的贬义词。许多时候，许多包含了社会意义的欲望恰恰显示了现实的匮乏。因此，某些文学虚构展示的欲望隐喻的是富于历史意义的企盼，陶渊明的《桃花源记》或者托马斯·莫尔的《乌托邦》是如此，施耐庵的《水浒传》或者司汤达的《红与黑》也是如此。这种欲望毋宁说积累了整个社会的无意识。比较历史话语与文学话语的时候，亚里士多德之所以认为诗比历史话语"更富于哲学意味"，因为诗人不是"描述已发生的事"，而是"描述可能发生的事，即按照可然律或必然律可能发生的事"①。所谓的"可然律"和"必然律"首先表明了这些欲望的合法性——填补这些现实的匮乏符合历史的内在冲动。其次，"可然律"或者"必然律"表明，欲望带来的虚构和想象可以多大程度地通过历史逻辑的检验。在我看来，如果撤除

---

① ［古希腊］亚理斯多德：《诗学》，罗念生译，人民文学出版社，1962年版，第28页。

历史逻辑的检验，所谓的想象就会变成一种廉价的、甚至无聊的梦幻。这往往是文学想象与日常幻想的根本区别。期待自己拥有特异功能铲平天下不平事，期待买到一张幸运的彩票一夜暴富，诸如此类的欲望时常在坚硬的历史逻辑面前铩羽而归。相形之下，某些文学经典的特征即是，欲望与历史逻辑之间出现了最大限度的张力，例如《红楼梦》。作为大观园之中的花花公子与作为一个封建社会的叛逆者，贾宝玉身上显现了当时社会之中不可思议的追求，然而，这种追求又具有如此强大的历史依据。

事实上，现今更多看到的是，许多文学虚构仅仅遵循欲望的心理逻辑而抛开了历史的"可然律"和"必然律"。这种作品多半属于广泛流行的通俗娱乐作品，例如快意恩仇的武侠小说，英雄主人公屡建奇功的惊险小说，还有灰姑娘和白马王子历经曲折之后终于大团圆的故事，或者干脆"穿越"到大唐年间扮演一个千娇百媚的公主赢得一场伟大的爱情。总之，这时的虚构几乎是纯粹的梦幻。然而，不论是富于历史意义的企盼还是个人的"白日梦"，欲望总是围绕"人生"的各种范畴——例如爱恨情仇、悲欢离合、人情世故、生老病死，等等——展开，而不是注重再现社会分析的各项重大指标，诸如社会制度、国民经济生产总值，工业、农业、外贸、军事以及医疗卫生或者高等教育的发展状况。

我们可以看出，相异的社会主题以及特定的表述风格划出了文学话语与历史话语之间的界限。事实上，各个话语系统具有相似的比较模式。每一种话语系统无不进入整体的文化网络，继而通过多向的比较相互定位。我愿意强调的两点是：首先，网络内部相互依存的话语系统结构表明，文学并非来自某种孤立的本质及其定义，而是各个话语系统相互比较、衡量、分工的历史性产物；其次，多向的比较同时还隐含了一个潜在的目的——揭示另一些话语系统遮蔽的内容。各种话语类型的相互印证仅仅是问题的一面。对于文学话语说来，将各种"人生"从历史话语、哲学话语或者经济学话语的遮蔽之下解放出来，使之获得独特的叙述和展示，这可以视为文学独一无二的内涵。

六

这种理解方式显然强调了文学的历史烙印。

"一个时代有一个时代的文学",这个命题不仅体现为作品内容的时间标记,例如文学再现的是东汉末年的故事,还是描写二十世纪八十年代改革开放的大潮,如此等等。更为重要的是,文学出现于哪一个时代的文化网络之中,表述体系产生了哪些变异,承担或者扩大、缩小了哪些文化功能——这是文学进入某一个时代的特殊标记。为什么优美的古典诗词走向了没落?舞台上的地方戏曲还能多大程度地复兴?"讲史"的内容和叙述、修辞如何带动了章回体长篇小说的形成?肥皂剧是如何产生的,为什么肥皂剧的节奏与电影不同?现今的网络小说为什么篇幅如此庞大?现实主义文学主张之后为什么还会出现所谓的"穿越"或者"玄幻"?事实上,这些文学特征无不应当追溯至特定的时代文化。

何谓"文学"?进入不同的时代文化,文学话语的比较与衡量对象各不相同。中国古代文化之中,文学话语与历史话语之间的比较十分重要。"以诗证史"也罢,"以史证诗"也罢,两种话语系统及其关系都是在中国古代文化之中逐渐成熟。然而,当代文化之中,何谓"文学"必须同时比较与衡量文学话语与新闻话语。古代文化之中不存在新闻话语的传播条件。作为现代社会的产物,新闻话语的覆盖范围愈来愈大,并且在大众传媒之中占有绝对优势。这种状况迫使我们不得不考虑:还有哪些文化空间留给了文学?的确,各种话语系统即是在比较之中分别显现各自的特征;同时,时代文化还为之构筑了一个联袂表演和相互竞争的平台。跻身于自然科学话语、经济学话语、政治学话语或者法学话语之间,文学话语的音量几乎微不足道。文学话语必须承担哪些时代的任务,因而不至于被淹没?这个问题不仅决定了某一个时代什么称之为文学,同时决定了文学与其他话语系统的分工。考察文学史的时候，我曾经论述了时代文化对于文学的强力塑造，例如，现代性的文化特征制造的文学回音如何促成新型文学的出现——现代文学："文学关注日常生活，关注个人经验和细节。但是，并非历来如此。神话就不是这样。那些大型的史诗也不是如此。那个时期，个人与集体、感性与理性、私人空间与公共空间、文学与历史学或者哲学均未正式区分，神话或者史诗同时承担了这些功能。近现代社会到来之后，由于个人主义的觉醒，日常生活以及个人经验才得到了文学的重视，成为现代文学的一个特点。"①

然而，这种理解方式显然将肢解"纯文学"这个概念。如果文学不断听命于每一个时代的文化指令要求——如果文学不是遵从某种始终如一的本质，而且，这种本质不会遭受历史或者时代所侵蚀——那么，所谓的"纯文学"显然只能是一个没有对象的空洞概念。

我们对于"纯粹"这个概念往往持有特殊的好感。"杂种"仿佛隐藏了某些不洁的故事。"纯粹"保证了分门别类的有效性。"纯文学"、"纯哲学"、"纯物理学"、"纯生物学"……"纯粹"所展示的想象之中，各个类型的事物边界分明，各司其职，世界清晰得如同一张地图。只要设立一个纵横坐标系，我们再也不会迷路。我们如此习惯这种想象，以至于无法适应事物之间的交错、驳杂与越界。世界的各种类别往往被默认为自然秩序，而不是想象成各种人为的建构。因此，当历史情势的演变要求改造乃至重组这一切的时候，我们为自己的不适乃至恐慌寻找的理由即是，所谓的"纯粹"遭到了破坏。另一些时候，"纯粹"还会成为踞守学科边界的理由，有效地维护了各个学科彼此区隔的专业栅栏。各个学科无不拥有自己的专业训练方式，众多从业人员构成了独特的知识部落，可以一辈子安居于某一个熟悉的角落。从知识的权力到学术体制，学科一方面推动了"术业有专攻"，培育出大批专家；另一方面也可能成为保守的壁垒，阻止

---

① 南帆：《文学意义的生产与接受：六个问题》，《东南学术》2010年第6期。

社会历史的声浪汹涌地传入，挑战各种传统的结论。

相当长一段时间，中国当代文学曾经被视为概念的传声筒，甚至充当了阴谋政治的工具，许多人深感厌恶。二十世纪八十年代思想解放的气氛之中，我们试图造就一种新型的文学反抗这种局面。为了摆脱那些空洞的概念乃至阴谋政治，我们力图更多地赋予文学的独立意义，并且称之为"纯文学"。这时，"纯文学"的真正内涵并不重要，重要的是打碎套在文学身上的枷锁。然而，如果所谓的"纯文学"因此成为一个抽象而闭塞的文化区域，并且打出"本质"的名义阻止所有异质的声音介入，这个概念将逐渐走向狭隘乃至没落。当"纯文学"拒绝向社会历史打开的时候，这个术语可能会重新退化成为另一种枷锁。

放弃了"纯文学"这个概念而注重时代文化的塑造，许多人顾虑重重。历史的潮流涌动不息，所有事物的分类、性质界定无不昨是而今非，甚至闪烁不定，一个万花筒一般的文化幻象之间怎么可能存在稳定的文学？更大范围内，我们又如何栖居于万事万物旋生旋灭的世界？陷入绝对的相对主义，我们不可能掌握任何有效的知识。现在断言这是一辆汽车，那是一本法学著作，两个小时之后就会改口声称这是一架飞机而那是一部词典。我们的社会怎么可能建立于朝三暮四之中？

我必须指出的是，这是对于历史的片面理解。言过其实的背后或许隐藏了历史恐惧症。历史不仅可以解构许多传统观念，建构各种新型的认识，同时，历史还存有巩固和保持现有事物、关系、机制的巨大能量。即使在日新月异的现代社会，持久地延续下来的事物仍然压倒性地超过了改变的内容。历史内部的大多数关系一直稳定地持续。成功的经验形成的传统如同坚硬的精神躯壳。没有巨大的社会冲动作为后援，各种改弦更张的愿望几乎不可能实现。不存在一个所谓的"本质"规定何谓文学，不等于文学的性质时刻都在发生变化。否认文学"本质"并不能等同于反对稳定。事实上，如果那个时期众多话语系统的光谱排列没有出现根本的改变，文学话语的性质、位置和意义必将依然如故。

这个意义上，我愿意提到历史内部存在的各种结构。结构是一个自洽的整体，结构的内聚力有效地保证了内部诸多元素之间的关系固定不变。无论是一张椅子、一个家族、一个社会机构、一个地区的生态环境或者一个星系的分布，结构维持了一种事物的基本面貌和功能，结构的解体亦即这种独特存在的瓦解。多数历史时期，文化传统有效地守护各种话语系统之间的结构，甚至使之凝固，各个话语系统平衡地按照既定的规范运转。这些结构如此稳固，以至于许多人往往忽略了每一种结构的历史来源而视之为"天生如此"，甚至视之为"本质"的表征。只有当历史的剧变降临之际，稳定这些结构的条件顷刻丧失，这将带来传统结构的崩溃和新型结构的形成。二十世纪之初，五四新文化运动即是一次巨大的历史震荡。各种话语系统之间的关系产生了根本的裂变，以儒家学说为首的封建意识形态完全失去了控制各种话语系统的轴心作用，哲学、史学、法学和自然科学话语之间结构的彻底改组重新形成了一个巨大的社会文化平台，文学话语获得了一个前所未有的位置。很大程度上，这种调整促成了中国现代文学的诞生。上述的分析至少表明，我们没有必要对"历史"忧心忡忡，没有必要担心历史运动可能摧毁一切稳定的表象，从而将生活改造为一场变动不居的幻影。事实上，历史同时组成各种坚固的结构维系各种必要的关系，担保我们拥有一个可解的、富有安全感的日常现实。

"一个时代有一个时代的文学"，这个命题的剩余问题是，如何理解各个时代文学之间的联系？每一代文学之间是彼此断裂，还是相互衔接？一种相对简单的观点认为，各个时代的文学形态相异，但是，它们的内在精神一脉相承。如果将这种内在精神称之为"本质"可能产生不必要的争议，那么，"文学传统"或许是一个恰当的命名。然而，考察文学传统的内容时，我们的归纳时常遭受挫折。古人的文学成功不能复制为当今的成功文学。我们甚至可以看到，许多作家的成功的原因之一恰恰是，避开文学史上已有的重镇而独树一帜。文学史上存在众多经典之作，然而，它们之所以成为经典的原因远非一致。从罗贯中的《三国演义》到曹雪芹的

《红楼梦》，从荷马的《伊利亚特》到卡夫卡的《城堡》，这些作品的素材、历史视野、美学风格以及叙述模式相距甚远，但是，它们都无可置疑地赢得了经典的荣誉。所以，严格地说，文学传统仅仅表示代代相传，而相传的内容并不相同。"温柔敦厚"的诗教也罢，建安风骨也罢，浪漫主义也罢，现实主义也罢，我们曾经遇到形形色色的文学传统。然而，这一切如今不再是奉行不二的圭臬。没有哪一种文学传统永恒不灭，犹如没有哪一种文学传统与生俱来。事实上，众多文学传统内部只有一种共同精髓——独创精神。独创带来的成功赢得了尊敬与崇拜。令人遗憾的是，当文学传统将这种成功抽象为某种单调的教条之后，我们恰恰遗忘了文学传统的源头。

文学传统的真实意义在于，为后代作家提供了一个起点，护佑他们初始的文学旅程。所有的独创都不是发生在文化真空，文学传统显示了前辈作家的路径以及曾经赢得的高度。然而，这一切并未使文学传统成为不可冒犯的成规。后代作家必须有足够的自信超越文学传统——他们的先辈也是这么做的。所以，各个时代的文学之间并未断裂，文学传统充当了提供文学养料的脐带。但是，对于那些不甘平庸的作家说来，熟悉文学传统的目的恰是为了开拓文学传统。

第二讲 文学、现代性与日常生活

一

我们谈过了何谓"文学",现在想继续谈一谈何谓当今的"文学"。我的话题集中在这一点上:文学、现代性与日常生活的关系。日常生活对于文学意味了什么?这是一个什么性质的领域?文学可能在日常生活之中发现什么?这一切又与现代性存在什么关系?

一个相对宽泛的意义上,我所关注的文学主题仍然围绕压迫与解放这个问题。但是,这个主题的考察必须深入到个人日常生活的具体经验。日常生活这个领域中,压迫与解放的主题细腻多变,远不止政治经济学所描述的那么简单。压迫不仅是阶级之间的故事,也可能发生在不同民族的文化交往之间,或者发生在性别之间,乃至发生在学院里的不同学科之间。压抑也是一种压迫,这种压迫隐蔽、曲折同时范围广泛,时常分布在日常生活的各个区域,从家庭生活到国际学术会议,从不同语种获得的重视程度到某种民俗或者方言的衰亡,从各种商品品牌的竞争到时尚潮流的制造,如此等等。因此,这时的解放未必是大规模激烈的阶级搏斗,同时还形成了多种微观的小型形式。这些是文学擅长处理的领域。

当今世界,两种主义、两大阵营之间激烈对抗告一段落,一批国家攻击另一批国家的世界大战短期内似乎没有发生的迹象;传统的阶级斗争口号正在被软性的后现代主义文化所覆盖。然而，即使在流行歌曲、武侠戏说、网络文学或者动漫游戏这些流行的大众文化背后，各种交锋仍在发生。熟悉网络和微博的人可以信手总结出一大批相关事件。这种氛围之中，何谓压迫？何谓解放？尤其重要的是，解放的能量从何而来？经济的解放与文化的解放将以何种形式交汇为新型的政治？

当然，这是一些历史的大问题。考察这些问题的时候，我们没有理由轻蔑地将日常生活拒之门外。传统意义上的革命通常仅仅重视政治和经济，重视社会意义上的普遍解放；微观世界的革命、日常生活的批判以及个人解放有意无意地遭到了忽视。然而，一些西方马克思主义批评家认为，异化已经全面地笼罩了生活。日常生活的异化之网严重地窒息了人们的本能、创造性和革命性。资本主义社会，与阶级统治并存的是一个心理和精神的压抑体系，这种压抑表现在家庭、婚姻、民族和日常生活的各个领域。另一方面，高度发达的传播体系形成了塑造世界的强大功能。电视机已经进入每一户人家的寓所，互联网依附于手机成为人们的贴身存在，因此，种种观念和意识形态借助新型的符号体系深入个人生活的末梢，产生前所未有的影响。这些情况无不促使我们密切注视"日常生活"这个概念。尽管"日常生活"缺乏醒目的狂飙突进风格，但是，这个概念隐含的潜力可能突然开启一个近在咫尺的文化空间。

显然，文学尤为擅长开掘这个文化空间贮藏的能量。在我看来，文学的工作可以形容为意义生产。所谓的意义生产相对于物质生产而言。我们对于物质生产已经十分熟悉了。田野里、工厂里的大部分活动都是从事物质生产。生产出来的物质为了满足人类生存的需要。然而，时至如今，许多物质材料同时还表示某种意义。例如，建筑或者服装即是如此。建筑不仅是我们的居住之所，同时，各种类型的建筑同时还表示各种意义，一幢古典园林式的建筑与一幢后现代式的建筑表示的意义完全不同。服装不仅为我们御寒保暖，同时，长袍马褂或者西装革履传达的信息也完全不同。如今的文化已经如此发达，愈来愈多的物质——包括大量的自然景象——

被赋予各种意义。我们不仅生活在物质空间，而且愈来愈多地生活在意义空间。明月、清风、大漠、江湖，这些远远不止是一些天文、地理或者气象资料，它们早就在中国古典诗词之中充当各种意义的隐喻。文学显然是纯粹的意义生产。《红楼梦》没有建造一座大观园，《三国演义》之中的两军对垒也没有留下许多腐臭的尸体，巴尔扎克笔下的巴黎街道和公寓仅仅是一些文字印刷符号而不是真实的物理空间。古今中外的小说塑造了众多的人物。这些人物不需要食物、水分和空气，没有哪一个国家为之颁发身份证或者护照。他们的存在不是物质的，而是来到世界上表明各种意义：贾宝玉和林黛玉的爱情具有何种意义，刘关张的桃园结义具有何种意义，高老头或者葛朗台与周围其他人物的关系具有何种意义，等等。物质层面上，作家的贡献仅仅在几本书中添上印刷符号罢了。的确，文学没有为一个时代哪怕增添一块面包，但是，文学为这个时代增添了各种意义。意义生产的价值并不亚于物质生产，尤其是现代社会。譬如，没有莎士比亚著作或者鲁迅著作，这个世界肯定要乏味许多。

那么，现在我们可以回到这个话题：现代性的历史语境之中，文学话语提供了哪些前所未有的意义？

二

现代性是一个众说纷纭的概念。许多思想家察觉到，大约十五世纪以来，世界发生了深刻的震荡，一种新的世界体系逐渐生成，并且开始控制社会的发展——思想家愿意形容为"现代性"的降临。当然，所谓的"现代性"是一个无形的庞然大物，隐然体现于社会制度、物质生产、价值观念以及精神状态等方面。众多思想家往往按照不同的视角加以描述，每一个人的聚焦各不相同。查尔斯·泰勒曾经概括说："'现代性'指的是历史上前所未有的一次大融合（amalgam），包括全新的实践和各种制度形成

（科学、技术、工业生产、城市化等）、全新的生活方式（个人主义、世俗化、工具理性）以及全新的烦恼（malaise）形式（异化、无意义、迫在眉睫的社会分裂感等）。"[1] 这意味了社会结构的分化、瓦解和重组。大众开始从传统社会的躯壳之中解放出来，全新的价值观念造就各种新的追求和苦恼。文学及时地对这种历史状况做出了表态。历史的重大转型迄今仍在持续，文学如何参预这个转型，并且成为解放呐喊？世界范围内，文学出现了各种意味深长的动向，另一种的历史理解方式开始显现。

所谓的历史理解往往企图表明，什么是主导历史演变的核心因素，什么是历史运动之中最为重要的东西，什么是历史的动力。所以，正如许多历史学家认为的那样，历史著作不是有闻必录，而是记录"本质性的东西"。但是，哪些内容是历史学家所说的"本质性东西"呢？什么是判断本质与非本质的坐标？一个茶杯，一场音乐会，农民在田野地耕种，教授在课堂上讲学，两个小混混在街头打架，一个失恋的女孩默默地流泪——究竟什么是历史的本质？

相当长的时间里，历史理解往往围绕着政治权力展开。公众之所以对于国家、王朝、帝王家族或者宫廷之中各种争权夺利的历史事件具有天然的兴趣，恰恰因为政治权力以及掌权者构成了国家政权组织和社会模式的轴心。中国的二十五史洋洋大观，每一部历史著作的诞生无不源于政治权力的改朝换代。一般地说，寻常百姓的柴米油盐没有资格进入历史学家的视野，这些琐事的历史贡献率太低。所以，我曾经论证说，历史话语的分析单位是整个社会，不再关注更小的东西。著名历史学家汤因比有一个重要的观点：历史话语可以理解的最小领域是整个社会。年鉴学派所谓的"长时段研究"或者"总体史"之类都是相近的观念。历史学家对于琐碎的细节没有兴趣，也不考虑塑造完整的人物性格。许多历史学家的笔下出现了生动的人物性格，例如《史记》，但是，这些人物是作为整体社会特

---

[1] ［加］查尔斯·泰勒：《现代社会想象》，许纪霖主编《公共空间中的知识分子》，江苏人民出版社，2007年版，第33页。

征的例证。梁启超说过，历史学家选择的人物必须能够充当历史的精神主角。这些人物代表了某一时代或者某一集团的共性，或者代表某种民族心理、社会心理。历史学家不是再现人物的性格和作为，挖掘他内心的幽深或者各种无意识，而是借此描述人物所处的历史环境，描述杰出人格形成的历史表率。按照这种观念理解历史和社会，芸芸众生的日常生活消失了。无论是将政治权力、帝王将相、国家还是所谓的"社会规律"作为社会的重心，那些普通人的人生始终找不到位置。

相对地说，五四新文学出现之后，普通人的人生明确地成为文学的焦点。为人生的文学是一个重要的口号。五四新文学对于白话的重视，即是对于民间、普通人和日常的重视。当年，周作人写了两篇有名的文章：《人的文学》和《平民文学》。他强调了平民，强调了普通男女的悲欢离合，而不是英雄豪杰的丰功伟绩。这时可以说，与传统的历史理解不同，文学的笔触探入了普通人的一个个具体的人生，翻开了他们的日常生活。古往今来，我们每一天都必须沉浸在日常生活之中。但是，日常生活作为一个完整的范畴被文学意识到，这是一个意味深长的事实。作为一个新型的文化动向，这个事实暗示了某种价值观念的再分配：文学首先敞开通道，底层、民间、普通人开始在文化领域和大众传媒崭露头角，发出声音——这是"沉默的大多数"显现身影的时刻。

不过，相当长的时间里，许多文学理论家对于这种状况很不放心。文学对于日常生活的关注引起的最大质疑往往是，鸡零狗碎，目光如豆，宏大的历史哪里去了？人们口口声声地把历史挂在嘴边的时候，文学与历史的脱钩几乎是一个难以饶恕的罪过。一副表情的描述，一个步态或者一种声调的模仿，墙角下的菊花或者村口老树上的乌鸦，文学热衷于书写这些景象与历史又有什么关系呢？普通人的言行能够代表历史吗？文学之中各种人生的故事或者家长里短无法像历史著作那样清晰地显现国家怎么样，民族怎么样，社会制度怎么样，那么，这种文学话语又有什么意义？因此，他们的希望文学做到的是，个别普通人的言行、命运概括了一批人，甚至寓示了历史的发展，这就是典型这个概念的主要内容。典型这个概念无形地认可了一种观念：文学话语只能像历史著作那样处理过往的事情。个别人物必须是宏大历史的代表。无法实现这种概括的文学人物只能得到比较低的评价。

　　我要表示疑问的是，这是否存在垄断历史的嫌疑？每一个人在历史之中的作用不同，同时，每一个人对于民族、国家、社会制度的贡献也不同，但是，所有的人生都是历史的内容。历史在每一个人手中创造，而不是少数人根据所谓的历史规律演绎。历史内部，衡量每一个人的意义存在多种标准的交叉，而不是仅仅依据历史话语的标准。一个普通的父亲可能对于社会、国家没有多少特殊的贡献和影响，但是，深爱儿子这一点已经足够他入选文学——例如朱自清的《背影》。我曾经说过一个不太确切但有助于理解问题的比喻：股市的指数取决于所有资金的博弈。二十亿的资金与三百元的资金对于股市的影响当然不同，可是，每一天的股市指数是所有入市资金的交汇、增减、抵消、累积等等各种博弈的结果。历史也是如此，每一个人的能量都汇聚在历史之中，没有人被抛在历史之外的真空中。历史如何发展，同样是所有社会成员合力的结果。典型这种概念没有理由自作主张地把某些人奉为历史的主角，把更多的人排除在历史之外。

　　在这个意义上，文学对于普通人的关注显示了独特之处。与传统的历史理解方式相比，文学话语承认每一个人的价值。所谓的普通人不一定简单地理解为遭受压迫的底层，"普通"指的是他们无法在公共的社会事务中发挥醒目的作用。一个衣衫褴褛的工人可能在某一个历史运动中担任主角，振臂一呼，应者云集；另一个声名显赫的大人物可能完全丧失支配外界的能力，孤独无依，形影相吊。总之，普通与否不是由经济收入的高下、名声或者官衔的大小决定的，而是他们在历史之中的位置重要与否。尽管如此，他们在历史之中都占有一席之地，都可能成为文学话语的对象。

　　现代社会充满了各种声音的辩论，文学话语同样是参与辩论的一种声音。文学做的一件事情是，将普通人从帝王将相的背影后面解放出来了。普通人没有机会在历史舞台的聚光灯下，他们仅仅徘徊于日常生活之中，与柴米油盐为伍。因此，关注普通人的人生，不得不关注红尘滚滚的日常生活，二者相辅相成。这个意义上，文学话语力图从日常生活之中发现解放的能量；另一方面，所谓的历史解放只有进入每一个人的日常生活，这才是真正的解放。尽管世界不可能完全按照文学的视角发展，但是，世界也不可能完全取消这种视角。世俗气氛和普通人走到前台，这是现代性形成的文化症候。文学迅速地将他们的日常生活显现出来了。

三

进入现代性控制的这个历史阶段，文学对于日常生活的兴趣急剧增加了。那么，什么叫做日常生活？详细地提供一个精确的定义几乎是不可能的。日常生活边界模糊，性质不明，琐碎杂乱。一个理论家曾经将日常生活视为"个人再生产"的领域，这是非常有趣的说法。"个人再生产"与"社会再生产"相对而言。日常生活是个人的纷杂经验，许多事务的意义仅仅是维持个人的生存，例如琐碎的衣食住行。所以，个人与细节时常是日常生活内部微型的基本单位。作为一种参照，日常生活有别于巨大的历史景观，有别于完整而重要的历史事件，有别于传奇性的情节或者浪漫式的恩怨情仇，出生入死。日常生活是低调的，平庸的，常常淡而无味。那个理论家解释说，国王处理的是整个国家的大事，这恐怕要归入"社会再生产"，但是，国王的日常生活是在宫廷里面，他与皇后、宫女、太监之间的故事是日常生活[①]。

文学如何从日常生活领域找到解放的能量？相当长的时间里，日常生

---

① 参阅［匈］阿格妮丝·赫勒：《日常生活》，衣俊卿译，重庆出版社，1990年版，第7页。

活是一个没有人认领的弃儿。哲学致力于考虑高高在上的形而上学，哲学家对于家长里短的日常生活没有兴趣。或者说，哲学之为哲学，一个重要的特征就是能趟过这一片每天遇到、但是没有价值的沼泽地。经济学通常从所谓的"经济人"出发，"经济人"预设的前提是，每一个人都在尽量争取自己的利益最大化，日常生活仅仅是实现这个目标的一个场所。经济学眼里，一个人进入超市购买一个杯子无非是完成一个比较：在各方面质量相同的情况下，挑选一个最为便宜的。日常生活之中，购买杯子过程可能出现的更多细节以及各种其他考虑被删除了。政治学、法学涉及的是普遍的社会制度和法律条款，社会学理所当然地以整个社会为对象，个人的遭遇、经验仅仅作为证明普遍原理的案例而存在。总之，这些著名的学科从来不愿意把注视的焦点转到日常生活之中。事实上，清晰、锐利、概念明确的理论时常遭受日常生活的瓦解。日常生活的混沌、粘稠、芜杂扰乱了理论分析，甚至致使理论丧失了用武之地。通常，这是各种理论术语搁浅的时刻。恰恰由于单纯和确定，这些术语无法处理许多支离破碎的日常经验，各个学科的框架相继失效。当然，这并未带来多少焦虑。许多人武断地认为，理论术语无法处理的经验多半是没有价值的经验。日常生活仅仅是低贱和无聊的；各种肤浅的细节掠过感官，旋生旋灭。每一个学科均负有庄严的使命，理论没有必要将精力浪费在如此低级的领域。如此庞大的一个领域遭到了社会科学诸多学科的抛弃，只有文学俯下身子，坚守在尘土飞扬的日常生活现场。

必须指出的是，文学对于日常生活的兴趣并不是一开始就出现的。早期的文学之中，宗教经典、神话或者英雄传奇占有很大的分量。这些作品并未对日常生活表示出多少好感。埃里希·奥尔巴赫在《摹仿论》之中指出：《圣经》的描写"只突出对于行为目的有用的现象，其余的一切都模糊不清"[1]。换一句话说，《圣经》的意图不是栩栩如生地还原现场环境，

---

[1] 参阅[德]埃里希·奥尔巴赫：《摹仿论》，吴麟绶等译，百花文艺出版社，2002年版，第17页。

相反，它要求人们"将自己的现实忘掉几个钟头"，从而能够恭敬地服从宗教的主题。神话已经比宗教经典接近日常生活一步。尽管如此，大量神话的叙述十分简约，许多人物突如其来地出现，突如其来地消失。故事内部的因果关系并不严谨。事实上，神话强调的仍然是凌驾于日常生活之上的一种神秘的力量，这种力量是日常生活的逻辑所无法解释的——当然，神话并不要求解释。英雄传奇又比神话下降一级，但是，许多英雄人物远比我们所能理解的普通人高大，近于半神半人。他们的武勇和智慧是普通人所无法企及的，即使是严格的训练或者良好的教育也无济于事。英雄是怎样炼成的？英雄传奇宁可强调他们的某种奇遇，例如得到世外高人的指点，或者获得某种宝典秘籍，等等。总之，庸庸碌碌的日常生活找不到确切的原因。项羽神勇、关云长义重如山、诸葛亮神机妙算，这一切皆非常人所为。武侠小说或者武林故事笔记明显地保留了英雄传奇的风格。多数武侠不是生存在日常的空间，江湖上刀光剑影的背后，日常生活的无数细节不知不觉地取消了。

阅读武侠小说的时候可以发现，武功高强仅仅是那些大侠的表面特点。武侠小说最重要的特征是——没有日常生活。那些大侠不会感冒发烧，没有必要关注医疗费用问题；他们行走于江湖，大碗酒大块肉，必要时在旅店里大打出手，不必发愁耗费多少银两，或者赔偿打坏了的家具。武侠小说通常不交代大侠的经济来源；我们也没有在武侠小说之中看到这些大侠如何洗衣服，拖地板，砍柴生火煮饭。这无疑避免了众多日常的烦恼。传统的武侠小说没有女人的地位。为了改变武侠世界的生态，金庸等武侠作家放入了一批如花似玉的女侠。女侠的武功如何暂且不论，她们的重要功能是制造出武侠世界的恋爱事件。由于她们的存在，许多师兄无法专心练功，他们耗费很大的心思躲过师娘的监控讨好师妹。有趣的是，这些女侠同样脱离了女人家的日常杂碎，仿佛生活在另一个星球。女侠可以嫁给师兄并且十月怀胎一朝分娩，可是没听说她们如何解决孕期反应——例如呕吐——等等麻烦，也没听说她们半夜起来给孩子喂奶。她们长年累月行走于江湖，为什么还能保持肤若凝脂，貌若天仙？的确，大部分武侠小说都不会纠缠于这等琐事，那些豪气干云、快意恩仇的日子里，没有人记得起来这些烟火气息十足的庸俗琐事。然而，我愿意再度重复一个观点：如果没有这些日常琐事，我们也能有一个完全不同的人生，如同大侠一般豪爽潇洒；反之，如果不得不纠缠于这些日常琐事，大侠也会像普通人一样庸俗计较，甚至碌碌无为。所以，多数武侠小说如同一个没有重力的世界。只要返回坚硬的地面和人声鼎沸的街头，这些轻佻的幻想通常弱不禁风，一触即溃。

必须指出，中国古代思想家并没有让日常生活滑出视野之外。"未知生，焉知死？"孔子及其弟子们的兴趣主要指向了社会，指向了日常的人伦关系，他们没有多少兴趣纠缠渺不可及的形而上学。但是，进入日常生活之后，他们不是考察普通人的世俗言行，而是将日常生活视为自我磨砺的领域，最终从中脱颖而出。这甚至是修炼"内圣外王"的必要路径。古人云，"道在屎溺"，微末的日常生活仍然由某种高尚的价值予以控制。即使是"大隐隐于市"，或者干脆看破红尘，他们还是必须从日常生活之中穿越而出。《论语》说"吾日三省吾身"，孟子说"天将降大任于斯人也，必先苦其心志，劳其筋骨，饿其体肤"，朱用纯的《朱子家训》开篇是"黎明即起，洒扫庭除"，圣人心目中的日常生活是修身养性的时刻。诸葛亮隐居时吟诵一首诗："大梦谁先觉，平生我自知，草堂春睡足，窗外日迟迟。"他的闲散背后隐藏的是韬光养晦。饱读诗书，满腹经纶，闲常的准备就是为了等待出山的那一天。

中国古典的诗文之中，诗人作家很少正面聚焦于"日常生活"。尽管每一个人都绕不开这个琐碎的领域，但是，没有人觉得日常生活本身隐藏了多少意义。陶渊明的诗句似乎表现了淡泊恬静的日常生活，例如"狗吠深巷中，鸡鸣桑树颠"，"采菊东篱下，悠然见南山"等等，而这里的日常生活表白的是拒绝功名利禄的超然。至于辛弃疾的"却将万字平戎策，换得邻家种树书"这一类诗词之中，日常生活表明的是官场的失意。退出第一线的失败者回到日常生活之中，养花种树，下棋作画，消磨无聊的时光。这种日常生活表述的是否定的意义。"夜阑卧听风吹雨，铁马冰河入梦来"；"王师北定中原日，家祭无忘告乃翁"。只要有一线的希望，他们就想破壁而出，干一番惊天动地的大事。

前面说过，一些历史的伟人，他们的生平就是历史大事件，这是有原因的。帝王将相之所以可能专心于英雄业绩，因为这些杂事已经有人打点。他们可以脱身而出，把自己的所作所为全部奉献给历史。所以，在许多历史著作之中，他们仿佛没有日常的背景，生来就是做大事业的。事实上，这仅仅是少数英雄的人生。现实主义文学兴起之后，文学改变了观念，作家把目光从少数英雄身上转移出来。这种转变的原因很多，最重要的是，文学不仅有了社会历史的观念，而且有了人生的观念，承认了一个个普通人物的具体存在。

四

中国文学对于日常生活的重视与叙事文学的兴起密不可分，尤其是明清之后的一批长篇小说。《金瓶梅》、《红楼梦》等称之为"人情小说"的达到了一个高峰。这些小说不是专注于历史的战争风云和各种英雄人物，也没有多少神魔鬼怪，主要是一些人情世故，世态炎凉，日常生活的分量增添了许多。《红楼梦》中的一副对联是"世事洞明皆学问，人情练达即文章"，对于人情世事的重视是这些小说带来的文学史转折。《西游记》的主人公虽然还是神魔鬼怪，但是它们一样通人情，讲世故，而不仅仅是呼风唤雨，上天入地。《西游记》之中猪八戒是一个特别有趣的人物。之所以如此，恰是因为它的性格流露出许多人间的烟火气息。在《中国小说史略》之中，鲁迅对于《三国演义》略有非议。他认为"显刘备之长厚而似伪，状诸葛之多智而近妖"。这是对于英雄传奇的不满。在我看来，这并非否定刘备的忠厚或者诸葛亮的智慧，而是由于他们的忠厚或者智慧缺乏日常生活的基础，因而显得不那么真实。

　　文学的真实这个问题得到了愈来愈多的关注，这也是现代性的后果之一。古代文学不是那么讲究"真实"。苏东坡轻蔑地说过："论画以形似，见与儿童邻。""燕山雪花大如席"，"黄河之水天上来"，"白发三千丈，缘愁似个长"，古代诗人从不以这种夸张为忤；传奇、笔记乃至《三国演义》、《红楼梦》之中出现一些神魔鬼怪或者灵异事件，没有人觉得会有什么不妥。然而，借用马克斯·韦伯的说法，现代社会的一个重要特征即是"祛魅"。自然科学清除了种种魑魅魍魉，这个物理学、化学或者生物学的世界清晰可解。科学家的任务就是一丝不苟地再现世界。这种风气之下，文学当然尾随其后，现实主义被形容为世界的一面镜子。自然主义甚至要求作家使用科学实验的方法描写人物性格。

　　如今看来，许多人可能低估了"真实"问题的复杂程度。事实上，"真实"涉及的许多问题仍然悬而未决。例如，"真实"的个人经验与集体经验，"真实"的科学标准与感官标准，"真实"与种种知识门类的关系，"真实"与种种观测仪器和描述符号的关系，等等。最近出现的一个问题是，虚拟空间是否真实？正如《黑客帝国》这部电影所展示的那样，我们的所见所闻会不会仅仅是某些大型计算机制造的虚拟景象？庄生梦蝶抑或蝶梦庄生，我们如何判断那个所谓"真实的荒漠"不是来自另一台计算机的虚拟景象？另一个尾随而至的难题是，如果我们不信任计算机的虚拟，我们又有什么理由信任物理实验室仪器出示的种种结论？迄今为止，只有"真实"与阶级意识形态的关系得到了关注。人们承认，真实与否的经验与个人的阶级出身密切相关。阶级出身所决定的见识、接受教育的程度、美学观念、道德水准、信息量的大小无不影响真实与否的判断。许多时候，一个阔少爷认定理所当然的事实，一个人力车夫可能无法置信。反之亦然。当真实被视为整个人类共同认可的底线时，或者，当真实被视为不可质疑的判断依据时，这是一个有力的反诘：谁的真实？如果不存在共享的真实，那么，"真实"引申出来的各种后续结论并非普遍真理。在启蒙所制造的普遍主义语境之中，这种观点提前具有了后现代主义的反叛意味。

这个意义上，文学考虑的不是"真实"，而是"真实感"。"真实感"的标准不在于是否吻合科学知识，而在于是否可以视为我们日常生活的一部分——当然，这是一个相当模糊同时又不断变化的标准。《西游记》之中的猪八戒之所以让人感到"真实"，因为我们的日常生活对于这种性格丝毫不陌生，尽管我们无法见到猪的外形与这种性格的结合。相反，相对论所说的时间与空间的弯曲就不那么真实，因为这种理论推导无法进入我们的日常生活，哪怕这是一个正确的科学结论。所以，文学的"真实感"产生的真正效果是：进入日常生活，文学里的故事不再发生于遥远的天际，一切就在身边，弥漫着熟悉的气息。所谓的"真实感"即日常生活的稳定性。感官是可信的，种种细节、气氛、物质形象是可信的，常识没有崩溃，一切按部就班，我们可以心安理得地信赖种种现存的秩序。反之，"真实感"的丧失令人不安。这时，"不真实"的真正涵义是脱离了常识——脱离了我们来自日常生活的认识。

西方文学开始自觉地注视日常生活，这已经到了现实主义崭露头角的时候。隐藏于现实主义背后的世俗精神开始产生了很大的影响。这种现象与市民阶层的兴起息息相关。中世纪骑士小说占据了主导地位。类似于英雄传奇，骑士小说同样对日常生活不屑一顾，骑士与贵妇人的爱情以及骑士的战斗仿佛是在没有背景的真空中进行。理论家对于文学史的考察发现，中世纪末开始出现市民气息浓厚的文学描写片断，例如一个片断是一对夫妻夜间躺在床上，忧心忡忡地商量一件事情。家庭气氛、家庭事务、家庭室内情景和家庭经济状况的描写，这些内容都是文学发生变化的征兆。市民文化的兴旺与宗教思想的式微是文学转折的重要原因。随后而来的就是现实主义的兴起。

由于现实主义文学潮流在苏联文学之中得到了圣化，所以，是否选择现实主义很大程度上成了投靠无产阶级阵营还是投靠资产阶级阵营的试金石。然而，在我看来，早期的现实主义并非阶级的标识。作为浪漫主义的反动，现实主义文学潮流代表的是世俗精神的张扬——也就是对于日常生活的注视。巴尔扎克号称写出法国风俗史，福楼拜详细描写外省小市民生活，现实主义力图把日常生活大量地引入文学。换一句话说，文学发现日常生活是一个值得深入开掘的矿藏。英国理论家伊恩·P.瓦特在《小说的兴起》这部名著之中分析，现实主义把视点移到日常生活内部之后，小说中的人物开始如同生活之中一样有名有姓，具有独特的性格，而且所有的故事都有具体的时间和空间，总之，一切都细致得栩栩如生，就像我们的日常生活一样。这也是阅读之中真实感的来源。瓦特更为明确地将这个文学转向归结到个人主义。社会高度重视每一个人的价值，所有的人都是一个合格的主体，每一个人的日常生活无不具有独特的意义。文学不仅仅关注那些重大的历史事件，关注主导这些历史事件的帝王将相，或者英雄人物，文学还要意识到那些普通小人物真实而具体的存在，关注他们在历史事件之中的复杂感受——这种感受常常与帝王将相或者英雄人物未必一致。正是在这个意义上，现实主义关注底层，关注小人物；也正是在这个意义上，现实主义与无产阶级革命的追求出现了某种程度的不谋而合。

五

观察一个对象的时候，可以将对象分解为十个单位、一百个单位、一千个单位，观察的细致程度远不相同。这就是分辨率问题。分解的单位愈多，分辨率愈高，观察到的图像愈是精密。一个作家不喜欢这一类的叙述："他高兴地走了"；"她愤怒地说"；如此等等。"高兴"或者"愤怒"仅仅是一个粗糙的观察单位，这些单位还可以分解为音容、笑貌、肌肉的抖动、呼吸的加剧、步态的变化，等等。高分辨率必须得到种种日常细节的支持。我们的阅读可以证明，现实主义之后的小说细腻了许多——因为小说之中拥有丰富的日常细节。自然主义更是如此。众多的细节堆积甚至使各种场面就地膨胀起来，卢卡奇曾经引用左拉自己的形容称之为"真实细节的肥大症"。

理论的意义上，分辨率的提高是无止境的。可以用一句话形容一个房间，也可以滔滔不绝地写出五百句。如何选择一个恰如其分的分辨率？这取决于观察者的目的。考察一个重大的历史事件，例如，考察某一个王朝的崩溃，作家没有必要研究一个闪烁的笑容或者一个羞怯的眼神，也没有必要描写嘴边的一道皱纹或者邻居投来的不屑目光；然而，如果考察一个恋爱事件，或者考察一个商场失意者暮年返回故乡，这些细节就必须纳入视野。所以，我反复地指出，历史与人生是两个不同的范畴。历史学家关注的是各种宏大的景观，诸如国家的独立，民族的解放，某种社会制度的确立，某一场战争的胜负，大事件与大人物理所当然地成为他们的主人公。相对地说，作家的很大一部分精力在于描写具体的生活情景，诸如一个人的服饰打扮，说话时的表情，内心深处的波澜，咖啡馆里的交谈，餐桌上的拌嘴，总之，一些有趣的细枝末节。对于一个具体的人生说来，这些细枝末节显示出不凡的分量，甚至会改变一个人的命运。

日常生活是由各种细节组成的。上帝赐予的细节——一个作家甚至如此形容获得一个闪光细节的喜悦。如何运用各种细节进行叙事，这是对于作家艺术才能的考验。批评家因为某一个特殊的主题——例如"寻根"、"苦难"、"孤独"——褒奖某一些作品的时候，作家或许会不屑地嗤之以鼻。他们对于这些主题没有异议，然而，他们认为许多批评家只会贴标签，分辨不出"艺术"上的优劣。质量上乘的作品通常血肉丰满，有时作家会使用"纹理"这个词给予形容。如同一篇论文的论证质量取决于作者思想的缜密程度，许多杰作往往纹理细密。这些作品的质地坚实厚重，人们甚至很难用一句话简单地概括这些杰作的主题。相反，一些貌似尖锐的作品内涵单调。批评家之所以很容易给这些作品安上各种名目，恰恰因为它们简单。严格分析起来，许多作品架构单薄，逻辑脆弱，生硬之处与人为的扭曲比比皆是，甚至有粗制滥造之嫌。这些作品赢得的声誉难免名不副实。

许多深刻的主题未必诉诸大幅度的动作情节，而是更多体现于各个生活细节。作家通常知道，虚构一个精彩的情节远比虚构精彩的细节容易。叙述比描写容易。人们可以在电视节目单、影碟的封面或者新版图书广告之中读到各种情节介绍。可是，如果没有相应的细节积累，这些情节介绍只能是一个梗概。五百个作家写得出这种梗概，只有一个作家才能提供足够的细节完成作品。离奇的情节可以上天入地，海阔天空；坚实的细节才能让这些情节返回人间。如果这些情节的离奇程度超过了细节的负担能力，说服力就会急剧下降。一个人屡屡轻易地穿越枪林弹雨，不费吹灰之力擒获敌国的总统——构思这种情节并不困难，困难的是，哪些细节才能使这种故事显得可信？

作为一个例证，我愿意对曹雪芹的《红楼梦》与金庸的《鹿鼎记》进行一个比较。如前所述，《鹿鼎记》之中的所有奇迹之所以能轻松地实现，恰恰因为武侠小说之中的江湖没有日常生活的重量。一日三餐，油盐柴米，衣食住行，量入为出——我们之中多数人的豪侠气概就是被这些琐事拖垮了。如果可以甩下这些生活细节，我们也能踏入那个自由自在、快意恩仇的江湖。所以，《鹿鼎记》仅仅能充当一个成人童话。《红楼梦》之中贾宝玉的遭遇一样奇特：一个从花团锦簇之中成长起来的公子哥儿，最终毅然地辞别荣华富贵，落发出家。然而，《红楼梦》的高超之处在于，无数细节堆积成的日常生活逐渐显露出不可动摇的强大逻辑——这是一个无可回避的结局。我们无法将贾宝玉的后半生想象为一个打家劫舍的江洋大盗，或者想象为一个大腹便便的官员。许多经典作品的故事情节是全部细节堆出来的，这些细节聚沙成塔地凝聚成无法更改的可能性。所以，安娜·卡列尼娜肯定要自杀的，包法利夫人也肯定是要吞砒霜的。相对地说，侦探小说或者武侠小说常常以固定情节征集细节，情节是主导。这些情节仅仅是一个建筑设计图。如果没有相应的建筑材料，这些建筑物不会真正矗立在地平线上。如果浮皮潦草地使用不合格的材料，这些建筑物即使建起来，最终还是要倒塌。

　　当然，重视日常生活的各种细节，这不是倡导鼠目寸光，仅仅关注我们身边的琐事而不考虑这个时代的各种重大事务；也不是意味着艺术向蝇营狗苟的世俗屈服。不能将现实主义想象为无条件地接纳庸俗，不能将文学想象为日常生活的流水账。我们宁可说，文学关注日常生活的意义在于批判日常，并且从日常之中发掘出特殊的能量。如果把文学想象为埋头向下，满足于饮食起居，那肯定低估了文学的意义。如何集聚起日常生活之中最富于意义的那些部分，俄国形式主义提出了著名的"陌生化"之说。这是一个富有潜力的命题。"陌生化"包含了对于日常生活的多重辩证：退出日常生活，目的是重启洞察日常生活的兴趣；洞察日常生活，目的是剥下日常生活的庸俗躯壳，解放内在的活力。这时，自由、超越和反抗不再是空洞的观念，而是活跃在感官洞悉的范围之内，继而成为行动。这个意义上，文学形式将产生重大作用。文学形式是凝聚，也是删除，分散的各种日常现象由于文学形式的作用，从而成为各种悲欢离合、恩怨情仇的故事。现实主义文学的特征在于，这些故事情节是借助众多日常细节叙述出来的，人物的命运转折可以接受众多日常生活之中细节的衡量。所以，文学形式意义在于，截取某些日常生活的细节，形成一个有机整体。有机整体意味了凝聚起日常生活内部隐藏的各种可能，显示出自足意义。这时，文学展现的日常生活已经有足够的力量抵制各种观念随心所欲地编辑和粗暴地割裂。

六

　　各种丰富的细节构成了日常生活的实体。一个人的肖像，脸上的表情，走路的步态，硬座火车车厢里的气息，树叶在微风之中打着转落到地面，灶台上的饭锅里溢出了土豆的香味……这些密集的细节如同粘稠的液体，按照自己的轨道缓缓地流动。我们时常可以从众多的细节背后察觉某种通行于普通人之间的生活逻辑。某些时刻，这种生活逻辑可能突然强硬起来，从而与各种大观念分庭抗礼。我曾经撰写了一篇贾平凹《古炉》的研究论文，标题就是《剩余的细节》。贾平凹的《秦腔》和《古炉》之中，细节的洪流淹没了故事梗概，冲翻了读者事先预设的主题期待。《古炉》写的是一个小村庄与一场大革命——"文化大革命"的相遇。然而，贾平凹的小说津津乐道的是另一些带有强烈乡土气息的细节，譬如，农民的"吃"——吃辣萝卜，吃红薯，吃炒面或者炒蒸饭，填饱肚子是一件最大的事情，能够吃到一些荤腥之物足够快乐三天。再譬如，乡村的几个特殊人物，喋喋不休地"说病"的善人，业余巫师一般的蚕婆。他们的所作所为与悠久的乡土文化传统相互衔接。当然，还有乡村各种田园的意象，甚至包括粪便意象。然而，恰恰是这一切组成的乡村表明，"文化大革命"的激进政治无法顺利地格式化乡村。如果说，毛泽东主席当年的"打土豪，分田地"迅速地得到了农民的认可，那么，这些农民不理解"文化大革命"提出的各种口号——例如打倒走资派，或者"造反有理"之类。换言之，"文化大革命"无法与乡土文化有机地衔接。尽管这个小村庄后来也拙劣地模仿城市的红卫兵，继而在乡村版的"武斗"之中大打出手，但是，这一切由于无法和乡土文化有机融合因而显得荒诞可笑。某种程度上，乡村日常生活这些细节形成的特殊空间，恰恰构成了对于"文化大革命"的抵制。这时的细节并不是历史主题的例证，相反，文学所展现的日常生活恰恰显明了生活的另一方面内容。这是文学对于历史内部另一种力量的揭示。

  正如人们已经察觉到的那样，这一段时间的文学批评正在产生某种微妙的倾斜。如果说，社会历史批评学派曾经将某种历史大叙事视为不言自明的前提，那么，现在许多批评家心目中，文学的各种日常生活细节增添了分量。例如，巴金、茅盾、鲁迅的某些小说再解读表明，许多细节从历史大叙事的"整体"之中脱落，甚至颠覆了普遍认可的主题。这意外地暴露了历史存在的另一些维面。一些人曾经觉得，张爱玲小说堆积了丰富的细节，细腻而感性，这些细节无法被传统习见的历史主题吸收，成为不可化约的多余物。然而，何谓历史的"多余"？历史大叙事删除的细节是不是特殊的意识形态伎俩？这常常是文学对于历史著作的犀利追问。显然，这种追问赢得了文学批评的支持。允许日常生活各种细节出逃，重申小叙事的权利，允许历史"总体论"无法控制的日常生活更多地赢得了回到前台的机会，这种状况隐含了文学的反抗。

　　由于关注日常生活，文学进入了我们周围的一丈之内。这意味了什么呢？文学力图在这个领域发现，历史的种种大事件以及大观念怎样进入每一个人的寻常日子。这时我们可以看到，这些大事件、大观念并不是按比例顺利地抵达每一个人身边，汇入他们的生活习惯。日常生活如同一层厚厚的棉絮，而不是完全透明的。许多大事件、大观念中途遭到截留，可能被改造，被曲解，被别有用心地利用，产生意料之外的效果。即使是战争这种涉及千家万户的事件，同一阵营的社会成员仍然会出现远不相同的经验，战士，妇女，孩童，老人，他们各怀心思，组成一幅斑斓的历史画卷。如果仅仅停留在大事件、大观念的概括性叙述而不进入日常生活，我们几乎无从理解生活的复杂性。当然，了解了生活的复杂性之后，我们也可以反过来再思考，究竟有多少考察历史的角度。

　　至少在今天，什么是"现代性"状况？考虑到二十世纪上半叶的风云变幻，我们可以如此进行概括：我们正在从革命时期转入后革命时期。后革命时期产生了许多新的特征，一个重要的特征是日常生活大幅度地分化，并且形成众多复杂的层次。许多人用"启蒙"形容八十年代的文化。这种启蒙不仅带来了个人的思想觉醒，同时，权利意识以及形形色色的欲望同时浮现。于是，人与人的关系图谱迅速多元化。五六十年代社会成员的关系几乎完全从属于政治联盟——阶级。阶级阵营是鉴定敌人和朋友、好人与坏人的唯一标准。然而，利益、欲望大面积介入之后，各色人等之间的种种联盟时刻都在重组。与此相应的是，社会的文化生活正在急速裂变。持续多时的革命话语开始松懈，西方文化与中国传统文化均开始不同程度地左右社会的价值判断。另一方面，紧张的革命气氛消退之后，一个充满世俗气息的日常生活被释放出来了。五六十年代，所谓的日常生活多半仍然是另一种形式的工作和劳动。赵树理小说中，一个女人回答为什么爱一个男人，答案就是"因为他会劳动"。然而，现今日常生活的空间一下子膨胀了几千倍。从繁琐的生计、一地鸡毛的家长里短、小人物的各种小算盘到富豪们的娱乐、消费、享受，这个空间拥有众多的内容。潜入这些生活，条分缕析，这种文学才不至于如同泡沫似的浮游在生活的表面。

文学对于个人和日常生活的兴趣还隐含了一种认识：这个领域是总结历史的一个重要资源。文学时常提供了各种未定的经验，即未经其他学科概念固定命名的经验。之所以未定，因为每一个具体的个人都在这些经验之中显现出十分活跃的状态，单一的概念还无法锁定。这些经验尚未获得理论的完整表述之前，人们的感觉已经及时地做出了反应。文学首先诉诸感觉。按照雷蒙·威廉斯的说法，"感觉结构"（structure of feeling）埋藏在生活内部，无法依靠几个简单的理论术语提炼或者概括，只能在活跃的、浑然一体的日常经验之中显现。换言之，感觉结构本身就是与日常生活一体的。这个意义上，感觉结构的启动和活跃即是日常生活内部历史能量的启动和活跃。

第三讲 文学形式：语言、主体与世界

一

M. H. 艾布拉姆斯曾经在《文学术语词典》之中如此撰写"形式与结构"的词条："它常被用来仅指文学类型或体裁（如'抒情诗体'、'短篇小说体'），或指诗歌格律、诗行及韵律的类型（如'诗体'，'诗节形式'）。……所谓一部作品的形式指的是决定一部作品组织和构成的原则。"[①] 文学形式种类丰富，名目繁多，从诗词格律、戏曲舞台的表演程式到风景描写或者内心独白的修辞，从现实主义文学的人物塑造、推理小说的悬念设置到对偶句式的音韵规定或者电影的蒙太奇镜头，文学史上形形色色的文学形式业已积存为一个庞大的体系。按照"内容"与"形式"的相对划分，文学的故事、人物、主题属于前者，显现这些故事、人物、主题的表意方式属于后者。

大多数作家都会认为，文学的成功并非依赖某种神秘的文学形式——文学不存在某种独一无二的灵丹妙药。尽管如此，许多人对于文学形式仍然抱有某种秘密期待。那些天才作家为什么可以将众所周知的日常生活写成了一部又一部的杰作？他们掌握了某种点铁成金的秘技吗？如果说，丰

[①] ［美］M. H. 艾布拉姆斯：《文学术语词典》，吴松江等译，北京大学出版社，2009年版，第203页。

沛的想象、深邃的思想以及各种奇异的素材或者见多识广的生活经验非一日之功，那么，拥有一本文学形式的入门宝典是不是很快就可以奏效？人们觉得，文学形式不啻于文学写作最为实际的入口。

然而，如果这种特殊的期待得到了理论的持续放大，继而升级为"文学性"的代表，问题立即严重起来。的确，不少批评流派即是倾向于将文学形式视为文学的基本特征。文学可能涉及生活的每一个层面，从社会制度、战争、重大历史事件到两个小人物的恋爱或者餐桌上的一道可口的菜肴。这些文学内容可以分别交付不同的学科进行详细考察，例如经济学、社会学、政治学以及形形色色自然科学。什么构成了文学不可重复、不可替代的内在品质？许多人不约而同地聚焦于文学形式。所以，R.韦勒克提出了一个很有影响的观点：从社会、道德或者心理的意义上考察文学仅仅是一种外部研究；文学的内部研究必须关注文学形式，即文学的叙述模式、文体、象征、韵律、节奏、隐喻、神话原型，如此等等[①]。如果说，韦勒克的观念接近于英语世界的"新批评"学派，那么，俄国形式主义发表了相似的观念。罗曼·雅各布森——俄国形式主义学派的一个重要成员——认为，文学研究考察的是文学之为文学的特征，即"文学性"。雅各布森和俄国形式主义学派众多成员的共同研究力图表明，"文学性"显然凝注于文学形式之中。

一种个性突出的理论观点往往伴随了简单化的理解，聚焦于文学形式往往被视为放弃了文学对于社会历史的注视。很大程度上，这即是"新批评"或者俄国形式主义遭受马克思主义社会历史批评学派严厉批判的原因。文学怎么仅仅被设想为没有灵魂的语言躯壳？这些热衷于文学形式的批评家仿佛一直试图固执地论证一个不可能论证的问题。这个世界风生水起，压迫与反抗之间的对立方兴未艾，战争与革命无不可能形成历史的拐点，一系列重大问题迫在眉睫。文学显然有责任为各种正义的事业呐喊助

[①] 参见［美］韦勒克、沃伦：《文学理论》第十二章至十七章，刘象愚等译，生活·读书·新知三联书店，1984年版。

威。埋头于琐碎的文字游戏,浅吟低唱,字斟句酌,这种文学又有什么意义?那些所谓的文学形式探索难道会改变导弹的飞行轨迹或者促成新型战斗机的问世吗?面对一个血与火的世界,面对一个饥馑、难民和种族冲突的世界,作家怎么可能心安理得地从事那些微不足道的语法实验,或者尝试某种"天书"一般的意识流叙事?

必须承认,结构主义批评学派显示了开阔的理论视野。作为现代语言学之父,瑞士的语言学家索绪尔的思想对于结构主义的形成产生了巨大的启迪。他在《普通语言学教程》之中阐述的各种观念亦即结构主义的核心观点。结构主义认为,必须把语言和言语区分开来。前者指的是语言体系整体,是某一个语言社会共享的语言规则,包括共同认可的词义、语法等等;后者仅仅是每一个社会成员具体的言说行为。一个通俗的比喻是,前者如同象棋的规则,后者如同每一局象棋。结构主义强调,语言学的研究对象是前者而不是后者。结构主义的另一个重要观念是区分语言的"能指"(signifier)和"所指"(signified)。前者是符号的外在构成,例如一个词的音响和形象,后者是这个词的概念内涵。语言的能指与所指是根据约定俗成的原则任意结合的。"水"或者 water 这个词之所以指称河床或者瓶子之中的液体,这是一种社会约定而不是必然的、不可更改的联系;结构主义语言学同时还发现,语言内部存在纵横两轴,前者指的是纵向的联想关系,后者指的是横向的句段关系;另外,传统语言学更多地注视历时研究,例如一个词的演变史,结构主义注视的是共时的研究,即一个时代平面语言体系的整体结构。结构主义的"二项对立"是一个重要的原则。这个原则隐含的观念是,一种元素的意义并非来自自身,而是由这种元素与他种元素之间的相互关系决定——这种思想带来的启示远远超出了语言学。"这一堵墙很白"或者"张三勇敢非凡",这些表述无不依赖于众多潜在的比较关系,例如这一堵墙与另一些墙的比较,或者张三性格与周边另一些人物性格的比较。没有这些比较形成的关系网络,人们无法孤立地断定何谓"白",何谓"勇敢"。

尽管仅仅简单地提到结构主义语言学的若干观念，但是，这些命题已经共同指向一个结论：庞大的语言体系是自洽的闭合系统——"结构"如同这个系统的命名。语言体系内部存在各种自我规范、自我限定、自我繁殖的机制，众多元素的配合形成了完整的表意功能。犹如"能指"与"所指"之间约定俗成的表意规定，整个语言体系——乃至全部符号——与外部世界仅仅存在某种相互指认的契约。按照这种结论，整个语言体系的发生、完成与产生作用并不依赖外部世界。社会历史与语言体系无关。更大范围内，这种结论属于人文学科之中"语言转向"的一个组成部分。无论是结构主义、分析哲学还是阐释学，这些学科的一个共同动向是围绕语言展开一个新的研究平台。语言体系的内在构造、语言与主体、语言与客体无不纳入视野。很大程度上，语言体系的独立性得到了愈来愈多的重视。"词"与"物"——《词与物》是福柯的一本理论名著——之间存在表现与被表现的关系，但是，前者无须后者的援助而独立生长。这种结论移植到文学批评之中，延伸为某种"泛形式主义"的观念：文学形式是一个独立的体系，这个体系没有必要兢兢业业地"反映"外部世界。某种文化氛围之中，这种观念的进一步发酵产生了更为尖锐的意义：文学形式的独立性即是文学独立的象征，文学有权利骄傲地拒绝来自政治的各种粗俗的指令。

各种"泛形式主义"与社会历史学派的冲突之中，某些与文学形式相关的问题并未获得充分的考察。例如，文学的写作工具、传播工具与文学形式的联系没有得到足够的关注。古今的大多数中国作家均是使用汉语写作。但是，口头文学与书面写作拥有迥不相同的文学形式。而且，所谓的书面写作仅仅是一个笼统的称谓。汉语文字曾经分别镌刻于甲骨、青铜、简牍之上，笔墨和纸张作为书写工具是后来的事情。不同类型的工具如何形成相关的文学形式？印刷时代报纸、杂志、书籍的出现又一次刷新了文学形式——例如，长篇小说的问世或者报纸连载、报纸专栏的诞生。时至如今，电影、电视将为文学形式带来什么？互联网又将产生什么冲击？这些工具与意识形态之间如何互动？这些问题的研究目前多半仍然处于初级阶段。

各种争论之中，尽管"文学形式"高频率地出现，但是，人们对于这个概念的理解并非完全一致。不同的理论视角之中，文学的"内容"和"形式"可能相互转换。《红楼梦》之中，贾宝玉身上的"通灵宝玉"可以视为文学内容，也可以视为文学形式。作为文学"内容"的"通灵宝玉"是贾宝玉出生之际衔在嘴里的一个神秘之物，它始终挂在贾宝玉的脖子之上，既是众丫头细心呵护的对象，也是贾宝玉发怒时的出气对象，同时，它还是大观园之中一个重要的话题；作为文学"形式"，这个特殊的象征物作为"金玉良缘"与"木石前盟"冲突的联结点，从而构成了情节的重要支撑点。内容与形式的相互转换表明，并不存在某种"本质"的文学形式。如何在各种相对的条件之下理解文学形式？这也是一个未曾充分展开的问题。

如果将文学形式作为内容的相对物，那么，犹如每一部作品的内容各不相同，每一部作品的形式亦非雷同。普遍意义上的文学形式存在吗？这是弗雷德里克·詹姆逊提出的问题。倡导"辩证批评"的时候，他曾经质疑脱离具体作品的独立"文体"[①]。那么，如何解释不同的诗词所共同遵循的格律？进而言之，如何解释不同的言说内容共同遵循的语法？

从"文学性"、结构主义的各种观念到写作、传播工具或者是否存在"本质"的文学形式，众多争论的节点表明了理论必须探索的巨大空间。

二

中国的古代典籍《淮南子·本经训》曾经记载："昔者仓颉作书，而

---

① 参见［美］弗雷德里克·詹姆逊：《马克思主义与形式》，李自修译，百花洲文艺出版社，1995年版，第282—284页。

天雨粟，鬼夜哭。"这表明了古代思想家对于语言的敬畏。他们已经模糊地意识到语言拥有的魔力。魏晋时期的某些哲学家曾经对语言显示出特殊的兴趣，例如对于"言"、"象"、"意"——亦即语言、世界、主体——三者关系的考察，对于"言尽意"抑或"言不尽意"的思辨，如此等等。然而，通常的意义上，语言仅仅被视为一种表意的工具。文学展现的语言魔力仅仅在表意的范畴之中获得考察。"言之无文，行而不远"，"文"与"质"相对犹如"形式"与"内容"相对，精彩的文辞表述不过是广泛传播的必要条件。

当然，中国古代批评家并未使用"文学形式"这个外来的术语，他们之中的多数人同时拥有诗人的身份。中国古代批评家对于文学形式的深入研究主要集中于诗词的语言锤炼。为数众多的诗话、词话著作挑选了许多诗词的范例具体地分析诗人"炼字"、"炼句"的写作策略，"推敲"的典故或者"为人性僻耽佳句，语不惊人死不休"、"吟安一个字，捻断数茎须"无不显示了中国古代批评家对于语言表现功能的高度关注和精微的辨识力。对于诗人说来，"言不尽意"是他们最为常见的困难——"恒患意不称物，文不逮意"或者"是以意授于思，言授于意，密则无际，疏则千里，或理在方寸而求之域表，或义在咫尺而思隔山河"是诗人普遍的苦恼。因此，诗人写作的基本功之一即是与字、词、句进行不知疲倦的搏斗。相对地说，中国古代批评家对于叙事文学的考察相对薄弱，他们留下的叙事学遗产多半是"草蛇灰线"、"伏脉千里"、"无巧不成书"等谋篇布局的技巧。

有趣的是，中国古代批评家不仅耗费大量心血考究语言，同时，他们又对语言表示高度的戒意。首先，许多思想家始终存在一种担忧，语言可能作为一种表象遮蔽了真理的显现。"信言不美，美言不信"的思想或者"言语道断"的观念是这种担忧的源头。愈是华丽优美的文辞，这种遮蔽愈是可能发生。因此，中国古代批评流传的一个传统观念即是，反对华而不实的花言巧语，甚至视之为"文以载道"的大敌。不少诗人都曾经表示,初涉文学的时候往往为文辞的巧思所迷惑,直至思想成熟方才摆脱这种不良的引诱。另一种否弃语言的观念认为,字斟句酌仅仅是一种雕虫小技,壮夫不为。大丈夫的志向应当是出将入相,建功立业,不可埋头于遣词造句的游戏,以至于玩物丧志。这种观念显然与文学的微末地位息息相关。中国古代"学而优则仕"的文化传统之中,诗词仅仅是一种业余消遣,至于传奇、讲史、笔记之类"说部"的内容几乎不登大雅之堂——所谓的"小说"即是街谈巷议、道听途说的不经之言,许多小说的作者甚至刻意隐姓埋名。小说可以改造民心,开启民智,甚至教育和动员民众,这是近现代之后出现的观念。

因此,中国古代批评家不仅致力于"炼字"、"炼句",同时还告诫诗人不可雕琢过度。雕琢伤气——刻意雕琢形成的"尖"、"巧"之感可能破坏作品的整体气势,甚至使之支离破碎。没有必要争一字一句之奇,"清水出芙蓉,天然去雕饰"是一种至高的美学理想。如果一首诗仅仅让读者注意炫目的文学形式而忽略内容,这种效果犹如买椟还珠。因此,"炼字"、"炼句"与反对雕琢之间的辩证关系形成了一个特殊的策略:极炼如不炼。既要推敲再三,呕心沥血,又要消除斧凿的痕迹,犹如一气呵成。如果说,陶渊明、李白、苏东坡这些天才往往出口成章,不假修饰,那么,大多数诗人一方面费尽心机,披沙拣金,另一方面又追求从容自得,浑然天成。如何既注重文学形式,同时又不拘泥于文学形式?中国古代批评家推荐的策略是"得鱼忘筌"、"得兔忘蹄",最好的文学形式就是在呈现内容的同时隐去自身。

无论如何锤炼语言,"修饰立其诚"是中国古代批评家的首要标准。当然,所谓的"诚"并非无所顾忌的自然流露。如果说,儒家学说的"思无邪"和"温柔敦厚"的"诗教"是"诚"的一种规范,那么,道家的"法天贵真"是"诚"的另一种规范。总体而言,中国古代批评家是在"表现论"的前提之下考察文学形式——语言是诗人内心的展示。与"诗言志"或者"诗缘情"相互呼应,托物喻志或者借景传情是诗词的惯用手段。很大程度上，这是中国艺术体系的基本性质。戏曲、音乐、绘画、书法无不显示出相似的特征。

当然，人们可能援引一些著名的诗句证明，古代诗人曾经精确地描述了名山大川，这似乎是外部世界自然景象的再现。但是，考察古代诗人基本的美学旨趣可以发现，诗词之中的江河、青峰、明月、斜阳、修竹、老树、古寺、扁舟毋宁说构成了古代士大夫的精神对应物。许多时候，古代诗人可能由于某种特定的情怀进行夸张的想象。"论画以形似，见与儿童邻"——"真实"这个范畴并未对诗人的语言修辞形成严格的限制。这种强大的抒情传统甚至延续到中国的现代文学。例如，普实克曾经认为，古代文学的抒情性质与五四时期的个性解放存在一脉相承的联系[①]。

相对于"修辞立其诚"，西方的"模仿说"构成了相异的题旨。柏拉图曾经对于艺术的"模仿"进行了严厉的批评。"理念"是柏拉图哲学的核心。在他看来，自然万物是"理念"的模仿，艺术是自然万物的模仿——艺术因此与真理隔了三层。柏拉图的观点遭到了亚里士多德的颠覆。亚里士多德认为，作为人类的本能，模仿构成了艺术的起源。"模仿说"的巨大声望基本上主宰了二十世纪之前西方的文学理论。如何评价"模仿"的成败？"真实"显然是首要的衡量范畴。许多时候，人们将文学比拟为现实世界的一面镜子。客观现实的再现真实与否，亦即文学的"模仿"成功与否，借用福柯的说法，这时"词"与"物"的关系遵循的是"相似形"的原则。相对于"表现"内心的"诚"，西方文学"再现"现实的"真"相映成趣。的确，上述两种不同的文学路线形成了两套相异的文学形式体系。亚里士多德的《诗学》之中，古希腊的史诗与悲剧是阐述"模仿说"的例证。换言之，亚里士多德的"真实"是建立在叙事文学的基础之上，这决定了叙事作品文学形式的成熟程度。例如，《诗学》之中如此表述悲剧的情节："悲剧是对于一个完整而具有一定长度的行动的模

[①] ［捷克］亚罗斯拉夫·普实克：《中国现代文学中的主观主义和个人主义》，见《抒情与史诗》，李欧梵编，郭建玲译，上海三联书店，2010年版，第9页。

仿（一件事物可能完整而缺乏长度）。所谓'完整'，指事之有头，有身，有尾。所谓'头'，指事之不必然上承他事，但自然引起他事发生者；所谓'尾'，恰与此相反，指事之按照必然律或常规自然的上承某事者，但无他事继其后；所谓'身'，指事之承前启后者。所以结构完美的布局不能随便起讫，而必须遵照此处所说的方式。"① 迄今为止，这仍然可以视为无可挑剔的理论描述。

　　从古希腊至二十世纪，无论是古典主义、浪漫主义还是现实主义，西方文学积累了丰富的文学形式。然而，中国的现代文学更多的是集中借鉴围绕现实主义文学的一整套文学形式。正如普实克指出的那样，这时的中国文学开始从抒情传统转向了"史诗性"："现代文学所表现出来的力求真实地反映现实、了解和描绘个别现象之间的关联的尝试，表明了将文学作为工具，一种特殊的认识工具的努力。文学的目的不再是对现实的沉思默想，享受对现实的观照和品味，而变成了去熟悉现实、理解现实，从而认识它的规律。这就是新文艺的现实主义的基础。"② 所谓的"史诗性"表明，文学形式展示的"真实"不再仅仅是一个战争的场面，一个舞会的片断，或者几个人物惟妙惟肖的对白，而是显现"历史"的真实。这个意义上，亚里士多德《诗学》对于"情节"的描述扩展为普遍的历史运动描述——那些情节的必然进程被解释为历史规律不可抗拒的作用。如果说，生产力和生产关系、经济基础和上层建筑是马克思主义解释历史运动所围绕的轴心，那么，苏联的社会主义现实主义为文学的历史再现找到了一个特殊的聚焦点：人物性格——俄罗斯文学塑造人物性格的传统产生了重大影响。"典型人物"这个著名概念的基本涵义即是，从个别人物的性格之中窥见某一个阶级、阶层或者社会共同体的普遍性格，继而从他们的命运之

---

　　① ［古希腊］亚理斯多德：《诗学》，罗念生译，人民文学出版社，1988年版，第25页。
　　② ［捷克］亚罗斯拉夫·普实克：《〈中国现代文学研究〉导言》，见《抒情与史诗》，李欧梵编，郭建玲译，上海三联书店，2010年版，第39—40页。

中获悉历史如何演变的动向和消息。这个意义上，文学形式之中各种塑造人物性格的手法赢得了特殊的重视。

三

如果说，中国古代批评家仅仅模糊地意识到语言的魔力，那么，二十世纪的"语言转向"开始全面地阐述了语言的意义。语言、主体、世界三者之间，语言晋升为规约主体与世界的主角。

这些观点对于文学形式的考察产生了重大的影响。

如前所述，抒情文学的前提是表现论，语言是抒情主体的展示——这仿佛是一个无可置疑的事实。然而，"语言转向"的思想对于这个事实提出了商榷：主体是从哪里来的？我思故我在——笛卡尔以来的主体哲学强调一个理性的主体。这种主体是孤立的，抽象的，同时也是一切价值和意义之源。然而，这种主体哲学遭到了多方面的质疑。马克思主义学派指出了社会关系对于主体的制约，社会成员的阶级地位将在主体的形成之中打下鲜明的烙印；弗洛伊德主义揭示了主体内部超我、自我、本我的复杂构造，这种构造远远超出了理性的控制；众多学派的语言哲学表明，语言从另一面参与了主体的构造，主体不可能逃脱语言携带的各种意识形态信息。因此，所谓独立的主体仅仅是一种幻象。

结构主义的理论图景之中，语言是一个宏大的体系。这个体系的"结构"强大而坚硬，不可动摇。语言体系先于个体而存在，个体只能屈从而不可能凌驾于语言体系之上。即使贵为君主、富如大亨或者手执生杀大权，他们仍然得一丝不苟地遵循既定的语法或者词义。如果哪一个人异想天开，执意使用一套自创的语言，那么，通常的结果只能是遭到社会的抛弃。所以，一个人可能口若悬河，雄辩滔滔，实际上他仅仅是语言体系的执行者。人们乐于将语言想象为一个称手的工具，各种词句的灵活组合无微不至地表现了内心的每一个角落。"言不尽意"的命题仿佛证明，内心先于语言而存在，并且成为语言的对象。然而，改变一个考察的视角，人们犹如语言的奴仆。人们所有的言说无非是从不同的层面体现了那个语言"结构"的意志。置身于无形而又庞大的语言"结构"，所有的个体都是如此渺小。所谓的内心，难道不是由语言组织起来的吗？如果不是借助语言的表述，谁又可以证明内心的存在？——没有哪一种证明可以摆脱语言而直接呈现内心。这个意义上，不存在外在于语言的旁听席位。所有的意义交流俱已进入语言之内。

这同时解释了主体的形成。事实上，笛卡尔式的主体不可能在某一天早晨从天而降，主体的出现包含特定的历史发生学。一个社会成员远在心智成熟之前就必须牙牙学语。谦恭地接受语言训练不仅是加入社会的必备条件，也是主体的塑造与形成。语言以及各种符号造就的意义模块陆续作为文化装置填充于人们的精神空间，编织起主体内部的架构网络。无论是父母的家庭教育还是学校、教会、传媒等阿尔都塞所形容的意识形态国家机器，语言均是训练社会成员的基本工具。即使不考虑神话、寓言、故事等等成型的语言产品——即使在词义、词根、隐喻、敬语、成语典故这些最为基本的语言单位之中，社会的价值体系已经开始隐蔽地潜入。诸如"皇上"、"天子"、"草民"、"臣妾"以及"忠厚"、"奸滑"、"瑞雪"、"母亲河"、"少年老成"、"乌合之众"等等大量的词语业已事先贮存了相关的意识形态密码，意识形态对于个体的约束和塑造从每日的言说开始。一个混沌未凿的稚童成长为合格的社会成员，很大一部分原因是得益于语言的灌输。可以说，不同的语言造就了不同的主体。如果没有语言贮藏的各种意义模块，所谓的主体又是什么呢？这种主体仅仅是一个没有内容的空壳，犹如一部没有安装软件的计算机。

海德格尔说过一句名言：语言是存在的家[①]。语言乃是一个社会的基

[①] ［德］海德格尔：《关于人道主义的书信》，见《海德格尔选集》，孙周兴选编，生活·读书·新知三联书店，1996年版，第358页。

本组成部分。语言可能铺展到哪里，一个社会的思想就能延伸到哪里，语言的边界亦即思想的边界。没有相关的概念术语和表述系统，思想无法凌空蹈虚地架设各种逻辑通道。这个意义上，各种词语潮汐的涨落时常暗示了意味深长的社会动向。某些理论词汇或者自然科学、经济学术语的大幅度增加，往往显示了这个领域不同寻常的活跃。反之，另一些词语的退隐乃至衰竭同样表明了这个领域的消亡——例如，相当多风俗礼仪系统或者卜卦算命的术语业已沉没。现代性转折曾经给中国带来了剧烈的语言动荡。近现代开始的翻译输送了大量的新词，它们沉淀于现代汉语之中，继而无声地转换为各种新思想、新观念。语言的吐故纳新必将助推一个社会思想的吐故纳新。五四时期的白话文运动开启了汉语内部的一个重大资源，这表明民间或者底层的思想可以进入书面语言控制的传媒，甚至产生爆炸性效应。这个意义上，掌控一个社会的话语亦即统治一个社会思想的特殊语言工程。将二十世纪六十年代"文化大革命"期间所有的报刊书籍输入计算机之后可以发现，这个时期整个社会使用的词汇量很小。社会思想只能在狭窄的表述领域展开，各种歧异的节点已经事先被语言取缔。例如，所有的美学追求、生活创意、优雅矜持、多愁善感被不加区分地封存于"小资产阶级情调"之中，流放到社会文化边缘。奥威尔的《一九八四》曾经栩栩如生地描写了一个虚拟的社会如何进行彻底的语言清洗。从历史与记忆的书写到现实的语言交流，统一颁布的标准语言终于驱逐了一切不合标准的社会思想。马尔库塞《单向度的人》显示了相近的观念：资本主义发达的工业社会制造了丰裕的物质财富，但是，人们的语言表述愈来愈单调和刻板，各种批判性的思想异端逐渐丧失了容身之处。

  从主体的形成到社会思想的活跃、创新或者沉闷、窒息，文学的话语部落提供了什么？作家时常被形容为语言大师，人们所熟知的日常生活将在他们的叙述之中显现出特殊的意味，这毋宁说提供了主体感知生活的另类形式。"举头望明月，低头思故乡"也罢，"今夜鄜州月，闺中只独看"也罢，"人有悲欢离合，月有阴晴圆缺"也罢，某种自然景象与某种内心情结或者某种哲思感悟之间的联系由于诗词的奇特句式而建立起来了。如果说，日常的语言陈述镶嵌于平庸的现实，转述各种常识意义，那么，文学形式负责造就某种新颖的感知模式。什克洛夫斯基——俄国形式主义的领袖人物——曾经用"陌生化"形容文学形式的功能。文学形式的"陌生"表述惊醒了日趋麻木的读者，意识之中现实的另一种面目开始浮现。换一句话说，文学语言短暂地再造了一个新型的主体，或者用马尔库塞的话说，再造了某种"新感性"。文学史上始终有一批作家热衷于文学形式实验。杜甫的诗句"香稻啄余鹦鹉粒，碧梧栖老凤凰枝"的倒装句式或者宋祁"红杏枝头春意闹"的通感修辞均是诗人实验性写作的成功范例。现代主义文学兴起之后，文学形式的实验显然开始加速。许多时候，批评家往往将这些实验视为形式主义的文字游戏。我宁可认为，这种实验企图开拓的是语言表意的可能性——也是开拓主体的内在可能。循规蹈矩的文学形式往往与稳定的意识形态遥相呼应，惊世骇俗的文学形式往往诞生于活跃动荡的文化气氛之中。

与浪漫主义的文学观念不同，结构主义并不主张将作家形容为具有非凡语言禀赋的天才。作家不过是文学话语部落养育出来的，他们更像"文学之子"而不是"文学之父"。庞大的文学形式体系先于作家而存在，他们必须接受文学形式的严密训练，并且接受文学形式规定的各种概念，例如何谓小说，何谓诗歌，何谓戏剧，如此等等。按照乔纳森·卡勒的观点，这将形成某种来自文学形式训练的"文学能力"[①]。文学史可以证明，文学形式实验与实验成功之间的比例十分悬殊。绝大多数的实验总是铩羽而归。相对于文学形式的强大规范，个别作家的冲击仅仅是局部的微小骚动。既然如此，文学形式为什么始终处于演变之中——文学形式为什么逐渐从神话、诗词、传奇、章回小说转移到现代小说、现代诗或者电影、电视连续剧？

结构主义没有正面回答这个问题。

---

① 参阅［美］乔纳森·卡勒：《结构主义诗学》第六章、第七章，盛宁译，中国社会科学出版社，1991年版。

四

现在转过来考察语言与模仿、再现、真实之间的关系。

一些批评家曾经表示,"模仿"并非一个精确的术语。严格地说,只有同一性质的东西才能相互模仿,例如戏剧舞台上的一个演员可以用自己的躯体和表情惟妙惟肖地模仿国王。语言文字的表述与模仿相去甚远。国王与落在纸面上的一串印刷符号存在巨大的差距,二者之间的转换依赖一系列内在的解读机制。人们通常觉得,语言如同一个透明的工具,清晰地再现世界万物,挽留即将消逝的感官经验;事实上,语言同时隐蔽地剪裁、修订或者编辑了世界万物。人们无法接受完全赤裸的原生世界,抵达意识的世界万物业已经过语言之网的过滤;种种新生事物不得不借助命名活动进入语言体系,继而进入人们的视野。因此,所谓的"真实"内在地包含了语言的暗示和诱导。语言是存在之家——人们将再度回忆起这个命题。

诚然,人们很可能怀疑这个命题。人们的想象之中,一个名词与一个物体之间不是直接对应的吗?词与物——符号的命名与世界万物——之间严丝合缝地联结起来,一个符号的世界正确地"反映"了世界的构造。然而,这仅仅是一种假象。"茶花"这个名词不仅简单地对应某种生长于山坡上的植物,这个名词同时还潜在地组织于"荷花"、"葵花"、"菊花"、"梅花"、"牡丹花"、"玫瑰花"等等众多相邻的名词之中,形成一个名词序列。人们之所以可能通过"茶花"理解生长于山坡上的那种植物,同时包含了与"荷花"、"葵花"等等名词的区分。作为各种比较的元素,相邻名词出现得愈多,"茶花"的理解愈精确。

名词、动词之间的搭配形成陈述之后,更多的意识形态信息注入语言表述。"张三正在台上讲课",这一句浅显易懂的陈述业已认可了一系列不言而喻的前提：例如姓氏表示的血缘关系对于身份显示的优先地位；令人尊重的"讲课"与空间位置——"台上"——的关系，如此等等。一定长度的话语形成叙事之后，各种复杂的修辞方式以及叙事视角无不交织了相关的价值观念。"一个胖子大咧咧地闯了进来"，这种叙述已经使"胖子"带有某种贬义；只要把"屡战屡败"的语序调整为"屡败屡战"，人们接受的将是另一个截然相反的事实。鲁迅的《孔乙己》如若将小伙计第一人称的叙事视角改换为"孔乙己"本人，小说的主题必将为之一变；《阿Q正传》的反讽语调已经将这个人物安置于喜剧性的小人物位置之上。这种叙事无形地屏蔽了阿Q内心的苦恼、彷徨、惊恐或者犹豫。换言之，这个人物是以可笑的一面展示某种可鄙的"国民性"，而不是以悲苦的人生唤起读者的同情心。对于诗词来说，语词对于世界的塑造时常被展现到极致。相传林则徐曾经为沈葆桢改过一句诗。沈葆桢曾经写出一句吟咏月亮的得意诗句："一钩足以明天下，何必清辉满十分。"他将这一句诗呈送林则徐。林则徐沉吟多时，提笔将"何必"改为"何况"——"一钩足以明天下，何况清辉满十分"。相同的景象，一字之差竟然产生如此不同的效果。

　　阐述现实主义或者自然主义文学观念的时候，许多人往往将"客观地再现"作为一个基本的目的。然而，正如R.韦勒克所言，"尽管它主张直接的深入洞察生活和真实，在艺术实践中，现实主义也有它自己的一套惯例、技巧和排它性"；"即使看起来是最现实主义的一部小说，甚至就是自然主义人生的片段，都不过是根据某些艺术成规而虚构成的"。① 虽然现实主义作家多半不再直接出面议论，臧否人物，但是，某种意识形态信息凝聚于文学形式之中，继而对作品之中的人物或者事件产生了无形的褒贬和评判。因此，与其说"模仿"客观地再现了某种现实，不如说再现了世界

---

① ［美］R.韦勒克：《文学研究中现实主义的概念》，《批评的诸种概念》，四川文艺出版社，1988年版，第242页；［美］韦勒克、沃伦：《文学理论》，刘象愚等译，生活·读书·新知三联书店，1984年版，第14页。

的意义。文学并非再现供人居住的花果山、梁山泊、大观园,络绎不绝地登场的人物也无须损耗地球上的食品、水分和空气。文学无法提供物理的真实——文学处理的重点是,这些景象可能隐藏何种意义。意义空间同时是人们生存环境的一部分:

> 认真考虑一下即会明白,我们不仅生活在物质空间,同时还生活在意义空间。许多时候,后者甚至比前者更为重要。如果说"这件事没有意义",通常意味着这件事可以从生活之中删除。所以,我们的周围,石头不仅仅是石头,花不仅仅是花;石头还会让人意识到沉重、坚固、稳定,花还象征了美好、春天、青春年华。这即是物质的意义附加值。某些物质可能由于特殊的原因而拥有超值的意义,例如金子,例如印刷成货币的纸张。我们的生活如果不存在这些意义空间,那么,周围只剩下一大堆乏味枯燥的物质。意义生产显然是文学的重要功能。虚构的文学从来不提供面包和钢铁,也不向这个世界真正地输送人口。文学之中出现了一条街道,一间店铺,几个人物,这一切并非如实记录——文学表明的是这一切具有什么意义。"举头望明月,低头思故乡"也罢,"姑苏城外寒山寺,夜半钟声到客船"也罢,莎士比亚的《李尔王》也罢,鲁迅的《狂人日记》也罢,文学不仅仅是一些所见所闻,认识几张陌生的脸,而是进一步告知这一切现象背后隐藏了何种意义。[①]

上述考察同时揭示了一个事实:可以使用不同的话语体系描述同一个世界。人们拥有测量世界的各种视角,没有哪一个人有资格垄断世界的意义。因此,各种话语体系分别从不同的立场出发,力图赋予世界各种价值观念。这些话语体系时常在博弈之中形成相互制衡的张力,或者发展为各

---

① 南帆:《文学意义的生产与接受:六个问题》,《先锋的多重影像》,现代出版社,2017年版,第2—3页。

种类型意识形态的角逐和竞争。考察文学形式的特征时,我更为重视的是诸多学科如何展示主题,争夺这个世界的意义解释权。经济学话语关注的是"经济人"从事的各种活动,政治学话语关注的是社会制度、政权的性质,宗教学话语关注的是信仰问题,历史学话语关注的是众多过往事件内部包含了哪些规律,自然科学关注的是自然界的无数秘密。文学话语关注什么?文学形式试图将这个世界的哪一部分意义释放出来——如何释放?

五

我曾经提交过一个结论:"文学形式是赋予快感的符号秩序。"具体地说,文学形式是符号秩序对于快感的整理、集聚、规范、编码和修饰:

文学表述的世界制造了巨大的快感,文学的魔力已经众所周知。相对于哲学、政治学、经济学、法学等诸种话语形式,快感是文学对于意义生产的独特奉献,也是文学话语的识别标志。如果说陶潜、李白、王维、苏轼的诗文不如老庄的著作精深,如果说巴尔扎克或者托尔斯泰的小说不如那个时期的经济著作或者历史著作周详,那么,后者远远无法企及诗人与作家带来的阅读快感。这是一个隐蔽而重要的事实:文学的快感来自文学形式的编辑。换言之,如果没有文学形式的凝聚,这种快感无法汇集为一个有机整体。……从音节铿锵的诗到激烈的戏剧冲突,从欲罢不能的悬念到滴水不漏的故事叙述,文学形式始终主宰快感的起伏、节奏,或者制造一个余味深长的结局,或者在动人心魄的高潮戛然而止。换言之,世界由于文学的表述而显现出无限感人的一面。文学赋予世界的意义不是一个观点或者一种主张,而是强烈的喜怒哀乐。①

首先需要解释的是"快感"一词。人们时常觉得,"快感"不如"美感"优雅——快感仿佛过多地涉及生理乃至性,涉及弗洛伊德所说的欲望。我想指出的是,传统意义上的"美感"已经成为一个过于狭窄的概念。现代主义以及后现代主义文学艺术出现了许多新型的动向,丑陋、粗鄙、亵渎无不作为另类的美学风格产生令人震惊的效果。某些时候,古典文学艺术的精致、典雅恰恰成为攻讦的理由。这个意义上,我宁可用"快感"形容文学的效果。"快感"包括通常文学阅读产生的喜怒哀乐,既包括亚里士多德《诗学》之中所说的怜悯与恐惧之后的情绪净化,也包括古典艺术产生的静穆和崇高,既包括康德意义上无功利的审美欢悦,也包括弗洛伊德所谓"白日梦"替代性实现之后的满足感。总之,这是一种以情绪激动为主的感性反应。突破理性禁锢的意义上,"快感"与作为感性学意义上的"美感"同出一源。

"文学形式是赋予快感的符号秩序"——这个命题的潜台词是,所谓的快感已经成为压抑的对象,丧失了显现的形式。某些思想家的描述之中,远古社会是一段混沌未凿的日子。那个时期,感性与理性、表象与内涵、快感与思想以及文学与哲学并未分裂。这是一种完整的文化。然而,这种文化无法长期维持下去。生产劳动愈来愈复杂,社会组织愈来愈严密,感性快乐的收缩与理性谋划的增加成为愈来愈明显的历史倾向。国家以及各种政治机构的诞生,各个领域的社会科学陆续问世并且分疆而治,这一切无不表明了理性的意义。感性与理性之间不仅出现了分裂,而且,前者往往被视为一种负面的能量。柏拉图认为,文学阅读引起的感伤癖和哀怜癖有损男子汉气质,瓦解理想国保卫者的勇敢和镇静。因此,柏拉图对于那些诗人进行了严厉谴责:这一批可恶的家伙居然将理性必须克制的

---

① 南帆:《无名的能量》,人民文学出版社,2012年版,第141页。

情绪释放出来了。儒家对于文学背后的非理性情绪同样提出了防范措施：不仅可以"发乎情"，同时要"止乎礼义"。"发乎情，民之性也，止乎礼义，先王之泽也"①。否则，这种情绪很容易导向犯上作乱。当然，古往今来，始终有人对于感性遭受的压抑表示异议。感性的活跃显然是文学不绝如缕的原因之一。中国古代批评家通常只能在"兴、观、群、怨"、"采风"、"文以载道"、"正史之余"之类名目下为文学辩护，直到梁启超论证"小说与群治"的关系时概括了"熏"、"浸"、"刺"、"提"四个特征，文学的审美效果才获得了时代文化气氛的正式肯定。然而，尽管文学不时遭受"一为文人，便无足观"的嘲笑，中国古代文学内部的形式探索从未止歇。对于中国古代的士大夫说来，言志抒情与古典诗词几乎存在天然的联系。即使儒家文化反复强调节欲自重，唐诗、宋词、元曲以及明清小说的持续登台犹如一种特殊的文化症候：暗中涌动的快感从来没有停止对于文学形式的不懈需求。

全球范围的现代性正在成为许多思想家的论述题目，现代性所制造的压抑是这个题目的一个分支。某些时候，这个分支曾经与另一个概念产生密切的联系：异化。丰盛的物质财富和简明的工具理性共同组成了一个巨大的压抑体系，慷慨、豪爽、血性以及感性、内心、意识之流等等与"人文"相关的众多品质遭到了严重的挤压。所谓的人文精神正在一个物的世界与无数坚硬的话语堡垒之下沦落、枯竭。赚钱是生活的保障。一个人必须听从长辈教诲。月亮是靠近地球的一个星体。风是空气的流动。气温下降到一定程度就会下雪……诸如此类的表述完全正确。文学所要质疑的是——这些话语体系是否描述了世界的一切？这时，文学形式承担的一个功能是，将正在被压缩为历史无意识的感性从压抑体系之下拯救出来。"夜来风雨声，花落知多少"，"明月松间照，清泉石上流"，"柴门闻犬吠，风雪夜归人"，"大漠孤烟直，长河落日圆"……这些诗句立即令人意识到另

---

① 《毛诗序》，见《十三经注疏》。

一个世界。没有文学形式对于各种世界元素的再配置，风花雪月不可能以审美的面目显现。当然，所谓的文学形式不仅指平平仄仄的古典诗词，也指浅吟低唱的流行歌曲，既有曹雪芹、卡夫卡、乔伊斯独具一格的叙事，也有欲望驱动之下的"穿越"和"玄幻"。在恢复和重现感性的意义上，种种性质各异的文学形式具有相似的功能。

没有理由认为，各种压抑体系仅仅是可憎的人性枷锁，按照弗洛伊德的观点，感性快感的压抑是维持文明必须偿付的代价；然而，马尔库塞的《爱欲与文明》力图论证，财富的积累与文明的成就已经在为解除压抑创造了各种必要的条件。资本主义生产体系正在利用强大的压抑体系盲目地积累财富，这是现代性的一个负面后果。这时，文学形式的快感集聚构成了抗拒压抑体系的另一种语言，隐含了批判政治的尖锐意味。

六

"新批评"、俄国形式主义对于文学形式表示了特殊的关注，结构主义将文学形式描述为一个严密的体系，强调文学形式的独立、自律和稳定：一个闭合的"结构"通常显示出顽强抵抗历史侵蚀的坚固品质。必须承认，文学形式时常显现出超历史的表面。例如，巴赫金就曾经指出"创造性记忆"现象——某些文类总是坚定地维护自己的过去[①]，这仿佛再度证明了文学形式的自律特征。

然而，文学史的众多事实表明，文学形式并非完全自律——并非仅仅由这个体系内部的各种规则自我决定，构成一个独立王国。如同太空的一个星系，文学形式的确表现出自律和稳定的一面。但是，某一个时期的稳定不等于亘古不变。从远古的神话到后现代主义诗歌或者小说，文学形式

[①] ［俄］巴赫金：《陀思妥耶夫斯基诗学问题》，白春仁等译，生活·读书·新知三联书店，1988年版，第156页。

体系的新陈代谢从未停止。拉开时间与空间的距离进行观察可以发现，文学形式体系同时还围绕另一个更大的星系旋转：社会历史。作为另一个性质相异的系列，社会历史对于文学形式的演化产生了隐蔽的、缓慢的同时又是强大的推动。社会历史不断地从各个层面介入文学形式的新陈代谢，并且形成两种演变的表征：文学形式体系内部的某些部分不断地消亡；同时，另一些部分持续地扩充。例如，《文心雕龙》之中列举的相当一部分文体已经遭到废弃，同时，现代主义或者后现代主义正在催生一系列新型的叙述和修辞。

需要意识到的问题是，文学形式的扩充速度远比消亡速度快。任何一种文学形式都有寿终正寝的一天，然而，没有人知道是哪一天。现今已经进入二十一世纪，人们仍然无法预言，盛行于一千多年前唐朝的律诗或者绝句什么时候彻底消逝。某些文学形式甚至可能起死回生。中国文学史上的笔记已经绝迹多时，前一段又在"寻根文学"的大麾之下赫然复出。由于相当一部分文学形式长期稳定，以至于人们产生了一成不变的错觉——许多时候，这种错觉显然巩固了结构主义的观念。

因此，阐述社会历史如何打开文学形式体系的封闭性，文学形式的扩充部分是一个更为适合的观测对象。人们可以总结出增加的各种类型及其原因。例如，写作工具与传播工具的改变即是一种重要的类型。章回小说与话本的出现以及瓦舍勾栏的繁荣密切相关。电影或者电视的影像符号与摄像器材乃至数码成像之间的关系具有极为清晰的社会历史印记。没有二十世纪科技的高度发展，这种文学形式不可能出现。另一些文学形式可以追溯到不同性质的话语或者不同性质的符号，例如四声八病的发现、佛经的翻译对于形成近体诗的影响，例如音乐对于乐府、词、曲的影响。这种状况似乎仅仅是符号之间的交往，但是，某一个符号群落之所以与另一个符号群落相遇，通常来自更大范围文化环境的安排。人们甚至可以在相似的意义上考察"互文性"这个概念。"互文性"表明了文本之间的交织和相互反射。从克里斯蒂娃到罗兰·巴特无不倾向于认为，"互文性"仅仅是文学形式之间的狂欢。然而，之所以由这一批文本与那一批文本对话，人们仍然可以从中找到社会历史的蛛丝马迹。五四时期新文学之所以更多地接受俄罗斯文学以及弱小的被压迫民族文学，革命与反抗的历史背景无疑是极为重要的原因。

相对地说，确认文学形式与某种内容之间的固定联系较为困难。韦勒克和沃伦曾经说过，西方的古典主义时期时常以社会标准区分文类："史诗和悲剧叙述的是国王和贵族们的事情，喜剧描写中产阶级（市民、资产阶级）的事情，讽刺文学和闹剧则写的是老百姓。"[1] 但是，古典主义时期之后，这个规范很快失效。文学形式的普遍性往往体现为，起源于某种特定的内容，同时又超越这种内容从而显示出更大的适应范围。章回小说的成熟与历史叙述以及"分久必合，合久必分"的历史观念息息相关，然而，成熟的章回小说远远不止容纳这些内容。

文学形式与社会历史如何对接？这是一个令人困惑的问题。一种观念试图直观地将文学形式视为社会历史运动的回声，例如，支离破碎的现代主义小说形式反映了支离破碎的生活形式。另一种观念恰好相反：文学形式与现实生活的疏离、悖逆恰恰以异在性显示自己的反抗——例如阿多诺的观点。在我看来，这仅仅是相对简单的两种状况。文学形式与社会历史关系的复杂之处在于，二者既相互呼应又相互独立。如何在相互独立的表象背后发现相互呼应的条件和时机，社会历史学派批评家的考察往往过于粗糙。弗·詹姆逊的《政治无意识》曾经在三个层面上将文学形式与社会历史联系起来：某一部作品的文学形式与某一时期历史事件的联系；某种类型文学形式与一个阶级集体话语的联系；文学形式与历史之上某种生产方式的联系[2]。在我看来，僵硬的经济决定论可能带来过于狭窄的理论视

---

[1] ［美］韦勒克、沃伦：《文学理论》，刘象愚等译，生活·读书·新知三联书店，1984年版，第267页。

[2] 参见［美］弗·詹姆逊：《政治无意识》，王逢振、陈永国译，中国社会科学出版社，1999年版，第63—89页。

野，以至于另一些深刻影响文学形式的因素遭到了忽略，例如社会心理或者语言学的发展，等等。描述文学形式的时候，社会历史批评习用的范畴往往效力有限，例如阶级或者阶层。许多敌对的阶级共享相同的语法和词义，也共享诗词格律或者现代小说叙事模式。事实上，詹姆逊所说的历史事件、阶级话语和生产方式无法直接显现于文学形式——双方之间需要一个彼此接受的中介。

在我看来，意识形态恰切地充当了双方之间的中介。换言之，是意识形态而不是历史事件、阶级话语和生产方式向文学形式提出要求——尽管前者往往被解释为后面三者的回响。当然，没有理由忽视作家的独特贡献。文学形式体系的扩充往往追溯至某些天才的作家，众多新型的文学形式多半是他们的耀眼才华遗留的艺术遗产。肯定了这种前提之后，我更乐于指出意识形态如何借助个体传递历史的声音。语言、主体、世界三者抗衡之际，语言的规约力量往往超过人们的想象。只有当主体与世界的合力足够强大的时候，语言的成规才能被撼动。主体与世界二者的合作关系可如此描述：社会历史集聚的能量找到突破口的表现即是，意识形态选中了某一个幸运的作家。

最后，我愿意从《无名的能量》之中摘录一段话作为本讲的结束。这一段话简要地论述了何谓"意识形态"，论述了社会历史、作家和文学形式如何在意识形态领域相遇并且相互认证。我相信这个概念将为文学形式的研究开启新的维度——

> 意识形态似乎是一个远为积极的概念。在伊格尔顿看来，意识形态提供了历史与文学形式交汇的场域。二者必须在作家的内心相遇，否则，它们如同两块无法衔接的大陆。意识形态显示了作家的内心环境，用伊格尔顿的话说，意识形态"企图像描绘身体的运动那样以一种非常细密的精确性描绘人的心灵"。当然，意识形态并非个人心理而是某种集体性的意识结构。意识形态的内容并非同质的，社会内部

各种冲突的回响无不深刻地影响了意识结构的配置。这有助于避免一种狭隘的观念：某一个历史时期的意识形态仅仅诉诸一种文学形式。意识形态的庞杂内容通常包含了一套语言策略。尽管没有人颁发条令公布，但是，许多领域的话语共同证实了这一套语言策略的主宰作用——例如文学。文学写作时常被形容为孤独的个人活动，所有的故事和叙述无不秘密地涌现于某一个意识屏幕。然而，这些语言天才业已被意识形态结构暗中捕获。无论作家自己是否承认，那些貌似独创的个人文本无形地执行了意识形态的指令。他们之所以得到巨大的声誉，不是因为他们的杰出想象和语言禀赋，而是因为他们幸运地听到了历史的声音，并且找到一个相宜的文学形式及时地给予表述。所以，与其说作家成为历史与文学形式的衔接，不如说意识形态架设了二者之间跨度巨大的拱桥……历史向意识形态表明了自己的要求，这些要求最终由作家兑换为某种合适的文学形式。[1]

---

[1] 南帆：《无名的能量》，人民文学出版社，2012年版，第174—175页。

第四讲 文学类型：功能与谱系分析

一

文学类型通常指的是某种文体类别的概括，简称"文类"。以往的许多学术著作使用的概念是"体裁"或者"样式"。文学类型既可以指谓诗、戏剧、小说，也可以指谓英雄传奇、神话、格言。至于诗、戏剧、小说还可以继续分解为种种次级的类型，诸如抒情诗、叙事诗，或者田园诗、山水诗、讽刺诗；诸如悲剧，喜剧，悲喜剧或者话剧、歌剧；诸如惊险小说、历史小说、武侠小说，如此等等。

文学类型与文体之间存在重要的区别。相对地说，"文体"更多地指谓某一部具体作品的文本组织，更多地带有某一个作家的独特风格。英文之中 style 的涵义既指"文体"，亦指个人"风格"，stylist 即是富有个人风格的文体家。文学类型是对于众多的"文体"进行分门别类的归纳和总结，提炼若干普遍、稳定的形式特征。对于文学类型来说，多变的个性已经消失，普遍、稳定的特征构成了作家写作共同遵循的文学话语规范，例如诗必须遵从某些基本的格律，小说必须具备哪些特征，如此等等。弗雷德里克·詹姆逊曾经提出一个疑问：既然"形式"相对于"内容"，那么，由于每一部文学作品的内容各不相同，人们怎么可能发现独立的"文体"[①]？文学类型与文体的区分或许有助于回答问题：文体与每一部具体的作品相对，文学类型已经从众多文体的个性转向了普遍的共性。

中国古代批评家有时用"体"表示文学类型。将身体作为文学批评种种范畴的隐喻，是中国古代批评家的一个传统，例如"风骨"，"形神"，"气韵"，等等。金代的王若虚在《文辨》之中说："或问'文章有体乎？'曰'无。'又问'无体乎？'曰'有。''然则果如何？'曰'定体则无，大体须有。'"这一段问答显现了中国古代批评家对于文学类型辩证通达的态度。明代的徐师增曾经撰写《文体明辨序说》，分析各种文学类型的特征。不过，具体论述之中的"体"指的是某一部作品的"文体"，还是指某一批文体形成的文学类型，二者常常产生混淆。美国汉学家宇文所安认为，中国古代批评家所使用的"体"的内涵不无含混模糊。根据众多理论文本解读，宇文所安认为"体"相当于规范性风格（normative style）、类型规范（generic norm）以及规范形式（normative form）。总之，这时的"体"已经上升为一个类别的标准而不是个别文本的具体风格[②]。英文之中拥有许多用于表述类型的单词，例如 type，genre，kind，category，class；文学类型的中译亦因人而异，例如文类、类型、体裁、样式，"文学类型"是一个相对普遍的称谓。按照这种观念，文学的文体不可胜数，文学类型数量有限。任何一种文学类型都包含了不可重复的特征。显然，这就是一种文学类型与另一种文学类型的根本区别。

如何从古今纷繁的文学之中概括和归纳种种文学类型，理论描述的聚焦点是文学形式而不是文学内容。文学类型表明的是，一大批文体的组织、编码如何遵循一套相对固定的惯例、规则或者程式，形成了一个显而

[①] 参见［美］弗雷德里克·詹姆逊：《马克思主义与形式》，李自修译，百花洲文艺出版社，1995年版，第282—284页。
[②] ［美］宇文所安：《中国文论，英译与评论》，王柏华、陶庆梅译，上海社会科学出版社，2003年版，第4页。

易见的文本家族。人们可能会提出,所谓"侦探小说"、"武侠小说"或者"悲剧"、"喜剧"这些命名涉及的是内容。然而,当这些称谓作为文学类型的时候,它们指的是叙述某些故事的内容时不断重现的普遍形式特征。例如,侦探小说通常始于扑朔迷离的案件,中途陷入迷局,最终擒获真凶;武侠小说屡屡将惊现江湖的武林秘籍或者某种宝器作为巨大的悬念,随后,众多武侠卷入了一个又一个血雨腥风的连环圈套——文学类型考察与其说集中于"侦探"或者"武侠",不如说集中于"侦探"或者"武侠"的叙述模式。"悲剧"的叙述必须存在震撼人心的人物命运,"喜剧"的叙述保存了许多插科打诨的噱头。作为两种文学类型的时候,悲剧和喜剧已经将它们的主题转换为特定的修辞方式。所以,韦勒克和沃伦解释说,文学类型"是以特殊的文学上的组织或结构类型为标准";他们将"组织或结构类型"锁定于形式——"我们的类型概念应该倾向形式主义一边"①。总而言之,人们可以说,文学类型是文体组织方式的分级总结。每一个作家可以自由地使用各种词汇进行书写,但是,写下每一个句子的组织方式必须服从语法规定,主语、谓语、宾语的秩序不可做出任意的颠倒或者改变;与此相似,每一部作品貌似形成了五花八门的文体,但是,句子与句子之间的组织方式很大程度上由文学类型进行潜在的管辖。就作品之中单独的某一句话而言,人们很难分辨属于神话、小说抑或戏剧,但是,五十句话或者一百句话的时候,文学类型的归宿就会逐渐显现。

当然,文学类型的规则指的是文体的核心成分,而不是种种相对边缘的元素。一个文体内部,核心成分的各种规则显然起主导作用,各种边缘元素仅仅作为配合或者辅助。例如,作为修辞手段的比喻、夸张或者排比句式,诗、小说以及戏剧之中均可能出现,但是,分行与押韵只能是诗的特征,舞台表演只能见诸戏剧,小说通常必须包含一定的人物和故事情节,等等。事实上,只有这些核心成分才有资格充当种种文学类型的标

---

① [美] 韦勒克、沃伦:《文学理论》,刘象愚等译,生活·读书·新知三联书店,1984年版,第257页,265页。

志。所以，文学类型的概括和归纳同时还隐含了筛选和聚焦工作，亦即逐渐剥离文体的各种次要特征，从而将这些核心成分搜索出来。

文学类型通常拥有超常的强大权威。文学即是各种文学类型的总汇。纷繁具体的诗、小说或者戏剧之外，不再另行存在某种抽象的文学。文学史上独立的"文学"概念，诞生的时间远远晚于诗、小说或者戏剧。因此，谈论文学，不可能不进入这种或者那种文学类型，人们举出的例证只能是诗、小说或者戏剧。文学类型犹如文学内部最为重要的制度，人们对于文学类型的理解必然带入文学的理解。这个意义上，文学类型不仅在传统的保护之下世代延续，同时决定了文学生产、文学解读技术以及文学消费的规模。对于一个作家说来，文学类型是写作的入门知识。他必须熟悉一种文学类型，他所从事的写作只能是具体的诗、小说或者戏剧。文学类型的各种惯例先于作家而存在，无法掌握文学类型的知识只能被阻挡于文学的大门之外。其次，对于文学读者来说，文学类型的知识同样重要。文学刊物分门别类地将刊登的作品置于小说或者诗的栏目之下，读者往往根据这些栏目形成自己的阅读期待，提供不同的解读策略。一般地说，读者没有打算在一首抒情诗之中读到曲折离奇的情节，舞台之上的戏剧也不负责展现人物错综复杂的内心。"飞流直下三千尺"或者"黄河之水天上来"无疑是诗的名句，如果将这些诗句移入小说叙述就会成为离谱的笑话。总之，文学类型的规则是作家和读者共同认可、共同遵守的编码与解码依据。作家、文学刊物的编辑和众多资深读者成为一致认可这一份文学族谱的"想象共同体"。最后，文学类型已经占领了文学教育或者文学评判的制高点。文学教育讲述的首要常识往往是诗或者小说的规范。教授在课堂上讲授文学的时候，不解释何谓诗或者何谓小说几乎无法继续。最初的时候，文学类型可能仅仅是一种描述与分类的说明。屈原的《离骚》归入诗的范畴而曹雪芹的《红楼梦》属于小说，仅此而已。然而，这些描述与分类的说明逐渐演变为必须遵循的文学制度之后，文学类型开始充当评价的指南甚至首要标准。一部作品与正版的文学类型标准存在多大距离，这常常成为评判的论据。如果声称一首诗不符合诗律，或者形容一部小说缺乏小说的故事情节，这接近于宣布作品不及格。这个意义上，文学类型的制度化运作终于赢得了巨大的权威。

显然，文学类型是作家、语言体系、现实世界、读者四者的交汇之处。由于作家的组织，现实世界进入了文学类型的语言表述范围，继而获得了读者的理解。这时，文学类型的固定规则与作家个性化想象以及感受之间达成了一致。通常的意义上，现实世界广阔无垠，作家的想象或者感受纷杂多变，文学类型的意义在于收缩焦点，凝聚核心，删除多余的枝蔓，从而使作品的内容构成一个精炼的整体。必须看到，文学类型与作家的个性化想象以及感受相互磨合的时候，前者往往占据了主动和优势。如果说，一部作品的文体更多的是作家个人风格的产物，隐含或折射了作家处理生活的独特思想，那么，文学类型的坚固已经超出了个性风格所能动摇的限度。换言之，文学类型显示了形式规范的强大约束力。这时，作家不得不按照诗、小说或者戏剧的事先规定整理、调节或者修改自己的构思。当然，文学类型业已事先承诺，它们稳固的整体框架往往意味了稳固的经验方式、意识展开的方向和时间、空间的处理方式。无论是寥寥数行的诗，还是卷帙浩瀚的长篇小说，文学类型必须负责将现实世界改造为一个特殊的美学整体。与此同时，文学教育的一个特殊任务即是，不断地将文学类型的各种解码方式向读者普及。从松柏的象征、故事情节的通常结局到电影镜头语言或者神话原型，读者拥有的解读体系必须与作家获得共识。

作为一种截取世界的文学形式框架，文学类型形成的条件是作家、语言体系、现实世界与读者之间固定的合作关系。当然，所谓的语言体系包含了各种宽泛意义的符号，例如古典诗词之中的音律。不论哪一个因素率先启动，只要——而且必须——四个因素达成了协调和呼应的契约，一种文学类型即会如期而至。各种文学类型谱系的考察证明，历史时常提供各种机遇逐渐促成四种因素的启动及其协调的种种可能。当然，历史还可能同时制造另一个相反的事实：一旦上述四种因素的协调平台遭到了破坏——一旦某种因素发生了重大变动以至于解除彼此之间的合作，这种文学类型的寿命即告中止。

二

介绍了文学类型的意义和功能之后，现在必须进一步考察一个特殊的问题：文学史上始终存在两种倾向的抗衡：巩固文学类型的规范，或者，瓦解文学类型的权威。前者的观点通常来自逻辑意义上的演绎，后者的结论多半来自文学史事实的归纳；前者强调本体论，后者推崇谱系学。

文学类型一旦形成，它们往往表现出强大的自我维护能力。由于结构闭合性包含的内聚能量，所有的框架形式无不显现出相对稳定的性质。持续的文学实践之中，文学类型的内聚能量甚至可能固化，仿佛天经地义，始终如一。对于多数作家来说，文学类型是与文学传统联系在一起的。由于遵从传统乃至崇拜传统形成的文化姿态，他们对于文学类型保持相当的敬畏。这些作家之中的很大一部分具有古典主义乃至复古主义的倾向。某些时候，他们的敬畏甚至会演化为圣化文学类型的观点。他们心目中，文学类型不可质疑，而且，诗或者小说必定内含某种"诗性"或者"小说性"；愈是充分地展现"诗性"或者"小说性"，这些作品的质量愈是上乘。所谓的"诗性"或者"小说性"显然是"文学性"的局部显现。一种观念认为，小说、戏剧和诗是穷尽一切的"终极"文学类型[1]——这种观念背后的依据是文学类型本体论。尽管不同的批评家可能侧重不同的文学类型，但是，作为一种理论基础，文学类型本体论包含了多重的理论预设。首先，文学类型被预设为一个完善的形式体系，这个体系已经将偌大

---

[1] 参见［美］韦勒克、沃伦：《文学理论》，刘象愚等译，生活·读书·新知三联书店，1984年，第258页。

的世界瓜分殆尽，不再有哪一个角落遗漏在文学类型的覆盖之外。其次，文学史上的每一个文本无不从属于某一个文学类型，不存在既定文学类型以外的文学空间。未来的文本业已事先预订了席位——没有哪一个文本可以逃离终极类型的统辖。第三，上述意义上，文学类型显然被视为一个自律的、业已完成的、固定封闭的形式体系。无论是小说、戏剧、还是诗，诸种文学类型的差异被叙述为本体赋予的形式分工，人们没有必要在这些差异之中追溯社会历史的原因。

按照这种想象，文学话语内部各级文学类型的构造井然有序，层级分明。然而，这一幅清晰的理论图景从何而来？这时，人们不得不追溯到更高的"文学本体"。如同一个形而上学的理念，所谓的"文学本体"不仅可以将文学性投射于各个级别的文学类型之中，主宰诗、小说、戏剧等等各司其职，同时还保证各种文学类型的规则如同生物密码代代遗传。这一幅简明的理论图景通俗易懂，得到了范围广泛的接受。文学似乎就是在这种想象之中按部就班地发展。

然而，另一些作家对于文学类型不以为然。他们首先觉得，无拘无束的激情或者冲动没有必要循规蹈矩，文学类型的刻板规定并非文学的财富。许多时候，文学就是在破除各种陈规陋习之时进步。形式的突破也可以成为文学革命的契机，例如五四新文学运动。他们将文学类型视为一圈乏味的栅栏，甚至视为一副累赘的镣铐。古典主义或者复古主义正日复一日地沦为令人不屑的保守势力；作为某种腐朽传统的遗物，文学类型的规则、权威、等级纷纷解体。许多作家正是从反抗文学类型的专横之中体验到首创的快意。他们兴致勃勃地破坏、跨越或者综合各种文学类型，废弃各种文学类型之间的版图边界，甚至有意使之面目全非。这一批作家的笔下，所谓的文学类型正处于风雨飘摇之中。

强调以个性超越文学类型的拘束时，中国古代批评家使用过一个有趣的概念："气"。曹丕的《典论·论文》提出的著名命题是："文以气为主。"在他的眼里，"夫文本同而末异"，奏议、书论、铭诔或诗赋诸种文学类型仅仅存在枝节差别，"气"是文学类型之上品鉴作家的一个更高范畴。曹丕曾经借助"气"评述不同的作家。《典论·论文》之中说"徐干时有齐气"，"孔融体气高妙"；《与吴质书》之中说"公干有逸气"，如此等等。"气"的范畴越过了文学类型的固定框架而聚集于奥妙的个体风格，诸如"正气"、"英气"、"精气"、"生气"、"神气"、"昏气"、"矜气"、"浩然之气"、"悲郁之气"，这些概念或多或少渊源于中国古代——尤其是魏晋时期——的人物品藻之风。人物的风格神采的凝聚成"气"不可避免灌注于文学话语组织之中，甚至使文学类型黯然失色。文学类型的机械、僵硬无法捕捉不拘形迹的"气"。换言之，"气"将抛开文学类型的规则而显现耀眼的作家个性，甚至主宰文学话语的组织。韩愈对于"气"与话语的关系表述过一个特殊的观点："气，水也；言，浮物也，水大而物之浮者大小毕浮。气之于言犹是也，气盛则言之短长与声之高下者皆宜。"[①] 而刘大櫆在《论文偶记》之中将类似的观点阐发得更为具体："盖音节者，神气之迹也；字句者，音节之矩也。神气不可见，音节之见之，音节无可准，以字句准之。"[②] 尽管相当多中国古代批评家具有复古主义的倾向，但是，在另一方面，道家与释家对于"天真"的崇尚使之借助"气"与文学类型不变的成规分庭抗礼。

西方的浪漫主义带来了呼啸的激情，浪漫主义崇尚天才、灵感、想象力与独树一帜，甚至崇尚癫狂的精神。浪漫主义批评家心目中，一部杰作犹如植物一般不可遏止地生长出来，陈陈相因的模仿、机械式的拼凑或者亦步亦趋的平庸写作令人憎恶。书写内心世界的火山喷发，又有什么必要小心翼翼地顾盼文学类型的种种繁琐的规定？文学形式没有理由成为心灵的束缚乃至负担，这些作家通常无视种种形式规则，包括文学类型的惯

[①] 韩愈：《答李翊书》，郭绍虞主编：《中国历代文论选》（第2册），上海古籍出版社，2001年版，第116页。

[②] 刘大櫆：《论文偶记》，郭绍虞主编：《中国历代文论选》（第3册），上海古籍出版社，2001年版，第434—435页。

例。惯例无非证明诸多作品的彼此认同，相互承袭。太阳底下无新事：冬天之后是春天，恋爱之后是婚姻；一个侦探最终肯定会揭开案情的谜底，灰姑娘终究要遇到白马王子。小说之中混入诗意的片断或者悲剧之中夹杂了喜剧元素，那一定是某一个文学程序出现了错误。然而，这些观念现在一律过时了。标新立异的旗帜下，兢兢业业地遵守文学类型的规则显然是一种令人厌恶的品质。相对于这些浪漫主义观念，意大利美学家克罗齐更为激进。他主张把诸种艺术分类的著作付之一炬。他的观念是，所有的艺术无非是直觉的表现；承载这些直觉的各种形式已经没有意义。这时，所谓的文学类型不过是无聊的繁文缛节罢了。

　　当然，另有许多不那么极端的作家或者批评家采取的是折衷的态度。他们无法否认文学类型所遭受的巨大挑战，然而，他们同时认为，这些挑战并未完全摧毁文学类型本身。例如，托多洛夫就曾经多次出面重申文学类型的合法性。他坚持断定，文学类型不可能在文学王国消失，人们所能证明的仅仅是，一批旧有的文学类型为另一批新的文学类型所替代。托多洛夫列举了两条理由为文学类型的存在进行辩护。首先，一些作家对于文学类型的激烈反叛恰恰证明了文学类型的稳固位置，偏离或者倾斜的姿态无形地证明作家竭力逃脱的中轴线的坚固强大；其次，这些叛逆之作一旦赢得成功，它们即将被奉为另一种新的文学类型。这种观点显然可以获得中国文学史的证实。从诗赋、词曲到小说、戏剧，人们看到的是各种文学类型的持续轮换、衔接而不是文学类型本身的崩溃。历史似乎有能力不竭地输送一批又一批的文学类型。人们看到的现象是，某一个文学史段落之内，若干文学类型鼎盛一时，仿佛提供了最为理想的文学形式；然而，纵观漫长的文学史，文学类型总是存在动摇与改变的危险。作家始终以个人的风格不屈不挠冲击文学类型，使之逐渐地松懈、变形、瓦解，从而为新的文学类型显形、定格、赋予权威创造外部条件。

三

新型的文学类型什么时候以及为什么出现？出现的时机可以预测吗？文学史上的众多文学类型的轮换、衔接是否事先存在一份蓝图？它们之间的排列以及新陈代谢是否遵循一定之规？哪些具体的原因导致某些文学类型的衰亡，另一些文学类型的崛起？描述了巩固文学类型和瓦解文学类型两种倾向之后，人们必然要遇到这些问题。

结构主义文学观念隐含了一种宏大的理论企图：全面描述文学形式的各种可能，寻找出各种程式之间的组合规则，包括事先预测文学类型的全部程序。结构主义认为，一个伟大而神秘的"结构"隐藏于所有文学形式的核心，主宰这个庞大体系的运作。然而，这种理性主义的精致想象遭到了历史的粗陋反击。文学类型的发展史表明，没有一个权威的分类体系作为新陈代谢的准则，诸多文学类型之间甚至缺乏共同的逻辑标准。许多批评家感叹，除了历史性的描述之外，很难对现有的文学类型进行清晰而严谨的统一划分。文学史的观察可以发现，文学类型的认定常常是粗糙和随机的。曹丕的《典论·论文》指出："盖奏议宜雅，书论宜理，铭诔尚实，诗赋欲丽。"陆机的《文赋》秉承《典论·论文》，根据各种文体风格辨认文学类型："诗缘情而绮靡，赋体物而浏亮，碑披文以相质，诔缠绵而凄怆，铭博约而温润，箴顿挫而清壮，颂优游以彬蔚，奏精微而朗畅，奏平彻以闲雅，说炜晔而谲诳。"然而，魏晋时期的另一部文学理论名著《文心雕龙》提到"无韵者笔也，有韵者文也"[1]，这无异于插入了另一种划分的原则——押韵。不论如何解释当时的"文笔之辨"，这种划分原则前所未有。相似"文"与"笔"的差异，中国古代批评家同样热衷于分别诗与

---

[1] 参见刘勰《文心雕龙·序志》引述的以"有韵"和"无韵"区分"文"和"笔"的观点。

散文。然而，人们几乎无法从众多批评家的观点背后找到一种普遍的衡量准则："有所记述之谓文，吟咏性情之谓诗"；"文尚典实，诗尚清空；诗主风神，文先理道"；"文显而直，诗曲而隐"；或者"意喻之米，文喻之炊而为饭，诗喻之酿而为酒，饭不变米形，酒形质尽变"①——这些形容的共同前提在哪里？

西方的史诗、抒情诗、戏剧似乎是公认的划分，但是，这种划分的依据远未一致。雨果在著名的《〈克伦威尔〉序言》之中将文学类型与社会时期联系起来："原始时期是抒情性的，古代是史诗性的，而近代则是戏剧性的。抒情短歌歌唱永恒，史诗传颂历史，戏剧描绘人生。第一种诗的特征是纯朴，第二种是单纯，第三种是真实。"②然而，另一种观点认为，"抒情诗表现的就是诗人自己的人格，在史诗（或小说）中，故事部分地由诗人亲自讲述，部分地由他的人物直接讲述（即混合叙述）；在戏剧中，诗人则消失在他的全部角色之后。"如果说，这种观点是根据叙述人与故事的关系分析文学类型，那么，还有一种观点宁可根据人称和时态："戏剧，第二人称，现在时态；史诗，第三人称，过去时态；抒情诗，第一人称单数，将来时态。"这些冒险的概括不仅可能出现重大的遗漏，而且彼此无法通约。当然，人们还可以遇到另一些别出心裁的考虑，例如将世界划分为宫廷、城市和乡村，然后分别配上相对的文学类型，即英雄诗（史诗和悲剧）相对于宫廷、谐谑诗（讽刺诗和喜剧）相对于城市、田园诗相对于乡村。③抛开抒情诗、史诗、戏剧这些公认的文学类型，莫·卡冈的《艺术形态学》提出了另一种版本的文学类型分类依据：题材，认识容量，

---

① 这些观点分别来自元好问的《杨叔能小亨集引》，胡应麟的《诗薮》，许学夷的《诗源辨体》，吴乔的《围炉诗话》。

② ［法］雨果：《〈克伦威尔〉序言》，柳鸣九译，《西方文论选》下卷，伍蠡甫主编，上海译文出版社，1979年版，第189页。

③ 参见［美］韦勒克、沃伦：《文学理论》，刘象愚等译，生活·读书·新知三联书店，1984年，第258—259页。

价值意识，形象模式①。总之，如此纷繁的标准意味的是各种规格的文学类型，规定文学类型的确切总数以及公布每一种文学类型的标准版本几乎不可能。

根据文学史事实，可以追溯到五花八门的文学类型起源。许多文学类型的问世充满了偶然的原因，进而影响作家、语言体系、现实世界与读者这四种因素。具体地说，作家突如其来的灵感，种种好奇的尝试，形式的组合杂交，民间文学的启示，多种文化因素的影响和介入，各种符号体系的交叉影响，写作工具和传播工具的改变，这一切均可能成为某种文学类型的催生婆。据考，中国古代的某些文学类型——例如"命"、"诰"、"誓"、"赋"、"祭"、"铭"、"诔"，等等——均源于不同交际场合约定俗成的文辞话语②。此外，乐府诗和词、曲无不溯源于音乐；佛经的翻译引起的音律研究是近体律诗形成的重要条件；小说、戏曲等讲唱文学的崛起相当程度上依赖于城市生活；八股文的长盛不衰得益于科举制度的扶持。社会历史的各种重大变故亦将影响文学，催生新的文学类型。欧洲中世纪风气之于骑士小说，现代科学之于科幻小说，心理学之于"意识流"小说莫非如此。另一方面，各种传播工具始终在培育相宜的文学类型：石碑等各种器物培育了碑铭文，报纸杂志培育了随笔专栏，戏剧舞台、电影银幕培育了剧本，如此等等。

如果某种文学类型的诞生涉及不同文化体系的相互激荡，情况就会更复杂一些，例如现代意义上的"小说"。汉语之中，"小说"一词很有趣。这个词最早出自《庄子·外物》："饰小说以干县令，其于大达亦远矣。"小说乃街谈巷议、道听途说之意，诸如一些无关紧要传言，传说，轶事。"小说"一词的相对物就是"大言"。"大言"可以理解为论述大道的言论，

---

① 参见［俄］莫·卡冈的《艺术形态学》第十二章，凌继尧等译，生活·读书·新知三联书店，1986年版。

② 参见郭英德：《中国古代文体学论稿》，北京大学出版社，2005年版，第29—43页。

例如古代许多思想家的哲学著作、士大夫的策论，或者历史著作。如果说，"大言"构成了社会文化的主流和权威，小说无非记载一些小玩艺儿作为"大言"的补充和佐证。中国古代小说存在两个重要的脉络。一个脉络是传奇笔记，记录、讲述一些奇闻轶事。"子不语怪力乱神"，儒家文化传统强调的是严肃和正统。生活之中许多有趣而奇怪的杂碎只能进入随手写下的笔记。无论是素材还是叙述方式，笔记都是中国古代短篇小说的特殊资源；另一个脉络是讲史的话本，流行于瓦舍勾栏，日后很大程度上发展为历史长篇小说。西方用于指称"小说"的词汇有好几个，例如 novel, story, fiction, romance, fable, tale, 等等。尽管这些词汇的涵义存在种种微妙的分歧，但是，它们大约都包含了虚构、传奇和传说的涵义，story 还有"历史"的涵义，譬如 history。大约是十九世纪末，通过日语的转译，这些词汇与汉语的"小说"等同起来，共同命名某种文学类型，使之与"诗"、"戏剧"相提并论。这时，虚构、传奇以及异于正统的言论、历史记载这些文化密码潜在地隐藏于这个文学类型之中，在那个时代的文化语境之中承担"寓教于乐"的使命。

众多文学类型产生的原因具有如此之大的差异，这些原因又如此依赖于外部各种不可预知的因素，因此，人们没有理由认为，诸多文学类型可以根据某种事先设计的蓝图有条不紊地生产出来。这显然是对文学类型本体论的强烈质疑。文学类型并非一个严密的体系，并没有某种神秘的图式按照严谨的逻辑主宰这个体系的内部结构。相反，种种不同的历史机遇促成了诸多文学类型的陆续问世。这些文学类型不是同一标准的系列产品，公布之前也没有经过严格的统一审核；它们的名称、形式特征、衡量原则以及流行的范围无不带有偶然的意味。陆机《文赋》指出："体有万殊，物无一量"——这必然形成一个后果：文学类型数目繁多，而且纷杂不均。刘勰的《文心雕龙》阐述了"骚"、"诗"、"赋"、"颂"、"赞"、"祝"、"盟"等三十来种文学类型，某些名目的设立因为前提不一而显出了驳杂凌乱；萧统的《昭明文选》汇聚的文学类型计三十九类，而"赋"之下又包含子目十五种，"诗"之下子目二十二种。无论是"咏史诗"、"游仙诗"、"述德诗"、"行旅诗"还是"京都赋"、"游览赋"、"江海赋"、"哀伤赋"，无论是"诏类"、"策类"、"史论类"、"碑文类"还是"弹事类"、"对问类"、"哀文类"、"墓志类"，人们都无法从中清理出一个井然有序的纲目。姚鼐编选的《古文辞类纂》收集了历史上曾经出现过的各种级别的文学类型，丰富而杂乱。描述论辩、序跋、奏议等诸多文体的来龙去脉时，姚鼐时常涉及造就文体的历史语境。这种描述隐含的启示是，层出不穷的文体不是来自某种先验的观念，而是历史提供的文化气氛。刘勰早已在《文心雕龙》之中提出："文变染乎世情，兴废系乎时序"——对于文学类型产生说来，这种观点同样适合。

那么，如何以这种观点解释瓦解文学类型的冲动？

四

详细地谈论文学类型的瓦解，人们必须区分两种形态。

第一种形态显现为，诸多文学类型的等级排序开始重新洗牌。亚里士多德的《诗学》之中，悲剧最为尊贵，史诗次之，喜剧最为低级。所以，国王和贵族活跃在悲剧和史诗之中，市民和资产阶级只能进入喜剧。更大的文化范围内，亚里士多德甚至觉得，文学的等级高于历史著作。历史著作仅仅是个别事件的记录，文学描述的是必然发生的事情。[①] 这个观点与中国传统文化内部的排序相差甚远。中国古代的许多思想家认为，文学仅仅是历史著作的拾遗补阙。经史子集构成的文化序列之中，文学仅仅在集部占据一个小小的席位。由于儒家教化思想的统治，修身齐家治国平天下是士大夫的志向和理想，因此，"文以载道"远比"诗缘情而绮靡"重要。

[①] 参见亚理斯多德《诗学》第九章，罗念生译，人民文学出版社，1988年。

闲暇之余可以浅吟低唱，消愁释闷，但是，宗经征圣才是正经的事务。文学话语的领域之中，各种文学类型同样存在尊卑之分。诗通常在于抒发宏大志向，堂堂正正；词的风格婉约柔媚，卿卿我我，仅仅是一种小情小调——这种观念直至苏东坡与辛弃疾的出现才为之一变；至于戏曲小说多半流传于民间，具有浓厚的草根气息，格调粗鄙。尽管这些规范仅仅是隐性的，模糊的，但是，种种等级排序并非仅仅是文学形式的内部事务，而是很大程度地回应了意识形态要求。如果社会历史的意识形态发生重大变化，各种震撼将进入文学话语领域，诸种文学类型的座次可能产生根本的调整。例如，晚清的梁启超不遗余力地鼓吹小说的意义，这显然是回应另一种意识形态对于文学类型等级的重新划分。换言之，新型的意识形态提供了瓦解文学类型的能量。

瓦解文学类型的另一种形态表现为，直接破坏了某种文学类型的既定规则。人们可以从许多的实验性写作之中发现，小说不再存在完整的故事情节和人物命运，日常口语大量进入诗歌，或者，小说之中穿插了各种诗的片断，各种文学类型之间相互跨越。纵观古往今来的文学史，文学类型既定规则的破坏从来就没有中止。如果说，作家独创的冲动是瓦解文学类型的显见动因，那么，这种冲动背后往往隐藏了意识形态的支持。事实上，所有瓦解文学类型的企图必将遭遇多种阻力。既存的文学类型是现成的，固定的，权威的，声名显赫的；冲击文学类型的经验是模糊的，未名的，松散的，浮游不定的。因此，后者必须集聚起十倍的力量才可能发动一个成功的挑战，这种挑战很少一蹴而就。双方之间往往存在反复的拉锯、交织，某些退隐多时的文学类型可能突然回光返照，重振旗鼓。人们可以说，文学类型的巩固或者瓦解时常折射了不同类型意识形态之间的抗衡。个别作家的独创意识如果没有强大的文化后援，瓦解文学类型的冲动常常被迅速地扑灭。归根结蒂，作家的独创之所以赢得最终的认可，很大程度上表明新型意识形态终于突破了陈旧意识形态的封闭，从而引入了前所未有的历史内容。

如前所述，文学类型的结构闭合性不仅显现为固定的经验形式——显现为物质形式乃至心理模式的惰性，而且，这一切同时在文学传统的名义之下得到维护。许多文学类型并没有止步于它们诞生的那个时代。相反，文学类型跨越了时代的边界，它们的形式仿佛可以长存不朽。无论是近体律诗、宋词元曲还是来自宋元平话的章回小说，这些文学类型至今还在流传，远未到预言它们终结的时候。征人戍边、闺怨相思的主题已经退得很远，现代社会的众多词汇、句式势不可挡地冲垮了平平仄仄的格律规范，"分久必合、合久必分"的演义模式再也无法全面地展现生活背后复杂交织的因果网络。尽管如此，这些文学类型的形式规范仍然坚硬如故。漫长的渐进式演变之中，文学类型的成因可能隐没，某种文学类型与当初那种主题之间的血缘关系愈来愈疏远；尽管如此，惯例拥有的形式权威仍然显示出强大的控制力量。形式权威的表征即是，遵从惯例而不再追溯这种惯例的当初成因是否仍然存在。许多时候，新型的文体无法甚至不愿意自立门户。它们更乐于隐身于人们熟悉的文学类型之中，沿袭一个显赫家族的名号。

这个意义上，考察文学类型的巩固和瓦解，人们往往可以察觉坐标的纵横两轴。纵轴之上的文学类型作为文学传统或者惯例世代延续，横轴之上前所未有的历史内容持续冲击这种传统或者惯例，直至打开一个形式的缺口。这时人们可以说，文学类型的新陈代谢很大程度地涉及意识形态的深刻变革。

的确，文学类型、文学传统与意识形态之间存在某种隐秘的呼应与对抗关系。各种仪式、象征符号之中凝结了特定的意识形态。稳定的文化形式有助于巩固文化记忆，同时抑制和排除种种不可预料的情绪方式以及不驯的思想观念。文化传统必须栖息于古老的形式内部，因袭祖制，言必有据，陈陈相因，循规蹈矩，种种叛逆的离心因素将由这些古老的形式负责排除。总之，重复古老的形式即是维护历史的连续和统一，形式的权威时常与统治阶层的思想产生隐秘的呼应，文学类型的巩固也不例外。中国古代批评家甚至觉得，各种文学类型无非是经典派生出来的。所以，刘勰《文心雕龙·宗经》表述了"文出于五经"的观点："故论、说、辞、序，则《易》统其首；诏、策、章、奏，则《书》发其源；赋、颂、歌、赞，则《诗》立其本；铭、诔、箴、祝，则《礼》总其端；纪、传、盟、檄，则《春秋》为根；并穷高以树表，极远以启疆，所以百家腾跃，终入环内者也。"[①] 不论是思想观念的渊源关系还是文学类型的形式，效法经典即是效忠于传统，这是众所周知的意识形态涵义。因此，文学类型"发生学"的这种认定——哪怕是勉强的、甚至不无讹误的认定——表明，"赋"、"颂"、"歌"、"赞"等文学类型的来龙去脉并不重要；重要的是通过正本清源续接儒家"温柔敦厚"的"诗教"传统。一方面，儒家文化赋予特定文学类型某种权威，形成正统和尊严，这些文学类型保证儒家文化的主题拥有一个坚固的躯壳，二者的相得益彰，彼此声援。许多文学类型跨越了时代而长存，这种状况往往隐藏了统治阶层——包括功成名就的作家以及积极维护正统权威的批评家——的企求：排除文学类型可能遭遇的各种扰乱，复制和延伸古老的文学秩序，这一切同时是保持历史现状和意识形态的特殊努力。一种文学类型从成型、固化并且得到连续的承传，这意味了符号及其构造形式对于经验的聚合愈来愈完整，秩序愈来愈固定。所以，一个成熟文学类型不仅是一个抽象的名称和若干基本规定，而是造就相应的基本感觉，继而全面地影响大众阅读趣味、文学评价以及文学史的权威。反之，破坏一种文学类型或者削弱一种文学类型的权威，亦即破坏或者削弱文学秩序背后的文化权力与意识形态，进而改换传统文学类型包含的基本感觉。许多时候，二者之间存在持久的博弈。对于中国古代文学来说，诗歌充当了理所当然的主角；明清小说崛起之后，诗歌仍然不肯轻易地退出舞台——许多章回小说镶嵌了众多"有诗为证"的片断。这再度证明，文学类型的巩固和瓦解背后隐藏了文化冲突。文学类型解体的连锁效

---

① 刘勰：《文心雕龙·宗经第三》，燕山出版社，2001年版，第25页。

应可能触动乃至改造话语区域的各种已有划分，进而再造社会经验乃至全部的文化记忆。如果以戏谑之辞叙述伟人或者英雄的不凡业绩，如果一本正经地表白鄙俗的观念，如果大量第一人称的抒情片断或者哲理思想插入小说的故事情节，如果将报纸社论的辞令与嬉笑怒骂的表情编织在一起，这些表象背后通常存在某种文化异动。符号体系的分裂、破碎迟早会危及占有统治地位的意识形态，文学类型的瓦解同样是一个不可忽视的症候。众多的文学史事实表明，文学类型的大规模变异预示了历史文化的重大转折。

这就是说，文学类型的固定存在隐含了深刻的历史依据——从稳定的文学秩序到稳定的意识形态。当文学类型遭受瓦解的威胁时，文学传统首先出面，阻止事态的进一步发展。文学传统仿佛是"本质"或者"规律"的证明。作为惯常的理论策略，巩固文学类型的观念时常被纳入文学类型本体论，从而被叙述为本质的、逻辑的必然。然而，谱系学的考察显示，文学类型没有特殊的护身符。文学类型本体论的想象毋宁说是一种幻觉。人们可以从文化权力以及意识形态的联系之中发现文学类型的成因和延续不变的理由；同时，如同文学类型的诞生，这些因素的改变也常常宣判文学类型的瓦解，或者是部分地瓦解——换一句话说，巩固和瓦解无不显示了历史条件对于文学类型的制约。

五

如果说，浪漫主义的强大主体曾经聚集了挑战文学类型的重要能量，那么，现今的一个重要现象是，后现代主义正在破坏文学类型一成不变的观念。后现代主义对于种种普遍的大概念深表怀疑。后现代主义者看来，一个如此不确定的世界背后无法发现某种终极性的依据，历史的整体性或者终极真理、进步或者客观性、理性如同无稽之谈。各种宏伟的雄心壮志正在后现代主义气氛之中逐渐解体，主体的幻象与历史大叙事的幻象均告破灭，"一切坚固的东西都烟消云散了"，后现代主义已经无力造就或者恢复雄伟的历史架构，这种无奈、琐碎同时轻松自如的意识形态正在波及文学类型。二十世纪八十年代，人们已经从一批诗歌之中察觉某种意味深长的动向。反崇高、反英雄、反文化成为一种时尚之后，诗歌的文学类型特征正在一批校园诗人的手里出现了明显的退化。诗歌不再被视为激情的凝聚，他们将"日常主义"作为诗歌的美学追求，诗人不仅搜集凡俗的琐事冲击矜持的典雅和崇高，而且，意象、象征与铿锵悦耳的音调为平庸的风景和聊天的口语所替代。人们可以看到，诗歌开始向散文撤退，诗歌的凝练情绪转换为涣散的日常心境，诗歌的文学类型框架悄悄地被散文瓦解和镂空。浪漫主义之后，现实主义文学正式接纳了日常生活构成的强大冲击，作家开始正视生活之中的世俗气氛；现代主义短暂地拐向精英主义的愤世嫉俗之后，后现代主义进一步放低了姿态——普遍的反讽是后现代主义热衷的风格。以反讽的姿态调侃传统，这是后现代主义的擅长。尽管喜剧曾经在众多文学类型之中座次低下，然而，现今的喜剧因素正在四面扩散，甚至出现"无厘头"式的夸张和戏谑。笑声摧毁了许多严肃或者深刻的表情，一些昔日的偶像迅速地丧失了堂堂威仪。这种状况显示了意识形态的当前表征。作为反讽的一个对照，抒情风格正在大面积溃败——例如大型抒情诗。还有什么值得热泪盈眶，甚至倾出一腔热血呢？这时，人们对于世界的失望、不信任和无奈终于传递到了文学类型领域。

后现代主义的另一个特征是，热衷于多种文学类型的拼贴。这种现象至少表明，文学类型切割和截取世界的传统框架正在遭到深刻的怀疑；同时，另一种新的稳定框架并未如期出现。因此，拼贴象征了历史大叙事废弃之后的各种组合实验，众多小叙事形成的碎片试图在花样百出的拼贴之中造就各种意外的可能：诗歌、新闻、历史著作、哲学摘要，甚至还可以加上实验戏剧的片断或者互联网上的视频。这时，社会历史丧失了强有力的必然逻辑而分解为零散的碎片，分解为一些无足轻重的琐屑，或者在

"戏仿"之中制造莞尔一笑。这些拼贴可能包含各种独出心裁的创意和才气，包含众声喧哗的空间，然而，人们已经看不到某种坚定的、一往无前的追求，看不到某种形而上的信念。事实上，许多眼花缭乱的拼贴仅仅是一些集锦式的碎片，背后一无所有。各种神话象征、崇高的人物或者历史的逻辑已经撤离，人们遭遇的仅仅是趣味和游戏。

众多后现代主义式的文学修辞之中，人们可以察觉到一批既定的文学类型正在出现重大的转移。史诗式的鸿篇巨著开始衰退，大写的历史转向了小写的历史；高亢激昂的抒情文学类型丧失了气势如虹的澎湃激情，小情调、小感觉代替了巨型的历史景观；片断的奇思妙想开始置换坚定的历史信念；第一人称"我"的小视角驱逐了全知全能的上帝式俯瞰。发表文章与发表对于世界的重要观点成为全然不同的两回事，零散的小叙事时常得到后现代主义的垂青，尤其是散文随笔。多年以前，我曾经意识到后现代主义赋予散文随笔的特殊机遇：

> 散文的反抗中心与边缘性甚至使它在后现代主义语境里赢得了活力。利奥塔德意味深长地说过，蒙田的散文具有后现代主义性质。后现代主义时代的作家失去了普遍的规则和范畴，他们眼里的现实已经碎裂为无数片断。整体的幻觉与深度的幻觉破灭之后，再也没有史诗式的文类能够令人信服地给出一个完整的世界。的确，如同利奥塔德所形容的那样，折衷主义成为后现代主义文化的特征：人们听强节拍的通俗音乐，看西部影片，午餐吃麦当劳的食物，晚餐吃当地菜肴，在东京洒上巴黎香水，在香港穿"过时"服装——这种眼花缭乱的流行时尚结束了任何统一的标准。个体的即时感兴成为唯一可信的内容。这个时候，散文的松弛、灵活、自由、零散、轻松都将成为后现代主义所喜爱的品质。散文既可以体现后现代主义放任洒脱的游戏精神，也可以体现后现代主义胸无大志的零敲碎打，同时，散文所承担的片刻消闲恰好吻合了消费社会旋生旋灭的欲望，散文那种不拘一格

85

的写作策略遥遥地呼应了后现代主义"怎样都行"的口号——无论人们是在肯定的意义上还是在否定的意义上认识到这一点。也许这是一个有趣的问题：难道巨大的历史循环已经做出安排，这种边缘性文体充当文学主角的时刻将要来临了吗？[①]

西方的文学理论之中，现代文学类型通常仅仅包含诗歌、小说、戏剧三种。由于中国古代文学之中"散文"的巨大成就，同时，也由于五四时期的"美文"带来的长远影响，中国的文学理论多半倾向于认为，现代文学类型应当包含散文，即诗歌、小说、戏剧、散文四种文学类型。如前所述，文学类型的瓦解带来的一个后果是，四种文学类型的边界均处于游移不定状态。我曾经几度参与散文作为文学类型特征的讨论。讨论之中涉及某些关于文学类型的基本观念——例如，如何界定散文？是否存在文学类型的本体？如果不存在文学类型本体，依据什么认识诗歌、小说、戏剧、散文之间的区别？在我看来，这些问题均与文学类型的巩固与瓦解密切相关。

许多批评家认为，没有规矩，不成方圆；作为一个独立的文学类型，散文必须要有清晰的"边界"。即使古代散文不存在一个稳定的分类方式，现代散文也到了为自身建章立制的时候。然而，如何划定散文的"边界"？批评家见仁见智，远未取得共识。我从争论的文章之中读到一些熟悉的观点，诸如散文不是实用性文体，而是自我表达；散文是审美的，必须显现个人的灵魂，流露真情，如此等等。在我看来，这些标准有失严谨。中国文学史上，许多"实用性"的公文成为散文名作。日记、信札、演说乃至一张请假条都可能成为一篇散文。另一方面，"显现个人的灵魂，流露真情"这些观点无法排除诗歌或者小说。在我看来，这些观点更像是"好散文"的形容。"何谓散文"与"何谓好散文"显然是两个性质相异的问题。

[①] 南帆：《文学的维度》，中国人民大学出版社，2009年版，第217页。

当然，这种挑剔不能证明，我可以出示一个标准答案。我不止一次地表示，散文的"边界"可以撤除；换言之，诗歌、小说、戏剧之外均可成为散文。事实上，这即是我认定这个文学类型的参照坐标——相对于诗歌、小说、戏剧，散文具有哪些独异的特征？

散文与戏剧的舞台表演存在显眼的差异，二者的领地泾渭分明，这里不再详细地展开论述。我首先要谈论的是散文与诗歌的区别。"散文"一词最初即是相对于"韵文"而言。与韵文不同，散文对于押韵、节奏以及铿锵的音调没有追求。吟咏或者朗诵一篇散文可以觉察，这个文体不负责为听觉制造快感。这是散文与诗歌的重要分野。散文叙述的自由句式之中，诗歌的音乐传统再也延续不下去了。当然，音乐传统的延续与否仅仅是一个表象，散文与诗歌的分野具有更为内在的涵义。诗的节奏、押韵以及铿锵语调具有严整的形式感，诗歌的凝练、跳跃保持了崇高的风格，诗歌的修辞穿行于瑰丽的神话意象和庞大的象征系统——这一切无不展现出摒弃世俗的美学跨度；诗人对于春花的咏叹一般不愿意持续地延伸到泥土里的根茎、气味不雅的肥料或者猥琐地拱来拱去的蚯蚓。相形之下，散文保存了浓郁的烟火气息。散文可以放低姿态，直面坚硬的现实，从容不迫地叙述琐杂的见闻，甚至不惮于家长里短，絮絮叨叨。正如黑格尔当年所形容的那样，散文的时代如期而至。从现代性的兴起到后现代的降临，英雄以及他们栖身的史诗时代已经共同式微，历史逐渐滑入了另一个阶段：松散，平庸，宏大转向琐碎，崇高转向实利主义，深刻转向平面化。这种气氛之中，诗歌多少显得傲慢、孤芳自赏和自以为是，散文如鱼得水的时候到了。由于固有的美学跨度，诗歌无法眷顾各种过于卑微的生活碎片，或者对于多种异质的意象——例如城市景观、工业文明，或者政治系统——束手无策；相形之下，富于弹性的散文可以轻而易举地发现和抵近对象，调节出各种适合的视角。

如果将韵文排除于视野之外，那么，如何区分散文与小说就会成为接踵而来的显眼问题。必须承认，散文与小说的亲缘关系十分密切。烟火气息同时构成了小说的显著特征。因此，散文与小说时常面目相近，甚至不分伯仲。阅读近时某些散文的片断，人们几乎无法依据叙述话语的形态——例如，叙述的节奏，细节的再现——清晰地分辨散文与小说。许多人看来，区分散文与小说的一个重要标志是"虚构"：散文如实记叙，小说乐于虚构。尽管许多散文逾越这一条界限的企图遭到了不少谴责，但是，各种琐碎的考据——例如某一个片断或者某几句对白存在多少虚构的可能——并不重要。与其蛮横地剥夺散文的虚构权利，不如合理地解释小说力图依赖虚构获取什么。

文学史并未举行仪式，隆重地将虚构的特权授予小说，并且禁止其他文体——例如散文——擅自染指。在我看来，小说必须有偿接受虚构的馈赠。小说的许诺是，利用虚构有效地克服世俗生活的平淡乏味。庸常的日子如此沉闷，只有虚构才能召唤想象的幽灵，击穿平凡无奇的表象，赋予戏剧性与传奇性，逼迫日常生活转入另一个起伏不定的轨道。显然，戏剧性与传奇性的形成很大程度上诉诸巨大的悬念，悬念是情节的跌宕赢得的内心呼应。众多读者心甘情愿地为之耗费精力和时间。悬念牢牢地缚住了人们的心智，驱使他们沿着情节的轨道跟跟跄跄地狂奔不已。这即是虚构的效果。然而，散文不屑于虚构，散文的自信来自洞悟平淡背后的玄机与妙趣，来自看穿世情的安详。内心的起伏取代了情节的跌宕，恰是因为洞悉平淡内部隐含的趣味。散文有信心以如实的记叙、内心的情意和各种奇思妙想抗衡乃至战胜虚构造就的悬念。

至少在目前，愈来愈多的散文展现了智慧和思想。这是促使我区分散文与论文的原因——尽管这种区分已经超出了传统的文学话语领域。我的结论是，散文的智慧和思想具有强烈的个性，它们的独特程度比公众的接受程度更为重要；论文的每一个论证步骤必须吻合公众遵循的逻辑程序。科学论文表述的思想注重具有普遍意义的命题。从酸碱中和定理、重力加速度、水会在零度之下的气温之中结冰到生产力决定生产关系、远古曾经存在母系社会、地理大发现带来了商贸的繁荣，科学论文表述诸如此类的思想是为了争取共识。相当多的结论一时尚未广泛地接受，作者需要详加论证，引经据典或者依靠图表、计算以及实验室的数据。总之，科学论文的表述是为了抵达一个共同认可的思想高地；结论的说服力来自严格的表述程序：表述的每一个环节都必须吻合公众遵循的逻辑。

相对地说，散文表述的思想显示出强烈的个性。散文不是像科学论文那样发现了一个独特的外部世界，而是展示了自我的独特思想。例如，散文没有兴趣通知人们生命有限，长生不老的企盼是违背科学观点的妄念；散文要说的是，"盖将自其变者而观之，则天地曾不能以一瞬；自其不变者而观之，则物与我皆无尽也"——这是苏东坡的《前赤壁赋》。我曾经提到散文的"奇思妙想"，很大程度上即是指富于个性的思想。考虑到当代作家的时候，罗兰·巴特无疑是我首先想到的人物。无论是《神话集》、《恋人絮语》还是《艾菲尔铁塔》，巴特贡献的不仅仅是思想，而且是摒除了所有平庸气息的思想。这些思想的大部分无法转换为所谓"天下之公器"的学术——巴特也未曾显现出这种企图，他在这些思想之中注入的是强烈的作家气质。这即是散文与科学论文的距离。

不言而喻，这些粗糙的概括忽略了许多例外，犹如放弃细节的精雕细琢换取基本轮廓的浮现。仅仅列举诗、小说、戏剧、论文几个有限的参照标识，散文的"边界"勘察远未精确。然而，正如王若虚所言："定体则无，大体则有。""大体"意味了方向，"定体"可能演变为陈陈相因的束缚。当然，"大体"同时表明，各种文体规范并非僵硬的教条。必要的时候，文学必须有勇气破门而出。这个意义上，文学类型的巩固意味的是传统和规范，文学类型的瓦解意味的是向社会历史敞开。如何掌握二者之间的张力，这是任何一个作家都要接受的考验。

第五讲　真实的虚构与虚构的真实

一

对于文学说来,"真实"概念意味了什么?许多人心目中,这是一个不言而喻的问题。无论是一个表情、一个历史事件或者一则新闻,真实与否的鉴别没有多少理论含量。这种观念多少限制了思索的兴趣,以至于这个问题久拖不决,而且愈来愈陈旧、乏味。因此,当"现代性"、后殖民主义批评或者"文化研究"挟带一大批新型命题崭露头角的时候,"真实"概念逐渐被束之高阁,遭受普遍的遗忘。当然,束之高阁并非问题的真正消失。一些出其不意的时刻,这个概念又会从某一个角落悄然冒出,顽强地提示若干理论盲点的存在。"生活难道是这样的吗?"这个诘问已经丧失了昔日那种咄咄逼人的政治杀伤力,但是,这个诘问隐含的美学质疑并未取消。

日常生活之中,"真实"是一个重要的坐标。无法判断眼前的一堵墙壁是否真实,无法判断毗邻而居的那户人家是否真实,这将令人惊恐。然而,众所周知,文学来自虚构和想象。"再现历史"仅仅是某些批评家赞颂文学的夸张比拟,没有人真的胆敢将历史著作的引证改为一部小说的引证。另一些批评家断言,文学没有必要设立一个多余的外在目的,例如历史或者别的什么。文学仅仅是一些不及物的文本,一套指向自己的语言,犹如一局象棋仅仅是行棋规则的巧妙运用。另一种不那么极端的观点是，文学并非"模仿某个预先存在的现实。相反，它是创造或发现一个新的、附属的世界，一个元世界，一个超现实（hyper-reality）"①。总之，文学并未将某个语言之外的对象视为描述客体。因此，文学无所谓真实。询问一个不及物文本是否吻合模仿对象，如同询问一局象棋描述了什么一样奇怪。

然而，许多场合的日常用语之中，"真实"的涵义显然指向了语言外部。"真实"涉及词与物——即符号与对象——二者关系的评价：真实是符号模仿某个对象逼真程度的衡量。一张相片、一份科学实验报告或者一份社会调查是否真实？这时的"真实"表明图像或者文字与描述客体的吻合指数。哪怕是可以乱真的古董赝品，符号与对象之间的模仿关系依然存在。因此，谈论文学的"真实"概念显然认可了"模仿"的前提。"模仿"是亚里士多德《诗学》的理论轴心。亚里士多德认为，模仿是一种可以带来快感的本能。尽管这种观点如今无法充分地解释文学的起源，可是，"真实"始终是模仿的一个无可置疑的目的。《诗学》谈论"模仿"的例证是悲剧和史诗。亚里士多德似乎没有兴趣考虑二者之间的差异。严格地说，只有戏剧可以称之为模仿。舞台上的演员化妆成君王或者士兵，模仿意味的是相同材料——譬如，身体形象、服装、说话的口吻和音调——的精确复制；运用某些字母或者方块字叙述各种人物的言行举止，这毋宁说是两种相异的符号体系彼此转换。然而，模仿的观念如此强大，以至于这种差异微不足道。"真实"地随物赋形几乎是文学以及众多艺术门类的基本追求。一个作家的描述语言无法逼肖地绘制对象，他的文学禀赋可能遭受重大怀疑。

文学是社会历史的一面镜子，这种命题必须事先认可文学的真实性质。更大范围内，"真实"是社会文化支持文学的重要理由。正如 R. 韦勒

---

① ［美］希利斯·米勒：《文学死了吗》，秦立彦译，广西师范大学出版社，2007年版，第29页。

克所言:"'真实'就如'真理''自然'或'生命'一样,在艺术,哲学和日常语言中,都是一个代表着价值的词。"① 无论是《易》之中"修辞立其诚"的告诫还是汉代王充"疾虚妄"的谴责,真实是一个不容冒犯的原则。当"瞒和骗"——鲁迅的著名概括——开始充当评语的时候②,这种文学必将令人产生强烈的道德厌恶。

由于"真实"概念如此重要,人们很快察觉一个奇怪的事实:界定"真实"的统一标准始终阙如。真实是一种表象,还是表象背后的"理式"或者"本体"?信赖科学视野之中的真实,还是信赖感官察觉的真实——"太阳从东方升起"或者"地球是圆的"真实吗?局部真实与整体真实是否可能产生矛盾?内心经验与外部气氛出现分歧的时候——例如一个人在欢乐的景象之中感到了悲哀,何谓真实?当麦克卢汉提出了"内爆"或者鲍德里亚提出了"仿象"(simulacra)之后,真实与非真实的某些界限正在消失。现今时髦的虚拟空间是真实的吗?如果虚拟空间仅仅是电子制造的镜花水月,为什么那么多人宁愿放弃日常现实而投身于屏幕上的各种网站?

考察"真实"一词作为日常用语如何演变,雷蒙·威廉斯指出了两种相互纠缠的涵义:"从 16 世纪末起,real 转为普遍用语,其指涉的意涵是与想象的(imaginary)事物成为对比",另一方面,"real 同时也有一个重要意涵,它不是与 imaginary(想象的)而是与 apparent(表面的,表象的)成对比"。"因此,real 的词义几乎在不断摆荡、游移不定"③。然而,当"真实"一词与文学相互联系的时候,这种"摆荡"和"游移"更为剧烈。如果说,文学的基本成分即是"想象"和"表象",那么,"真实"这

---

① [美] R. 韦勒克:《批评的诸种概念》,丁泓等译,四川文艺出版社,1988 年版,第 216 页。

② 鲁迅:《论睁了眼看》,见《鲁迅全集·第一卷》,人民文学出版社,2005 年版,第 252 页。

③ [英]雷蒙·威廉斯:《关键词》,刘建基译,生活·读书·新知三联书店,2005 年版,第 392 页。

个概念力图表明什么？这时可以发现，"真实"是多义的，种种不无差异、不无矛盾的杂错内涵此起彼伏，这种意义上的"真实"或者那种意义上的"不真实"组成了一个边界模糊的语义场。

二

真正踏入这个边界模糊的语义场，"真实"不再是一个不言而喻的简单问题。一把椅子、一个原子、一个人的灵魂和精神、2＋3＝5、关于进化论的学说、张三的钱包里仅有一元钱、李四是前天夜里那一件谋杀案的凶手、八百三十年前这条街道发生过一场可怕的火灾——判断这一切真实与否的依据迥然不同。人们可以轻易地摧毁一张桌子，然而，没有人可以摧毁关于桌子的理念——理念比实物更为真实吗？诸如此类的问题曾经给哲学家制造出无尽的烦恼[①]。许多作家深感庆幸的是，文学仅仅处理这个语义场内部一个小小的主题。

如今看来，文学"真实"的首要涵义是日常细节的"仿真"。惟妙惟肖，如在眼前，仿佛嗅到了某种气味，几乎伸手可触，如此等等。文学造就的空间无异于外部世界，人们体验到宾至如归的真实之感。的确，仿真许诺的是真实感——而不是真实本身。

许多人对于柏拉图斥责艺术的理由耳熟能详：艺术模仿现实，现实模仿"理式"——因而艺术与代表至高真实的"理式"隔了三层。因此，画家绘制的那一张桌子仅仅是一个虚假的影子。然而，即使不再纠缠"理式"是否至高真实，人们至少可以辩解说，模仿仅仅负责真实感而不是制造"真实"。声称各种景象如此"真实"的理由仅仅是，人们被抛入某种熟悉的气氛。画家绘制的那一张桌子没有义务充当物质世界的组成部分或

[①] 参阅［美］罗伯特·所罗门：《大问题：简明哲学导论》第四章、第五章，张卜天译，广西师范大学出版社，2004年版。

者作为"理式"的象征，它并非原物——"艺术不能提供原物[①]"，雨果的确这么说过。文学被形容为镜子，显现于镜子之中的是映像而不是社会历史本身。相对于艺术家模仿使用的各种符号体系，语言符号与模仿对象的距离远比绘画的线条和色彩、雕塑的青铜和木料或者电影的影像镜头遥远。"墙角的架子上摆着一盆水仙花"——文字叙述无法形成直观的图像，形象的浮现依赖某种复杂的内心机制转换。对于文学来说，文字叙述带来的真实感比图像的清晰、完整远为重要。

如同美感来自历史文化的训练，真实感亦非天生。每一种文化类型无不隐含了真实观念的约定。文本的分析可以证明，神话、史诗或者那些浪漫主义激情诗篇的仿真程度异于经典的现实主义小说，或者说，每一种文学类型预设的"真实感"存在微妙的差别。神话时代的"真实感"包含了传奇、奇迹乃至各种超验的情节。细节的真实与常识判断不那么重要，严密的因果逻辑也不那么重要。神、鬼魂、天堂和地狱以及英雄的超凡能力一直存在于大众认可的现实范畴，没有人觉得神的妒忌、鬼魂的报复或者英雄手刃九头妖魔有什么不真实。浪漫主义时代的真实感很大程度地交给了气势如虹的激情。谁能够以"不真实"的名义挑剔李白的"黄河之水天上来"或者"半壁见海日，空中闻天鸡"呢？换言之，这是真实的激情带动的宏大想象。然而，当科学、实证驱逐了神话和浪漫从而成为新的文化基准后，另一种"真实感"开始弥漫于文学——这即是左拉所认可的"真实感"："既然想象不再是小说家最高的品格了，那么什么东西取而代之？……今天，小说家最高的品格就是真实感。"当然，这种"真实感"依据的是普通感官对于生活的认识："你要去描绘生活，首先就请如实地认识它，然后再传达出它的准确的印象。"[②] 左拉的小说力图精确地、不厌其烦

[①] [法]雨果：《〈克伦威尔〉序言》，柳鸣九译，见《西方文论选》下卷，伍蠡甫等编，上海译文出版社，1979年版，第190页。

[②] [法]左拉：《论小说》，辛滨译，见《欧美古典作家论现实主义和浪漫主义[二]》，中国社会科学出版社，1981年版，第216页，219页。

地摹写各种现象和细节,从一个家族的性格基因、一个赛马场面到一个螺丝钉。只有自然主义式的精确才能让人感觉到一个真实的世界,左拉对于这种"真实感"充满自信:"自然主义小说不过是对自然、种种的存在和事物的探讨。……不插手于对现实的增、删,也不服从一个先入观念的需要,从一块整布上再制成一件东西。自然就是我们的全部需要——我们就从这个观念开始;必须如实地接受自然,不从任何一点来变化它或削减它;……我们只须取材于生活中一个人或一群人的故事,忠实地记载他们的行为。"①

但是,几乎所有的人都会迅速察觉一个困难:这种摹写的边界在哪里?小说可以用三言两语叙述一个房间,也可以洋洋数万言;另一方面,世界之大,语言摹写所能覆盖的范围微乎其微。总之,有限的语言运用与无限的摹写对象之间存在不可弥合的距离。正如古人所言:以有涯随无涯,殆矣。事实上,文学无法也没有必要全面地复制世界。文学的摹写仅仅支持有限的"真实感",达到了基本目的之后就可以不再无休止地写下去。

什么是"基本目的"?在我看来,文学"真实感"的意义是诱使人们忽略一个事实:纸张上的文字是一种不实的虚构。这个忽略可以令人忘情地投入文学之中的生活。文学的叙述为阅读者设计了某种视角,这个视角通常隐含了作者推崇的种种价值观念;许多时候,文学期待阅读者无意识地以某一个主人公自居,认同他或者她的悲欢离合。"真实感"是内心接受、同情乃至同声相应的基本条件。面对纸糊的楼房或者茶杯大小的狮子,面对一盘塑料的菜肴或者一个铁皮制作的人物,人们只能表示惊奇或者滑稽而无法产生震撼内心的爱、恨或者大彻大悟。

然而,精确的摹写和再现,似曾相识的"真实感"仅仅覆盖日常细节。真实的表象背后还有什么?文学的野心显然是人类不懈地探索世界的

---

① 〔法〕左拉:《戏剧上的自然主义》,见《西方文论选》下卷,伍蠡甫等编,上海译文出版社,1979年版,第248页。

95

组成部分。当作家的想象越过日常细节起飞的时候,文学的主题开始扩大。如果说,哲学的相当一部分兴趣是表象背后的本体,那么,文学并未拐向思辨的形而上学。文学尝试的方向是,诸多日常细节按照某种异于日常的秩序重新组织。真实的表象并未消失,但是,真实的表象必须接受特殊秩序的隐蔽改造,从而构成另一种空间。描述这种空间的理论语言不胜枚举,一种普遍的命名是"诗意真实"。

这种命名无疑保持了对于仿真的传统尊重,但是,诗意的价值远远超出了通常的"真实感"。肯定"诗意"的时候,人们往往将历史著作的文本作为比较对象——历史著作的公认目标是一丝不苟的原始"真实"。当然,这种比较在亚里士多德的《诗学》之中就开始了。亚里士多德指出,历史学家和诗人的差别在于,前者叙述已发生的真实之事,后者仅仅描述可能发生之事。《诗学》显然更愿意重视后者:"写诗这种活动比写历史更富于哲学意味。"悲剧和史诗的情节必须合乎情理,真实毋宁说是"合乎情理"而不是确凿的发生:"一桩不可能发生而可能成为可信的事,比一桩可能发生而不能成为可信的事更为可取。"[①]

日常细节的背后,诗意真实开拓了什么?

三

苏东坡的这几句诗极其有名:"论画以形似,见与儿童邻。赋诗必此诗,定知非诗人。"苏东坡对于"形似"的蔑视力图放弃低级的仿真换取诗意真实。另一些中国古代批评家心目中,诗意真实可能被形容为"神似"。"形"与"神"是中国古代批评史的一对重要范畴。形为表,神为里,形为躯壳,神为精魂。人们曾经津津乐道晋朝画家顾恺之许多追求

[①] [古希腊]亚理斯多德:《诗学》,罗念生译,人民文学出版社,2002年版,第24页,第85页。

"神似"的轶事，例如不在乎人物肖像的"四体妍媸"，注重眼睛的传神；或者，在裴叔则的脸颊添上三根毛，使之神采奕奕，等等。总之，"遗形得神"、"离形得似"等等命题隐含了真实观念的复杂权衡。

牺牲表象真实换取诗意真实意味着一种不凡的想象、气度和境界的重构。这时的艺术家仿佛手执权柄，充当另一个造物主，他们手中诞生的美学空间成为周边庸常真实的抗衡体。王维的"雪中芭蕉"是一个著名的例子。宋人沈括《梦溪笔谈》卷十七记载："如彦远《画评》言：'王维画物，多不问四时，如画花，往往以桃、杏、芙蓉、莲花同画一景。'予家所藏摩诘《袁安卧雪图》，有雪中芭蕉，此乃得心应手，意到便成，故造理入神，迥得天意。此难可与俗人论也。"① 质疑这一幅画失实的批评家认为，芭蕉生长于热带，芭蕉与雪的并存显然是一种谬误的想象；另一些批评家竭力为之辩护，辩护的方式是列举芭蕉产地曾经下雪的种种证据。在我看来，饶有趣味的是第三种观点：只要芭蕉与雪交互映衬的画面构成了奇特的意境，二者可否并存的疑问微不足道——平庸的真实无法拘禁画家的纵横想象。

这种观点超迈脱俗，扩大了美学的权限。某些时候，诗意真实可以蔑视原始的真实。古人曾经认为苏东坡画的竹子"妙而不真"，李息斋画的竹子"真而不妙"②，后者拘泥于枝叶的工匠式描摹而无法产生某种妙趣。对于诗人来说，那些无足轻重的事实没有资格干扰诗意真实——这时，文学享有更多的自由：

> 韦苏州春潮带雨晚来急。野渡无人舟自横。宋人谓滁州西涧。春潮绝不能至。不知诗人遇兴遣词。大则须弥。小则芥子。宁此拘拘。痴人前政自难说梦也。

---

① 沈括：《梦溪笔谈》卷十七，中华书局，2009年版，第179—180页。
② 俞弁：《逸老堂诗话》，见《历代诗话续编（下）》，丁福保辑，中华书局，1983年版，第1321页。

又张继夜半钟声到客船。谈者纷纷。皆为昔人愚弄。诗流借景立言。惟在声律之调。兴象之合。区区事实。彼岂暇计。无论夜半是非。即钟声闻否。未可知也。①

无独有偶，歌德也谈论过类似的命题。一幅风景画出现了两个相反方向的光线，歌德并未视之为瑕疵。他解释说，艺术家必须在细节上忠实自然，恭顺地模仿自然；"但是，在艺术创造的较高境界里，一幅画要真正是一幅画，艺术家就可以挥洒自如，可以求助于虚构"。因此，歌德阐述了艺术家与自然——亦即真实与美学——的辩证关系：

艺术家对于自然有着双重关系：他既是自然的主宰，又是自然的奴隶。他是自然的奴隶，因为他必须用人世间的材料来进行工作，才能使人理解；同时他又是自然的主宰，因为他使这种人世间的材料服从他的较高的意旨，并且为这较高的意旨服务。

艺术要通过一种完整体向世界说话。但这种完整体不是他在自然中所能找到的，而是他自己心智的果实，或者说，是一种丰产的神圣的精神灌注生气的结果。②

相对于诗或者绘画，小说以及戏剧真实观念的权衡远为复杂。小说以及戏剧拥有如此之多仿真的细节，以至于人们时常忽略了整体秩序的重大改变；作家抛出的情节曲折惊险，许多人抵达结局之前甚至无暇喘一口气，这种紧张、强烈与日常生活的平庸、松弛构成了明显的对比。鲁迅曾经打趣地说，他笔下的人物嘴在浙江，脸在北京，衣服在山西，"是一个拼凑起来的角色"。"拼凑"的虚构显然破坏了日常原生态。然而，这种破

---

① 胡应麟：《诗薮》外编卷四，中华书局，1958年版，第187—188页。
② ［德］爱克曼辑录：《歌德谈话录》，朱光潜译，人民文学出版社，1978年版，第136页，第137页。

坏打开了原始真实的遮蔽，解放出更高的诗意真实。

对于诸多学派的批评家说来，诗意真实的内涵往往被指定为"历史规律"、"无意识"、"心理原型"、"语言结构"，如此等等。他们对于文本的扩展阅读试图窥破隐藏于表象背后的某种特殊秘密。然而，对于小说、戏剧的作者说来，诗意真实首先意味的是异常的内心激情。这是作家击穿表象真实的动力。某些古典戏剧曾经为这种问题苦恼：戏剧舞台人物的对话为什么是文绉绉的韵文？舞台之上可以保留鬼魂和精灵吗？在我看来，韵文、鬼魂或者精灵之所以未曾丧失充当艺术因素的资格，原因并不复杂——它们仍然在舞台上制造欢乐、悲伤或者恐惧。相对于戏剧，小说对于日常原生态的改造更为隐蔽。前后相随的故事情节从无所不在的纷乱和琐碎之中开凿出具有严密因果关系的逻辑栈道。尽管活跃在小说空间的众多性格栩栩如生，但是，他们不会脱离逻辑栈道而屈从于日常的偶然。曹雪芹的贾宝玉和林黛玉只能拥有一个爱情悲剧，大观园决不会允许薛宝钗意外出走或者贾母早逝而赐予他们一个自由的空间；鲁迅的阿Q只能被枪毙，这个未庄的无产者决不会获取一笔意外之财进而搬到城里当一个逍遥的寓公；福楼拜的包法利夫人必定死于服毒自杀，她肯定不能倒在一场瘟疫或者一次车祸之中；托尔斯泰的安娜卧轨之前肯定不会遇到某个熟人，并且在几句聊天之后回心转意。总之，故事情节只会像螺丝一般越拧越紧，持续地促使人们攀上激情曲线的顶点。所以，诗意真实隐含了单纯的仿真无法企及的魔力。

作为定语的"诗意"表明，表象的真实开始下降为次要的衡量原则。这时，艺术有权利维护自己的独特"真实"。正如雷蒙德·威廉斯所言："最为重要的是，大写字母开头的'艺术'终于成为代表一种特殊的'真实'"——雷蒙德·威廉斯使用的概念是"想象的真实"[①]。

---

① [英]雷蒙德·威廉斯：《文化与社会》，吴松江等译，北京大学出版社，1991年版，第18页。

四

白发三千丈,缘愁似个长。

——李白《秋浦歌》

飞流直下三千尺,疑是银河落九天。

——李白《望庐山瀑布》

悟空捻着诀,念动咒语,摇身一变,就变做一棵松树。

悟空谢了。即抽身,捻着诀,丢个连扯,纵起筋斗云,径回东胜。那里消一个时辰,早看见花果山水帘洞。

——吴承恩《西游记》

一天早晨,格里高尔·萨姆沙从不安的睡梦中醒来,发现自己躺在床上变成了一只巨大的甲虫。

——弗朗茨·卡夫卡《变形记》

王维的"雪中芭蕉"之所以产生争议,分歧存在于常识范畴:芭蕉产地的冬季是否下雪?然而,李白、吴承恩和弗朗茨·卡夫卡显然无视常识。他们明知故犯,明目张胆地陈述不实之词。这显然是对"真实"概念的放肆冒渎。这些作家的胆量从何而来?

无论是古人流传的宗教神话还是现今时髦的科幻小说,各种离奇的情节并未遭受常识的质疑。也许由于敬畏,也许由于恐惧,总之,人们乐于接受的假定是——这些离奇的情节如同真实事件一般发生。可是,浪漫主义的神奇与现代主义的阴郁远为不同。李白、吴承恩或者卡夫卡并没有试图提供通常的"真实感",种种瑰丽的、奇异的或者古怪的想象一开始就抛下了常识自由地飞翔。"真实"对于这些作家似乎没有约束力。这里存在一扇没有关紧的美学栅门吗?

事实上,批评史记载的质疑之声不绝于耳。不论是冬烘先生不解风情的刻板挑剔还是各种不近情理的想象遭受的非议,总之,古往今来,"真实感"从未丧失过统辖文学的权威。尽管如此,各种逾越常识的文学构思仍然层出不穷。不少批评家察觉到想象力巨大而持久的冲击。他们倾向于网开一面,为这些文学构思存留一席之地。当然,约束始终必要,神奇的想象必须在演变为荒谬之前收住自己飞翔的翅膀。可是,如何划定合理的边界?古代批评家众说纷纭,见仁见智。晋人挚虞的《文章流别论》曰:"夫假象过大则与类相远,逸辞过壮则与事相违,辩言过理则与义相失,丽靡过美则与情相悖。此四过者,所以背大体而害政教。"①刘勰的《文心雕龙》标榜《离骚》"酌奇而不失其真玩华而不坠其实";并且在谈论"夸饰"时指出:"饰穷其要则心声锋起夸过其理则名实两乖"。②宋人严有翼的《艺苑雌黄》辨析了若干诗句的得失之后认为:"吟诗喜作豪句,须不畔于理方善。"③尽管批评家无不意识到某种边界的存在,但是,清晰的理论描述并未出现。

宋人范温曾经指出:"激昂之语,盖出于诗人之兴。"例如"周余黎民,靡有孑遗"或者"霜皮溜雨四十围,黛色参天二千尺"之类诗句的解读不可拘于形迹④。所谓的"激昂"显然指投入的激情状态。《毛诗序》说过:"情动于中而形于言,言之不足故嗟叹之,嗟叹之不足故永歌之,永歌之不足,不知手之舞之足之蹈之也",⑤古代批评家已经察觉若干激情阶段诉

---

① 挚虞:《文章流别论》,见《全晋文》中册卷七十七,严可均辑,商务印书馆,1999年版,第819页。
② 刘勰:《文心雕龙》,中华书局,1985年版,第8页、第51页。
③ 严有翼:《艺苑雌黄》,《宋诗话辑佚》下册,郭绍虞辑,中华书局,1980年版,第536页。
④ 范温:《潜溪诗眼》,《宋诗话辑佚》上册,中华书局,1980年版,第322页。
⑤ 《毛诗正义》(中华书局聚珍仿宋版印),中华书局,1957年版,第5页。

诸不同的表现形式。我企图补充的是,在"言"、"嗟叹"与"咏歌""手舞足蹈"之间似乎还存在一些环节,例如音调的上升,音量的扩大——还有夸大其辞。无论是挚爱、欢悦、豪迈还是愁苦、思念、愤怒,炽烈的激情逾越正常指标的时候,言过其实几乎是不可避免的语言症候。这时,如实叙述远远不能尽兴,只有膨胀的语言才能容纳四溢的激情。从"打倒某某"的呼号到"万寿无疆"的祈愿,汹涌的激情完全淹没了法律对于人身安全的保护以及起码的生物学知识。"山无棱,江水为竭,冬雷阵阵,夏雨雪,乃敢与君绝","我寄愁心与明月,随风直到夜郎西","春心莫共花争发,一寸相思一寸灰","天长地久有时尽,此恨绵绵无绝期"——如果没有强大的激情不由分说地裹挟,常识会立即把这些言辞指认为可笑的痴语狂言。

这时,"真实"概念的涵义仿佛出现了一个隐蔽的转移:真实不再意味了模仿某一个实物,而是模仿某种内心激情;换言之,此刻的"真实"毋宁说是"真诚"——后者通常是内心激情性质的形容。抒情性诗文是中国古代文学的正统;许多时候,古代批评家心目中"真实"概念的大部分涵义毋宁说即是"真诚"。

> 孔子愀然曰:"请问何谓真?"客曰:"真者,精诚之至也。不精不诚,不能动人。故强哭者,虽悲不哀;强怒者,虽严不威;强亲者,虽笑不和。真悲无声而哀,真怒未发而威,真亲未笑而和。真在内者,神动于外,是所以贵真也。……礼者,世俗之所为也;真者,所以受于天也,自然不可易也。故圣人法天贵真,不拘于俗。①

中国文学批评史上,"真诚"的观念曾经沿着两条线索扩散。首先,真诚充当了各种华丽文辞的解毒剂——"信言不美,美言不信"成为广泛

---

① 《渔父》,见《庄子》,中华书局,2007年版,第360页。

认可的悠久传统。从倡导"为情造文"、否弃"为文造情"到"一语天然万古新,豪华落尽见真淳";从"大文必朴"到"情真,语不雕琢而自工",诸如此类的观点比比皆是①。其次,"真诗在民间"。相对于文人雅士的刻意雕琢、矫揉造作,民间文化直率、本色、不假修饰;民间的淳朴、坦荡、泼辣、清新构成了真诚的另一种注释。相对地说,真诚与失实之间的美学交换并未赢得如此充分的关注。"精诚所至,金石为开",某些强烈真挚的企盼、狂喜可能集聚巨大的能量,从而撞开常规的真实表象。所以,诗时常启用的一个修辞策略是:失实的语言记录真诚的激情——清人叶燮称之为"情至之语":

  偶举唐人一二语:如"蜀道之难,难于上青天","似将海水添宫漏","春风不度玉门关","天若有情天亦老","玉颜不及寒鸦色"等句,如此者何止盈千累万!决不能有其事,实为情至之语。夫情必依乎理;情得然后理真。情理交至,事尚不得耶!②

"情至之语"不仅赋予文学夸张、狂放、神奇,同时还造就了文学的冷嘲、反讽、戏仿。反感、厌恶和恼怒超过了某种程度,玩世不恭的叙述时常如期而至。许多时候,这是现代主义文学修辞策略的解释,例如约瑟夫·海勒的《第二十二条军规》。这一部小说如此叙述这一条著名"军规"的内容:

  奥尔是疯了,可以获准停止飞行。他必须做的事,就是提出要求,然而,一旦他提出要求,他便不再是疯子,必须继续执行飞行任

---

  ① 上述观点分别出自刘勰的《文心雕龙·情采》,元好问的《论诗三十首·其四》,王充的《论衡》,沈德潜的《清诗别裁集》卷十八。
  ② 叶燮:《原诗·内篇下》,见《原诗 一瓢诗话 说诗晬语》,人民文学出版社,1979年版,第32页。

103

务。……第二十二条军规这一条款,实在是再简洁不过,约塞连深受感动,于是,很肃然地吹了声口哨。

显而易见,"真实"与诸如此类的古怪叙述格格不入。但是,没有人斤斤计较地指出这些叙述与现实景象之间的距离,叙述者的愤慨表情才是真正的"所指"。反讽的语调背后,人们察觉的是不可遏止的激愤——一种特殊的激情。相对于那些优雅美妙的诗句,这如同另一种风格的"情至之语"。

五

当然,许多批评家迅速意识到,"情至之语"的解释范围相当有限。常规的真实表象时常遭到另一些叙述策略的瓦解,例如乔治·奥威尔的《动物庄园》。一群动物发动了前所未有的革命,自由和平等突如其来地降临。然而,情节很快逆转,革命领袖再度坠落为专制者,废弃的等级重新降临。所有的人都读得懂这部小说的政治性讽喻。没有人争辩说,猪、马、狗或者绵羊不可能开会决议和集体劳动。如同灼热的激情熔化了覆盖的真实表象,强烈的哲理时常以扭曲真实的方式为之开道。从陶渊明的《桃花源记》、李公佐的《南柯太守传》到托马斯·莫尔的《乌托邦》,几乎所有寓言式的作品都乐于为哲理的显现偿付失实的代价。从暗示、隐喻、寄托到象征和寓意,"言在此而意在彼"成为这种叙述策略的普遍效果。

"言在此而意在彼"构成了文本的双重涵义。失实与真实不仅界限分明,而且镶嵌于主从结构之中。二者的辩证关系通常是,失实的表象转换为真实的哲理。即使是《聊斋志异》这种志怪传奇,花妖狐魅出没的夜晚与那些科举制度重轭之下书生士子的乏味日子仍然隐含了二元对立:前者虚幻而自由解放，后者真实而刻板无趣。换言之，失实与真实清晰地标注了主题的肯定与否定。

然而，当失实与真实浑然地交织为一体之后，"言在此而意在彼"的双重结构消失了。相对于《动物庄园》，奥威尔的另一部小说《一九八四》几乎无法区分失实与真实。《一九八四》完成于二十世纪四十年代末期，所有的情节无不来自作家的未来幻想；可是，这种幻想逼真可触，以至于不再被视为转述某种观念的寓言。一切如此真实，一切又如此不真实，二者之间的分界无形地撤除。另一个人们熟悉的例子是《红楼梦》的"太虚幻境"。"幻境"自然地汇聚于大观园各种琐碎的人情世故，气息相通，性质混淆。这时，真实接收了虚幻，还是虚幻渗入了真实？

这个问题长久地悬搁在那里，直至"魔幻现实主义"的出现。这个发源于拉丁美洲的文学潮流令人称奇，尽管"魔幻现实主义"的称号来自他人的命名。从安·阿斯图里亚斯、阿·卡彭铁尔到加西亚·马尔克斯、马里奥·巴尔加斯·略萨以及路·豪·博尔赫斯，人们喜欢用"神秘"、"神奇"、"虚幻"、"怪诞"之类词语形容他们的文学风格。显然，"魔幻"与"现实主义"是一个矛盾的组合，在我看来，"魔幻"的形容不仅瓦解了现实主义的严谨，并且赋予某种生气勃勃的性质。最为有趣的是，所谓的"魔幻"有机地编织于现实的纹理内部，而不是一个单独的区域。"魔幻"与"现实主义"水乳交融；二者相互造访的时候，不必如同某些舞台剧那样施放一阵烟雾或者毛骨悚然的音乐作为过渡。在《这个世界的王国》序言之中，卡彭铁尔说过，"神奇的事物伴随着现实的细节自然地流露出来"。整个美洲"处处是神奇现实"，"全部美洲历史难道不就是神奇现实的记录吗"？卡彭铁尔认为，重要的是相信神奇的存在："无神论者是不可能用神的奇迹治病的"。他因此嘲笑了欧洲式的"魔幻"："缺乏信仰的神奇（譬如超现实主义者们多年的创作）不外是一种文学伎俩，日益令人腻烦。它们酷似被我们远远抛弃的某些'精心加工'的梦幻文学或癫狂的赞美诗。"①

这种观点最大限度地伸张文学的权利——想象与虚构。文学的世界充满了奇迹：人们可能路遇游荡的鬼魂，可能听到一只狐狸亢奋地唱出了花腔高音，也可能乘坐一张毛毯飞上天。然而，当这一切作为信仰的内容溢出文学的时候，诗意真实不可避免地与哲学或者科学认定的真实产生激烈的冲突。即使在相同的文化类型之中，文学、哲学或者科学描述世界的语言并非一致。哲学或者科学仅仅有限地相信"真诚"或者"信仰"——谁又能保证，"真诚"或者"信仰"不会出现认识的错误？

六

迄今为止，文学与哲学或者科学真实观念的分歧并未带来严重的后果。多数民族的文化倾向于将这种分歧视为正常状态。作家、哲学家和科学家分别在不同领域各司其职，《西游记》的孙悟空没有必要与黑格尔的绝对理念或者牛顿定律彼此兼容，相互解释。文学与哲学或者科学不存在相互吞并的意图，这些领域明智地保持必要的边界和对话。

然而，如果政治秉持的"真实"观念与文学发生尖锐的矛盾，那么，二者无法持久地维持平静的共存关系。政治领域异常强大的能量往往击穿文学的边界，继而形成某种居高临下的主宰。这里提到的政治远远不限于某种社会科学知识。政治意味了一种视野，同时还意味了一套组织机构，一种包括国家机器在内的权力体系。政治可能在各种层面上与文学交汇。至少，政治的两个特征——作为利益联盟的社会关系与权力体系的运作——无不深刻地烙印在文学之中。诗意真实时常察觉到来自上述两个特征

---

① [古巴] 阿·卡彭铁尔：《〈这个世界的王国〉序》，陈众议译，见《未来主义 超现实主义 魔幻现实主义》，柳鸣九主编，中国社会科学出版社，1987年版，第473页、第472页、第473页、第471页。

的压力。

政治包含的利益联盟不仅造就各种社会群体，而且催生特殊的意识形态。确认何谓真实，何谓虚假，这是意识形态的一个重要职责。当"真实"代表了正面价值的时候，政治必须拥有"真实"的命名权和解释权，从而保证认定的真实有助于某种社会群体的利益巩固——例如阶级利益。这个意义上，意识形态同时负责训练众多社会成员的"真实感"。人们看到的多半是所欲看到的内容，意识形态巧妙地将这种"期待"转换为"真实感"；同时，那些从未在"期待"之中注册报到的故事往往被抛进"不真实"的深渊，迅速遭受遗忘。很大程度上必须承认，许多"真实"并非赢得所有社会成员的公认。如果政治确认的"真实"遭到某种抵制，如果意识形态的训练无法产生预期的效果，那么，政治可能动用权力体系强制性推销。古往今来，"指鹿为马"式的例证比比皆是。

马克思主义学派的批评家从来就不惮于指出，无产阶级利益是文学——当然包括文学的"真实"观念——不可放弃的前提。然而，他们同时自信地认为，无产阶级没有必要人为地推广某种"真实"。无产阶级只有解放全人类，才能最终解放自己。因此，无产阶级自身的利益不会成为全人类利益的障碍；恰恰相反，前者是后者的代表。相同的理由，无产阶级的"真实"观念具有最大限度的普遍意义。所以，周扬曾经如此表述：

> 我们应当怎样来看待文艺的真实性这个问题呢？毫无疑问，文艺必须真实，不真实的文学艺术是没有价值的，是人民所不需要的。问题是：什么是真实？作家、艺术家是站在什么立场和抱着什么目的来描写真实？
>
> 首先，应当说，社会主义文学艺术是最真实的文学艺术。因为工人阶级是最先进的阶级，它从来不害怕揭示生活的真实状况。只有剥削阶级，为了蒙蔽劳动人民的眼睛，才需要掩盖现实的真相。正是社会主义文学艺术，真实地表现了人民群众在劳动和斗争中改造世界，

同时又改造自己的雄伟过程，描写了推动社会前进的阶级斗争和新旧斗争的复杂现象。这种文学艺术打动了新时代的千百万群众的心灵。世界上还有什么文学艺术比这更真实的呢？①

相对于马克思主义对于无产阶级的描述和期待，这种想象无可厚非。然而，文学史事实遗憾地表明，这种想象与二十世纪五十年代至七十年代的中国文学存在相当大的距离。回溯这个段落的中国文学，"虚假"几乎是众口一词的诟病。至少在当时，"生活的真实状况"无法完整地证明这种想象预设的阶级图景：何者为先进，何者为腐朽，何者必将以胜利者的姿态登上历史舞台，扮演未来的主人，何者只能日薄西山，气息奄奄，不得不接受失败者的命运，如此等等。换言之，这些政治信念无法转换为诗意真实——转换为诗的意象，转换为人物的性格、命运以及戏剧性冲突，转换为纹理坚实的日常细节。如果说，诗意真实跟不上政治信念的步伐，那么，一些作家擅长的弥补措施是额外的"理论加工"。某些政治信念被改写为口号式的诗句，人物之间的悲欢离合按照阶级图谱生硬地填空。从"大跃进民歌"、高亢的政治抒情诗到众多工人、贫农摧毁阶级敌人阴谋的小说、戏剧，这些文学的显眼缺陷是因为僵硬的观念而丧失了"真实感"。

马克思和恩格斯本人对于这种状况的批评是：因为"席勒化"而放弃了"莎士比亚化"。他们奉劝作家不要简单地将人物变成"时代精神的传声筒"。恩格斯在一封文学通信之中说，倾向要通过情节自然而然地流露出来②。"自然而然地流露"的一个特征是，文学的"真实感"并未遭受破坏——"倾向"并非一个强行塞入的政治标签。这些观点显示，政治秉持的"真实"观念并未被赋予某种特权，以至于可以任意地修改甚至取代文

---

① 周扬：《文艺战线上的一场大辩论》，见《文艺战线上的一场大辩论》，周扬等，作家出版社，1958年版，第32—33页。
② ［德］恩格斯：《致明娜·考茨基》，见《马克思恩格斯文集》第10卷，人民出版社，2009年版，第544—545页。

学。事实上，二者之间的距离不仅保存了两种视野的张力，同时隐含了相互校正的可能。

七

考虑到语言因素对于文学模仿的纠缠，衡量语言性质如何干扰文学模仿真实与否的判断，这是"新批评"、俄国形式主义、结构主义兴盛之后的普遍观念。这种观念时常被归入"语言转向"的组成部分。"语言转向"发生之前，多数人宁可将语言视为一个透明的表现工具。制造某种意象或者表述某种意义的同时，语言本身消失了。"得鱼忘筌"或者"见月忽指"这些观念共同认为，语言没有理由遮挡在表述对象的前面，形成多余的障碍。人们必须尽快地摆脱语言层面的纠缠，心无旁骛地沉浸在语言背后的内容之中。真实仿佛拨开语言不可遏止地自动涌现。然而，"语言转向"带来的认识是，主体的现实接受和再现均无法摆脱语言之网的控制。这时，隐藏于文学模仿背后的复杂机制开始显现。这种机制包含两个部分：语言与主体的关系，语言与对象的关系。

人们通常认为，语言是主体表述自我及其见闻的工具，得心应手，精确而严密。然而，结构主义学派的观念表明，主体无法逾越语言结构，正如一幢大楼的高度、形状必须取决于建筑材料的性质及其结构方式。主体的自我设计不得不屈从于语言体系，主体对于世界的认识不得不接受语言的介绍，主体的时间、空间经验不得不依赖语言的组织和定型。因此，文学的模仿不能想象为，对象直接映照在意识之中；主体对于真实的认定，事先包含了语言的编辑和修正。另一方面，语言对于世界万物的命名、显现仅仅是词与物最为初级的关系。更多的时候，语言根据自己的结构隐蔽地改造和组织对象。我曾经提出"语言现实主义"，文本提供的诗意真实必须事先纳入语言范畴：

文本由一串一串的语词编织而成。这些语言排列密集，语词与语词之间通过种种语法或语义关系相互联系、衔接，从而组成了一张密不透风的网络。外部世界不可能毫无阻力地穿透这张网络，与人的意识直接相遇。真实必须卷入这张网络，产生种种碰撞、跳荡、转折、迂回，最后形成一个语言基础上的真实。这种状况犹如阳光照射到一块透明的结晶体上一样：一部分光线透过结晶体的时候，另一部分光线则形成了种种反射与折射。这时人们可以说，作为一种语言的存在，文本自身蕴有一种出奇的力量。这种力量内在地影响了真实的形成。①

"僧推月下门"还是"僧敲月下门"？"推敲"是诗人斟酌语言的一个著名典故。众多相似的故事令人觉得，作家竭力驱动语言精确地塑造世界，每一个对象无不拥有独特的专有词汇。的确，莫泊桑说过，"不论人们所要描写的东西是什么，只有一个词最能够表示它，只有一个动词能使它最生动，只有一个形容词使他性质最鲜明。因此就得去寻找，直到找到了这个词、这个动词和这个形容词，而决不要满足于'差不多'……"②然而，这种观念往往忽略了语言体系蜘蛛网般的秘密捕捉。语言体系启动之际，一个在场的词汇时常与一系列不在场的词汇相辅相成，构成一个各种意义的矩阵。表面上，文学模仿世界犹如语言殷勤地追摹对象；一个难以察觉的事实是，世界同时被拖入语言之网，解除原始秩序，服从语言制造的新型秩序：

> 编码之后的世界才能纳入符号秩序，在严密的网络之中交叉定位，继而得到恰当的识别和解读，通常包含了比单独的命名远为复杂

---

① 南帆：《文学的维度》，上海三联书店，1998年版，第73—74页。
② ［法］莫泊桑：《小说》，柳鸣九译，见《欧美古典作家论现实主义和浪漫主义［二］》，中国社会科学出版社，1981年版，第238页。

的程序。"公鸡"、"茶花"、"手表"、"山峰"——形形色色的名词不仅赋予某种对象一个名称，同时，符号秩序的另一些编码程序开始隐蔽地启动。例如，由于"荷花"、"菊花"、"梅花"、"桃花"、"牡丹"、"蔷薇"……这些邻近的词汇浮现，"茶花"的序位更为清晰了；愈是广泛地了解何谓"山坡"、"山沟"、"山岭"、"山崖"、"山谷"、"山坳"……"山峰"一词的涵义可以愈加精确地锁定。换言之，一个词不是孤立地指示世界的某个片断，而是根据符号秩序将世界整理为某种系统。如果从一个词汇延伸到一个完整的叙述，符号秩序展现了更为强大的编码功能。叙述学的巨大价值不在于发现了句子之中主语与谓语的位置，发现了如何有序地陈述一个事件，而是揭示出世界如何按照符号秩序的规定前后相继地组织起来。①

当词汇组成句子的时候，语言控制力开始逐渐显现。"老王栽种的那一盆花十分鲜艳"是一个意义清晰的语句；"一盆花栽种的老王十分鲜艳"显然荒谬可笑；"鲜艳栽种的老王那一盆花"已经不可索解——尽管三个语句的词汇相同，但是，句子的语法结构规定了真实只能以何种面目显现。

如果说，语法是一种刚性约束，那么，文类的各种约定富于弹性。史诗、抒情诗、长篇小说、传奇、戏剧等文学类型可以视为文学范畴之内的各种话语类型。每一种文学类型通常设定相对的真实标准。对于小说而言，"不敢高声语，恐惊天上人"或者"感时花溅泪，恨别鸟惊心"是一个笑话，这种夸张和比拟几乎是诗的专利；对于诗来说，工笔式的肖像描写或者絮絮叨叨的对白不啻于多余的累赘。戏曲舞台上，挥一挥马鞭即可代表策马驰骋，碎步绕行舞台一周，象征了跋涉千山万水。总之，真实感始终没有脱离语言以及表演符号的设计。

---

① 南帆：《无名的能量》，人民文学出版社，2012年版，第138页。

语言与主体、语言与对象的关系隐藏了某种深刻的理论威胁：语言成为认识与表述不可回避的网络，所谓的历史事实仅仅是"叙述的真相"吗？如果当年的历史事实永久地缺席，那么，如何断定一种"叙述的真相"比另一种"叙述的真相"更为真实？历史叙述与文学叙述存在多少差异？——如果所有的叙述都包含了虚构的成分，二者仅仅程度不同罢了。这是历史哲学面临的重大挑战。后现代语境之中，海登·怀特等人的观点已经被再三援引。迄今为止，语言与真实的关系仍然是一个令人生畏的理论险滩，只不过历史学家承受的压力远远超过了作家罢了。

八

明人陆时雍说过一句很有趣的话："诗贵真，诗之真趣，又在意似之间，认真则又死矣。"[①] 现代画家齐白石相似的另一句名言是，"妙在似与不似之间，太似为媚俗，不似为欺世"[②]。

的确，艺术模仿现实的命题始终徘徊于两条界限之间：似与不似。艺术存在的理由以及艺术与现实的关系无不涉及这个命题的内在设定。"似与不似"之间的比例、张力、对比成为各种艺术门类、各种艺术风格彼此权衡的节点。从国画与油画、戏曲与电影到诗词与小说、现实主义与浪漫主义，"似与不似"始终处于重新思索、谋划、争论与修订之中。

艺术模仿现实带来的首要疑问是：现实业已事先存在，画布或者纸张上的逼真再造又有多少意义？复制式的模仿缺乏最为重要的艺术品质——想象。艺术家只能呆板地爬行于世界表象之上，循规蹈矩，心智平庸。某

[①] 陆时雍：《诗镜总论》，见《历代诗话续编》下，丁福保辑，中华书局，1983年版，第1420页。

[②] 语出齐白石与胡佩衡等人论画，见《齐白石谈艺录》，王振德等辑注，河南美术出版社，1984年版，第70页。

些现实主义作家主张精确严谨，客观翔实，例如福楼拜；然而，"真实感"并未拒绝虚构。福楼拜声称《包法利夫人》"是纯粹的虚构"①，同时，他不愿意认领现实主义"大祭司"的荣誉②。换言之，艺术模仿并非复制，而是来自想象的逼真再造。

当然，当批评家坦然地谈论一个虚构和想象的文本如何"真实"的时候，"确有其事"不再承担鉴别的标准。"真实"下降为某种可能。"股市正在飙升"或者"河里捞出一辆小轿车"显得"真实"的原因未必是曾经发生过，而是存在这种可能。另一方面，"真实"的判断显然受到了现实关联程度的影响。一件与生活密切相关的事情多半显得真实，相反，相对论"弯曲的时空"或者天文学"宇宙正在膨胀，所有星云无不彼此远离"之类论断往往因为陌生而令人心生疑窦。

"真实"代表价值的时候，"似"比"不似"赢得了更多的青睐。如此神奇，简直像真的——"似"是许多人赞叹文学或者艺术的首要理由。然而，从诗意真实、夸张与神奇到语言符号的叙事，"不似"更多地隐含了文学的真正意义。高度仿真令人陷入熟知与琐碎，陷入俄国形式主义所忌惮的"自动化"。只有某种程度的"不似"才能产生审美、反思和批判所需要的距离。俄国形式主义的"陌生化"力图制造这种距离，布莱希特的"间离效果"也力图制造这种距离。这个意义上，"似与不似"之间的角逐几乎贮藏了文学的全部秘密。亚里士多德的《诗学》指出，模仿带来的"怜悯"和"恐惧"产生了某种"净化"③。研究表明，"怜悯"和"恐惧"意味的是"既感同身受又冷漠超然的双重态度"。"怜悯"之心引诱人们投入剧情，设身处地，或悲或喜；"恐惧"驱使人们摆脱剧情，站在故事之

---

① 《福楼拜答卡耶多》，转引自《福楼拜精选集》编选者序，谭立德编选，山东文艺出版社，1999年版，第8页。

② 《福楼拜致乔治·桑》（1876年2月16日），见《外国作家谈创作经验》，山东师范学院中文系文艺理论教研室编，山东人民出版社，1980年版，第310页。

③ ［古希腊］亚理斯多德：《诗学》，罗念生译，人民文学出版社，2002年版，第16页。

113

外的一个相对超脱的位置，回味故事的主题："因为模仿的设计与技巧恰恰将我们与面前展开的行动分隔开来，它给我们足够的距离，去把握模仿的意义。"①

但是，大约一个世纪左右的时间，"似与不似"之间的张力正在发生重大的改变。另一种符号体系的崛起严重地破坏了传统的真实感——我指的是影像符号。影像符号的仿真效果前所未有，以至于人们迅速丧失了伴随语言阅读的质疑和反思。如果说，语言叙述隐含的作家意图常常显露出意识形态的蛛丝马迹，那么，影像符号最大限度地清除了人为的操纵。"眼见为实"是整个社会的无意识，影像展示的所有景象无不自然而然，真实可信。"恐惧"制造的距离消失了，强大的、富有压迫感的逼真不可抗拒地剥夺了批判的企图，震撼之后剩下的仅仅是惊叹。影像符号的威望如此之高，视觉造就的惊喜和快感如此强大，人们几乎无法察觉和抵抗思想的瘫痪。

"似与不似"的剧烈倾斜开始模糊符号与对象的差异。模仿作为一个过程逐渐隐匿。许多时候，影像符号被视为另一种真实进入人们的生活——尤其是当日新月异的摄像器材与互联网相互衔接之后，影像符号的生产与传播呈几何级数激增。无论人们如何认定影像符号的性质，一个意味深长的现象愈来愈普遍：日常生活之中，许多人面对屏幕之中影像符号的时间开始超过了面对真实世界。或许，真实与否的衡量正在逐渐减少，另一些标准悄悄地取而代之，例如有趣、生动、欲望的代偿、哲理，甚至日常的信息交换、购物，如此等等。换言之，另一种构造正在将影像符号组织为真实的一个内在部分。如果说，《西游记》的花果山、《红楼梦》的大观园或者荷马史诗的阿喀琉斯、莎士比亚的哈姆雷特始终是人们心目中的文学形象，那么，众多的视频、网上购物乃至网络游戏显然是生活本身。这时，符号与对象的距离正在消失，模仿与被模仿的差异正在消失，虚构

---

① [爱尔兰]理查德·卡尼：《故事离真实有多远》，王广州译，广西师范大学出版社，2007年版，第238页、第237页。

与写实的边界正在消失。两种传统区域的混淆甚至使这种诘问变得不知所云——"生活难道是这样的吗"？对于文学来说，断言"真实"概念即将瓦解显然为时尚早；然而，或许已经可以预期，"真实"概念的理论效力将会逐渐收缩，退化为教科书角落里的一个无足轻重的术语。

第六讲　人物性格及其诸种理论观念

一

人们曾经对一个古老的文学命题耳熟能详：文学是人学。这个命题据说来自著名的苏联作家高尔基——1928年，高尔基在一次地方志会议上提到，他所从事的工作并非"方志学"，而是"人学"。[①] 这个命题赢得了文学理论的青睐。众多的解释之中，一种观念逐渐成为普遍舆论：文学的特殊使命即是人物性格的塑造。那些来自文学的人物性格隆重镌刻于文学史画廊，创造他们的作家必将赢得至高荣誉。成功的人物性格犹如文学皇冠上的明珠。因此，作家塑造人物性格的各种轶事趣闻得到了广泛的流传：屠格涅夫勤勉地为小说之中的人物撰写日记，福楼拜因为包法利夫人之死而恸哭不已，普希金的塔姬雅娜和托尔斯泰的安娜无不大胆地违反了作家的预设结局，自作主张地嫁人或者赴死……总之，这些人物性格很快拥有了独立的生命，走出纸面来到了读者之间，仿佛打算长期地生活下去。作家只能被动地尾随这些人物，作为秘书记录他们的言行举止，任凭他们自动完成种种后续的叙事。通常的想象之中，作家似乎源源不断地为这个世界派遣一系列可亲或者可恨的人物。由于作家的不懈努力，许多著名的人

[①] 参见［苏联］高尔基：《谈技艺》，见《论文学》（续集），冰夷等译，人民文学出版社，1979年版，第285页。

物一直和我们生活在一起，譬如林冲、鲁智深，譬如贾宝玉、林黛玉、阿Q，再譬如包法利夫人、安娜·卡列尼娜，如此等等。这些人物能够为我们的生活增添什么？我们肯定不会在楼梯的拐弯处遇到其中的哪一位，更不能指望与之促膝谈心，共进晚餐。但是，我们始终牵挂他们，将他们引为谈资，引为内心情感的某种参照，有时不知不觉地进入他们的情景，以这些人物自居，临时地当一回宋江、孙悟空或者王熙凤、薛宝钗。许多人已经习惯地认为，文学史就是这批人物组成的画廊。他们的个性、他们的身世、他们的喜怒哀乐就是无数读者长吁短叹的原因。这甚至已经形成了传统的文学交流模式。《堂吉诃德》的成功，不就是让人们时时请出这位迂呆的骑士作为某种隐喻吗？《三国演义》或者《水浒传》的成功，不就是让曹操、诸葛亮、关羽、张飞、林冲、鲁智深、李逵这些众所周知的名字成为某些话题的概括吗？

尽管这种观点如此强大，但是，我仍然必须指出，上述认识并非天经地义——古往今来，并不是所有的批评家都将人物的塑造视为文学的第一要务。西方文学批评史上，亚里士多德的《诗学》无疑是最有影响的文学理论著作之一。《诗学》曾经列举了悲剧的六个成分：情节、性格、言词、思想、形象与歌曲。在亚里士多德心目中，情节的重要性首屈一指，人物性格次之；人物性格是情节图式内部的一个成分，犹如一部机器内部的运转齿轮。亚里士多德如此解释："因为悲剧所摹仿的不是人，而是人的行动、生活、幸福；悲剧的目的不在于摹仿人的品质，而在于摹仿某个行动；剧中人物的品质是由他们的'性格'决定的，而他们的幸福与不幸，则取决于他们的行动。他们不是为了表现'性格'而行动，而是在行动的时候附带表现'性格'。"[①] 如果说，人物性格塑造曾经是众多现实主义作家的突出追求，那么，十九世纪末期开始，现代主义对于现实主义文学观念发起了多方面的挑战，包括人物性格的观念。意识流仅仅注视紊乱的内

[①] ［古希腊］亚理斯多德：《诗学》，罗念生译，人民文学出版社，1962年版，第21页。

心无意识,新小说派无动于衷地描述冷漠的表象,乔伊斯小说的人物缺少一个完整的面目,而卡夫卡笔下的人物仅仅是一个剪影,另一些批评家甚至激进地宣称"人物已死"。这一切迫使人们重新考虑,人物性格真的那么重要吗?这时,R.韦勒克的一个发现耐人寻味:"与其他国家相比,俄国的批评家更集中注意主人公的问题,包括消极和积极的主人公。"[1] 这种表述或许表明,更多的西方批评家对于人物性格的分析兴趣并没有想象的那么大——至少,人物塑造不是文学唯一的终极目标。

对于传统的"中国叙事学"说来,人物性格是叙事的轴心吗?不论古代的历史著作、文言小说还是明清之后的白话小说,许多人物栩栩如生,家喻户晓;但是,中国古代批评家没有对人物性格的塑造显示出足够的理论关注。他们的叙事学遗产多半是"分久必合,合久必分"的历史哲学与草蛇灰线、背面铺粉、横云断山、伏脉千里乃至无巧不成书等谋篇布局。很大程度上,这些概念论述的是情节的巧妙设置。金圣叹、毛宗岗、张竹坡的小说、戏曲评点多有涉及人物性格,然而,他们的赞叹仅此而已:这些人物的刻画性情各异、声口毕肖。对于一个以诗文为文学正宗的国度,叙事学的简略似乎情有可原。

中国文学批评史通常认为,梁启超的摇旗呐喊对于重估中国小说的价值具有举足轻重的意义。梁启超的《论小说与群治之关系》等一批论文力图论证,"小说"远非无聊的街谈巷议;作为一个伟大的文体,小说可以进入一个国家的政治生活,扮演动员大众的特殊角色;无论正面还是反面,小说都具有不可比拟的力量。这个意义上,小说的声望必将超过诗文。尽管如此,晚清盛行的政治小说或者侦探小说并未对人物性格的塑造带来可观的贡献。五四新文学运动的成就之一是现代小说的诞生,鲁迅的《狂人日记》惊世骇俗。尽管鲁迅的许多后续小说成熟而冷峻,阿Q为首的一批人物性格令人难忘,但是,五四时期大量小说的特殊倾向是打开隐

---

[1] [美] R.韦勒克:《批评的诸种概念》,丁泓等译,四川文艺出版社,1988年版,第234页。

秘的内心。个性的解放敞开了知识分子内在的精神领地，他们的小说保存了频繁的独白和倾诉，这种风格造就了五四时期小说的抒情性特征——这与现实主义文学坚实而密集的描述笔触存在明显的距离。

人物性格的塑造成为二十世纪中国作家的文学纲领，这种观念的出现与二十世纪上半叶的两个文学史事件密切相关：一、苏俄文学的集中介绍；二、马克思主义文学理论的翻译。

1915年《新青年》创刊不久，陈独秀发表的《现代欧洲文艺史谭》曾经隆重介绍托尔斯泰；1909年，鲁迅与周作人出版《域外小说集》，积极关注"弱小民族"和俄国文学；二十世纪二十年代，一批无产阶级的革命家兼作家——例如瞿秋白、蒋光慈、郑振铎——完整地考察了苏俄文学史。十月革命无疑是他们倾心于俄国的首要原因，他们力图从俄国文化、俄国文学乃至俄国国民性之中重现革命的地火如何潜在地运行，从而为身边这个黑暗的国度提供突围的参考路线。普希金、果戈理、托尔斯泰、陀思妥耶夫斯基、屠格涅夫、高尔基、肖洛霍夫等大批作家无一不是塑造人物性格的圣手，别林斯基、杜波罗留波夫等批评家曾经纵论各种人物性格对于俄罗斯历史的意义。这些人物不仅具有令人难忘的言行举止，同时，他们还从各个方面喻示了俄罗斯精神的特征。因此，从政治、审美到一个个浮雕般的人物形象，俄国文学在众多中国作家那里遗留下不可磨灭的烙印。

大约相近的时期，瞿秋白、鲁迅、胡风、周扬等开始翻译和介绍马克思主义文学理论。现实主义、人物塑造、典型性格、阶级、历史潮流等概念及其相互关系的阐述开始在他们的论文之中集中出现。虽然马克思的《致斐迪南·拉萨尔（1859年4月19日）》和恩格斯的《致斐迪南·拉萨尔（1859年5月18日）》、《致敏·考茨基（1885年11月26日）》、《致玛·哈克奈斯》仅仅是私人信件而不是完整地论述文学的鸿篇巨制，但是，这些信件之中的观点产生了深远的影响。事实上，马克思主义批评学派大量的后续阐发无一不是从这些观点开始。迄今为止，这些阐发既包含苏联批评家以及卢卡奇等西方马克思主义者的反复论辩，也包含大半个世纪中国批评家的接受、提炼、修正和激烈的争论。对于中国批评家来说，20世纪五六十年代的争论主要围绕人道主义、典型性格与阶级性等问题展开；80年代之后，主体哲学、精神分析学、现代主义和"语言转向"之后的叙事学同时卷入，从而使文学的人物性格成为一个巨大的理论漩涡。

二

文学作品之中的人物没有户籍和护照，没有体温和血管，不必耗费食物，他们走不出书籍的扉页，可是，为什么人们对于这些人物的了解和惦记甚至超出了自己的亲朋好友？更为奇异的是，为什么这些从未谋面的人物居然让如此众多的读者如痴如醉？——"干卿何事"？这个意义上，那些生活于文学之中的人物肯定触动了人类的某些共同秘密。对于批评家来说，阐释这个秘密无疑是不可推卸的任务。

的确，这些人物仅仅是个体，但是，这些人物同时是精神含量特别重大的个体。这暗示了特殊与一般的联系，用《文心雕龙·比兴》的话说，这些人物性格"称名也小，取类也大"[①]。成功的文学人物往往最大限度地保持了特殊与一般之间的张力，巴尔扎克说这是"用最小的面积惊人地集中了最大量的思想"[②]。一方面，这些文学人物的个性如此生动独特，以至于人们过目不忘；另一方面，这些文学人物又概括了如此普遍的现象，以至于人们可以利用他们的姓名为这种现象命名。只要提到曹操、孙悟空、林冲或者阿喀琉斯、堂吉诃德、包法利夫人的名字，人们就知道要说些什么。恰是由于特殊与一般之间的张力，人们才不会像对待一个陌生人那样

[①]《文心雕龙译注》（下册），陆侃如、牟世金译注，齐鲁书社，1982年版，第202页。

[②]［法］巴尔扎克：《论艺术家》（1830年），盛澄华译，见《巴尔扎克论文学》，王秋荣编，中国社会科学出版社，1986版，第10页。

对待这些文学人物——陌生人的悲欢离合与我们又有什么关系呢？鲁迅的《阿Q正传》发表之后，许多人惴惴不安。尽管阿Q的癞疮疤，阿Q与赵太爷、吴妈或者小尼姑的故事都是独一无二的，但是，这些人还是恼怒地或者惭愧地从阿Q身上看到了自己。在鲁迅那里，这样的恼怒和惭愧无疑是预期的效果。这是阿Q性格内涵的巨大回响。鲁迅甚至尽可能避免无聊的穿凿而让这样的回响扩散至更大的范围，以至于读者"疑心到像是写自己，又像是写一切人，由此开出反省的道路"①。现实主义的文学理论将这种拥有强大共性的个性人物称为典型性格。他们个性突出，独一无二，同时，他们身上又积聚了一大批相关人物的影子。对于马克思主义批评学派说来，"典型"通常是现实主义文学的范畴之一。相当多的批评家将现实主义和"典型"论述为文学的成熟——典型性格的追求意味着文学跨入一个前所未有的阶段。

　　古往今来，许多作家与批评家均提到文学人物背后的一般意义。亚里士多德谈论过人物性格之中的"可然律"和"必然律"②。巴尔扎克如此解释了典型——"'典型'指的是人物，在这个人物身上包括着所有那些在某种程度跟它相似的人们的最鲜明的性格特征；典型是类的样本。因此，在这种或者那种典型和他的许许多多同时代人之间随时随地都可以找出一些共同点"③。黑格尔从他的哲学体系出发，将人物视为"普遍力量的积极体现者而出现，并且给予这些力量以个别形象"④。别林斯基同样认为，"典型既是一个人，又是很多人"，"典型人物是一整类人的代表"；他的最

---

① 参见鲁迅：《答〈戏〉周刊编者信》（1934年），见《鲁迅全集》第8卷，人民文学出版社，2014版，第318页。
② 参见［古希腊］亚理斯多德：《诗学》第九章，罗念生译，人民文学出版社，1962年版。
③ ［法］巴尔扎克：《〈一桩无头公案〉初版序言》，程代熙译，见《古典文艺理论译丛》第10册，《古典文艺理论译丛》编辑委员会编，人民文学出版社，1965版，第137页。
④ ［德］黑格尔：《美学》第1卷，朱光潜译，商务印书馆，1979年版，第255页。

著名概括是"每个典型都是一个熟识的陌生人"①。所以,托尔斯泰宣称:"我需要做的恰恰是从一个人身上撷取他的主要特点,再加上我所观察过的其他的人们的特点。那末这才是典型的东西。"②

"典型性格"这个概念表明了文学对于人物性格的尊重。然而,解决文学人物的特殊与一般的关系时,大量的理论文献往往围绕如下几个基本观点展开:

首先,批评家启用一系列辩证的哲学范畴形容典型性格的内涵,例如个性显现共性,现象显现本质,如此等等。尽管如此,现实主义文学对于一把水壶的个性如何隐喻共性或者一张桌子的现象与本质没有多大的兴趣。典型性格的提出企图阐释,一个生动的人物形象如何有机地衔接庞大的历史远景。这时,个别的人物性格大步跨出了文本从而卷入文本所展示的历史潮流。历史是马克思主义批评学派阐释的最终指向。若干人物的悲欢离合,几段恩怨情仇,这些情节并非孤立的片断,从中可以察觉历史的运行轨迹。

其次,人是社会关系的总和。批判费尔巴哈的时候,马克思提出了一个深刻的著名论断:"人的本质不是单个人所固有的抽象物,在其现实性上,它是一切社会关系的总和。"③ 每一个人物的身份、角色以及如何成长无不置身于社会关系内部,犹如社会关系之网的网结。这个意义上,每一个历史阶段的社会关系对于个人的塑造无不积累为他们的不同性格;与此同时,这些性格又分别按照各自的身份、角色从事多种社会关系的再生产——一个车夫、一个士兵或者一个官员、一个企业家按照自己的身份扮演

---

① [俄]别林斯基《同时代人》(1839年)、《论人民的诗·第二篇》(1841年)、《论俄国中篇小说和果戈理君的中篇小说》(1835年),均见《别林斯基论文学》,梁真译,新文艺出版社,1958年版,第120页,第128页,第120页。

② [俄]托尔斯泰:《同作家莫欣的谈话》(1903年),见《俄国文学史》下卷,布罗茨基主编,作家出版社,1962年版,第1092页。

③ [德]马克思:《关于费尔巴哈的提纲》,见《马克思恩格斯文集》第一卷,人民出版社,2009年版,第501页。

好特定的角色,传统的社会关系将在他们的言行背后持续发展。这种循环的图景相当大程度地构思了典型性格如何代表历史内容的内在机制。

第三,正如卢卡奇所言,典型之为典型"乃是它身上一切人和社会所不可缺少的决定因素都是在它们最高的发展水平上,在它们潜在的可能性彻底的暴露中,在它们那些使人和时代的顶峰和界限具体化的极端的全面表现中呈现出来"[①]。换言之,这是一个人物性格的内涵最为彻底的展露。许多批评家的想象之中,只有"阶级"才能负担这种涵义。当历史运动被描述为阶级的抗争与转化时,一个社会成员的"最高的发展水平"不就是成为某个历史时期阶级结构的显影吗?于是,《哈姆雷特》之中的哈姆雷特代表王室贵族阶级,《高老头》之中的拉斯蒂涅代表资产阶级野心家,《红楼梦》之中的贾政代表封建官僚,《子夜》之中的吴荪甫代表民族资产阶级,《红旗谱》之中的朱老忠代表反抗的农民阶级……类似分析公式的四处推广表明,"阶级"成为描述、衡量人物与历史关系的首要范畴。

一个社会成员通常拥有诸多身份。"阶级"这个身份的脱颖而出是历史演变的产物。古往今来,压迫者与被压迫者的对立始终存在。但是,他们曾经以各种社会身份进入历史舞台,例如,自由民和奴隶、贵族和平民、领主和农奴、行会师傅和帮工,如此等等。什么时候开始,阶级关系开始成为首要甚至唯一的社会关系?显然,《共产党宣言》出示的一个论断业已成为举足轻重的前提:"我们的时代,资产阶级的时代,却有一个特点:它使阶级对立简单化了。整个社会日益分裂为两大敌对阵营,分裂为两大相互直接对立的阶级:资产阶级和无产阶级。"[②] 换一句话说,这个历史阶段压迫与反抗的故事已经交给两大阶级书写。阶级斗争占据了社会舞台的核心,阶级作为轴心带动民族、国家、社会、个人等一系列范畴运

---

① [匈]卢卡契:《〈欧洲现实主义研究〉英文版序》,施界文译,见《卢卡契文学论文集》(二),中国社会科学出版社,1981年版,第48页。
② [德]马克思、恩格斯:《共产党宣言》,见《马克思恩格斯文集》第二卷,人民出版社,2009年版,第32页。

转。对于每一个人说来，阶级演变为参与历史的最重要身份。

第四，因此，谈论文学之中人物性格的典型意义时，一些批评家意识到这种文学魅力可能隐含某种危险：既有的阶级范畴如何为这些生动的性格定位？这些性格会不会产生阶级范畴无法阐释或者无法控制的意义？所以，当历史故事的主角由阶级扮演的时候，文学叙事提供的个人形象必须是阶级的化身。这是无产阶级文学的职责，也是无产阶级文学之所以"先进"的理由。因此，这种叙事必须具有强大的"历史感"，个人的命运乃至琐碎的日常言行必须寓言式地暗示历史的运行轨迹。否则，所谓的现实主义文学只能遗留一堆破碎杂乱的生活表象——这是现实主义与自然主义分道扬镳之处。

第五，"典型"这个概念终于使文学的各种具体景象幸运地嵌入历史结构，所有的表演都可以在广阔的历史背景之中得到诠释。当然，文学人物与历史完美结合成为相对固定的表意单元需要一个条件：清晰的总体历史蓝图。否则，我们无法知道文学人物镶嵌在历史的哪一个部位，如何产生作用。这种设想又一次让人想到了黑格尔。然而，黑格尔的绝对精神已经为无产阶级的阶级使命所替代。无产阶级只有解放全人类，才能最终解放自己。作为终极的解放者，无产阶级的全部斗争规定了所有历史人物的未来命运。

如果说，俄国文学对于人物性格的异常关注是一种独特的文学趣味，那么，在马克思主义批评学派那里，人物性格、典型性格、阶级、历史潮流之间的递进关系构成了一个特殊的现实主义叙事学。

三

现在可以对于"典型性格"稍作概括：

大部分理论家倾向于认为，典型是个性与共性的结合——偶尔有些理论家使用另一些对立统一的概念，例如个别与普遍的结合，或者，偶然与必然的结合。简而言之，对于文学之中的人物性格来说，典型提供的理解就是，从一个独特的个性身上发现普遍的共性。例如，读者从一个马车夫身上看到了千百个马车夫的共同特征，或者，从一个资本家的性格之中发现了千百个资本家的必然本性。以阶级范畴为核心的社会学理论盛极一时之后，"阶级性"成为"共性"绕不开的独木桥——任何关于典型共性的有效解释都必须穿过这座独木桥。正如马车夫作为无产阶级的代表，资本家的共性即是资产阶级。如果典型的共性无法与人物阶级属性相互重合，理论家就得修正自己的结论。于是，文学史上形形色色的人物性格组成一个完整的阶级图谱，他们身上发生的各种故事通常也就是各个阶级之间关系的写照，既有不共戴天的生死搏斗，也有阶级兄弟的同仇敌忾，既有统一战线的合作、联盟，也有阶级"同路人"的徘徊犹豫，这一切组成了一幅波澜壮阔的历史图景。这个意义上，文学与历史著作殊途同归。

可是，今天看来，这种理论图景存在不少问题。首先，从个性到共性是一个相当不精确的概括。人们将从某一个别对象之中找到的是哪一个方面的共性？如果谈论桌子上的一个水壶，人们完全有可能从不同层面概括共性。从材料的意义上概括，水壶的共性或许是陶瓷，或许是塑料；从色彩的意义上概括，水壶的共性或许是白色的，或许是红色的；还可以从形状的意义上概括，杯子的共性或许是圆形的，或许是方形的。考察一个人物也是如此。我们想知道的是这个人物文化程度显现的共性，还是政治面貌、体魄的强壮与否、道德水准、精神的活力、性格的粗犷或者细腻？从国籍、种族、性别到作为一个儿子、作为一个丈夫、作为一个同事、作为一个古董收藏爱好者，所谓的"典型性格"力图聚焦于哪一种身份？当然，不少批评家心中已经设有标准答案——只想知道这些个性背后的阶级身份，换言之，共性等同于阶级性。阶级性之外的共性已经不在考虑之列。所以，《红旗谱》之中朱老忠的性格就是贫农反抗地主阶级的写照，《骆驼祥子》之中的祥子是尚未觉醒的城市无产者。但是，所谓的"阶级性"无法完全吻合教科书的划定的标准,同时也无法完整地解释人物的性格特征。例如,鲁迅的《祝福》之中的祥林嫂有些麻烦,她似乎至死未能觉悟,从而不能执行本阶级的反抗使命;《阿Q正传》之中的阿Q就更叫人发愁了,他的"精神胜利法"能够形容为贫雇农的阶级本性吗?更大范围内,文学史上众多著名的人物性格,是否都能顺利地塞入阶级性的解释框架?贾宝玉就是一个封建大家族的寄生虫,安娜是一个官僚家庭之中无所事事的贵妇,包法利夫人之死源于小资产阶级的虚荣,奥赛罗的嫉妒与哈姆雷特的犹豫或者李尔王的悲伤无一不是来自封建王室成员的凶残、软弱、虚伪和无情无义?总之,找到一个阶级符号如同印章一样盖在这个丰富的人物身上,一切特征无不来自这个唯一的根源,这种狭隘的观点具有多大的解释效力?事实上,对于"典型"显示的共性或者阶级性,任何一本通俗的社会学或者政治学教科书都能够轻易地抵达。后者所展示的整体图景远比文学清晰明快。换一句话说,文学的意义就是从事一些简单的图解吗?

如果仅仅为文学之中的人物性格设置一些阶级标签,作家又有什么必要对于每一个人物进行如此细致、甚至栩栩如生地描绘?无数多余的细节不仅形成一种浪费,甚至会干扰读者识别阶级性的视线。一个农民的手背上是不是长了一颗疖子,一个资本家的头发茂密还是稀少,一个工人喜欢游泳还是喜欢抽烟,一个土匪头目身上是不是患有过敏性鼻炎,这些因素基本上不影响每一个人的阶级性。文学乃至艺术存在一个重要的原则——不允许杂音的存在。鲁迅曾经表示,竭力将可有可无的文字删掉。如果文学并未将各种鲜活的日常生活景象作为多余的闲笔删除,那么,这无异于表明,除了阶级性,文学还存在另一些主题。

在我看来,日常生活之中各种鲜活的日常生活景象毋宁说完整地再现了每一个鲜活的个人。即使是对于历史的理解,个人的完整存在仍然具有重要的意义。个人的存在不仅仅用于说明阶级——他们并非仅仅淹没在阶级的共同面貌之中,仿佛只有阶级才能与历史的主题产生联系。阶级范畴之外，个人也可以从各个角度、各种程度上说明历史。一篇大文章可能由几百万字组成，尽管若干章节的改动可能对文章的主题产生重大影响，但是，这并不能否认每一个词的作用——哪怕极其细微的作用。历史之中的个体也是如此。阶级以及各种代表人物如同文章之中的关键词，他们的存在意义非凡。可是，这不能取消每一个平凡小人物的意义。

人们往往用历史这个词形容过往的一切事件。不言而喻，不可能事无巨细地复述曾经发生的一切，人们只能挑选历史之中某些重要的内容加以记载。历史著作曾经成为帝王的起居注，这表明了一种价值观念——帝王生活中的一切都具有决定江山社稷的意义。这种价值观念后来延伸到英雄人物身上。文学史上的英雄传奇即是这种观念的体现，英雄造就了历史。进入现代社会之后，国家和民族的种种博弈构成了历史之中最为重要的内容，譬如国家的独立和民族的解放。因此，许多历史著作记载的是国家和民族如何演变。这个意义上，"阶级"时常作为最为重要的分析单位，阶级斗争相当程度地决定了国家和民族的基本面貌。尽管如此，人们至少还应当看到，日常生活之中的每一个人同样是历史不可忽略的构成单位。如果说政治学、社会学等多数学科集中考察的是国家和民族，那么，文学的聚焦是一个个具体的人物。当然，杰出的作家通常不会把人物写成一个个孤立的原子，而是把人物放在复杂的社会关系网络之中，包括与国家、民族、阶级发生各种联系，并且在这种联系之中最后完成"自我"。小说再现了一个个人物，也就是再现他们如何参与了历史的创造——也许汇聚于阶级共同体之中，也许以各种个人的方式。显然，这时的历史观念已经变了——并非只有阶级形成的国家、民族才有资格称为历史，个人的悲欢离合也是历史的组成部分。

我已经多次表示，历史话语的分析单位是整个社会，文学话语的分析单位是每一个具体的人生。尽管二者不可能彻底分割，但是，历史话语关注的是历史事件的完整，文学话语关注的是人生事件的完整。前者往往表现为一场战争、一个王朝的更迭、一种制度的建立——总之，一个撼动了

127

历史的事件；后者往往表现为一场未遂的恋爱、一个成功的婚姻、一次举足轻重的舞会或者晚餐——总之，一个改变了人生的事件。如果说，历史著作或者经济学、社会学著作擅长描述的是某种社会的普遍状况，那么，文学擅长描述的是个人的特殊际遇。这时，"人生"、"个人"、"感性"、"普通小人物"、"日常生活"、"细节"——诸如此类的范畴无不显示出某种相近的意味。

通常的想象是，文学终于为那些重磅的概念提供了生动的证据。历史著作粗线条勾勒的轮廓找到了填充的实物，整个历史图景极大地提高了分辨率，各个局部显得精致、饱满。然而，某些时候，这种想象可能遭受严重的挫折。风起青萍，日常生活底部无名能量的持续积累开始动摇种种习以为常的历史描述，那些重磅的概念逐渐空心化。这时，人们可能遇到一个怪异的现象：将文学之中众多日常生活景象联成一体，这幅画卷已经塞不进历史著作的事先设计了。

这也是我屡屡质疑"典型"作为解读机制的原因。回想各种文学人物的时候，"典型"的解读往往急于依附某种通行的社会学命名，尽快地将人物塞入某一个社会共同体，诸如阶级、劳苦大众、资本家，等等，甚至不惜削足适履。不少批评家可能觉得，无法纳入社会学命名的共同体，这种文学人物多半有些可疑，他们因为身份不明而无法获得足够的信任。但是，审美颠覆了这种观念。文学的聚焦隐含了价值的重估——重新认定基础的分析单位。对于理论考察说来，基础的分析单位具有这种价值：这种分析单位的内容产生改变，整体的意义必将或多或少地遭受改动。一篇文章基础的分析单位是每一个字以及标点符号，结构语言学的基础分析单位是每一个音素——一个字以及标点符号的改变或多或少地影响文章的主题，一个音素的改变或多或少地改变语言符号的表意；文学的聚焦表明，个人可以并且正在成为社会历史基础的分析单位——当然，这种聚焦以审美的方式进行。谈论经济学的国民生产总值、谈论政治学的社会制度或者社会学的阶级和阶层，担任社会历史主体的是各个群落社会成员的平均数；只有文学真正回到了每一个独异的个体。一个熟悉的口音，几个特殊的字迹，额头上的几道皱纹、衣襟上的一个补钉、老屋里的几件家具、"感时花溅泪"或者"恨别鸟惊心"，诸如此类的琐碎描写无不作为"个体"的内容而获得了不可忽视的意义。

至少在今天，"阶级"作为一个社会共同体的意义正在得到重新评估。如果说，"阶级"曾经是社会分析之中几乎唯一有效的范畴，那么，这种观念正在遇到巨大的挑战。数十年的时间里，从民族、国家、性别到企业、学校或者地域文化，各种社会共同体纷至沓来，并且显示了不同的历史意义及其凝聚力。这个意义上，回到独异的个体，亦即回到了一个基本的原点。这个原点有助于重新反思——而不是盲目接受——各种新型社会共同体的意义，包括重新思考"阶级"的意义。另一个值得关注的征兆是，后现代主义文化正在将社会肢解为零散的碎片，个人与社会的衔接不再通过各种社会共同体作为中介。从家庭、个人癖好、短暂的爱情到纷杂的知识堆积，社会历史显示了愈来愈强的随机性质，众多疏离的个人事件无法继续整合到某种宏大的历史叙事之中。换言之，从个人言行、性格到宏大的历史潮流，二者之间有机的联结链条正在解体，传统意义上的"阶级"、"民族"、"国家"乃至"单位"、"企业"等等正在失效。这时，文学对于个体的关注不得不诉诸酝酿另一种新型的意义评估方式。这是社会历史批评学派面临的特殊问题。

相对于社会科学的概念系统，文学的任务并不是按比例收缩视野，从而清晰地显现局部。文学之所以收缩视野，目的是让人看到原先无法发现的内容。无论是个人的肖像、语言风格、兴趣嗜好、性格特征还是命运制造的各种悲欢离合，个别形象不可化约：这些形象可能证明通行的社会学命名和历史著作的事先描述，也可能瓦解甚至推翻这一切。

四

　　如果说,"典型性格"的理论阐述显示了社会历史批评学派视野之中的文学人物,那么,现在可以转向心理学派的视野。前者阐述的是文学人物的社会历史意义,后者阐述文学之所以打动人的直接原因。阅读文学作品的时候,我们对一个个人物之所以悲其所悲,喜其所喜,之所以和他们一起同情或者憎恶,时常有一种心理上的"自居"作用。我们无形地把自己放在某一个人物的位置上,体验他们的喜爱、愤怒与伤心,这是一种情感上的共振。与社会历史批评学派对于人物性格周边的社会关系分析不同,精神分析学直接在这个意义上把读者与小说中的人物联系起来,只不过批评家认为与其说情感共振,不如说"无意识"共振罢了。所以,精神分析学派的著名论断就是,文学是作家的白日梦,读者之所以沉溺于这种白日梦,就是因为他们具有共同的无意识。可以发现,二十世纪之后的许多文学派别不约地流露出心理主义的倾向,这无疑与二十世纪心理学理论的昌盛密切相关。尽管韦勒克与沃伦曾经论证,心理学并不是美学价值的必然保证[1],然而,无可否认的是,二十世纪的文学与心理学之间缔结了前所未有的联盟。这样,文学为人的主题开启了另一个崭新的层面。

　　这个意义上,人们无法不提到一个名字:"弗洛伊德"——精神分析学派的创始人物。迄今为止,弗洛伊德学说体系的一系列概念术语业已打入精神分析学派之外的种种理论表述,"无意识"、"力比多"、"俄狄浦斯情结"之类为诸多理论家广泛挪用。的确,前期的弗洛伊德与后期的弗洛伊德并不相同,他的学说经历了复杂的演变;然而,对于大多数人来说,精神分析学理论的通俗版本已经产生了足够的启示。在"刺激—反射"模

---

[1] 参见〔美〕韦勒克、沃伦:《文学理论》第八章,刘象愚等译,生活·读书·新知三联书店,1984年版。

式和"白板说"为基础的唯物主义之外,人们遇到了一种"深度心理学"。精神分析学派的描述之中,人的内心不再是一个简单的感光胶卷;内心的幽微纵深隐藏了一个强大无比的动力系统。弗洛伊德提供的心理模型之中,人的内心包含了本我、自我和超我;本我如同沸腾的无意识;如果没有自我和超我充当合格的守门人,无意识就会夺门而出,冲决一切理性的防线。这个意义上,文明社会的首要任务即是压抑本我的能量,这种压抑与反压抑形成了种种紧张——其中,弑父娶母的故事或者艺术家与精神病人之间的转换关系均属弗洛伊德式的最为著名的故事。自从诞生的第一天开始,弗洛伊德的学说就导致了激烈的争辩;许多问题上,即使弗洛伊德的门徒也不得不与他分道扬镳。然而,不管怎么说,精神分析学派给出了另一种人物的分析图式。如果说,马克思主义是在一系列外部社会的复杂因素——诸如经济基础、上层建筑、社会关系、阶级阶层——之间为人物定位,那么,弗洛伊德揭开了人物内心的秘密图景。

人们已经熟悉了某些与弗洛伊德学说特别亲近的作家,例如乔伊斯、劳伦斯、卡夫卡、托马斯·曼。某些作家就是在弗洛伊德思想的启示之下写作,某些文学内涵因为弗洛伊德学说的阐释而显出特别丰富的意味。弗洛伊德为文学人物提供了什么呢?他的《作家与白日梦》这篇著名的论文让人们觉得,那些文学人物多少与作家由于愿望而产生的幻想有关。弗洛伊德所提供的公式是:"现时的强烈经验唤起了作家对早年经验(通常是童年时代的经验)的记忆,现在,从这个记忆中产生了一个愿望,这个愿望又在作品中得到实现。"[1] 换言之,文学人物是作家人格的部分投影。然而,弗洛伊德不仅指出了文学人物如何诞生,而且,他同时认为这些人物的头颅里面远比人们想象的复杂。这些人物所以让人们久久难忘,恰恰因为他们的内心活动叩响了人们压抑在无意识之中的秘密欲望。这时,人们迅速地想到了弗洛伊德对于哈姆雷特的解释。在他眼里,这位复仇王子的

---

[1] [奥]弗洛伊德:《作家与白日梦》,见《弗洛伊德论美文选》,张唤民、陈伟奇译,知识出版社,1987年版,第36页。

犹豫和延宕源于奇怪的恋母情结。这样的解释无疑是将精神分析所描述的"深度心理"赋予文学人物。

弗洛伊德告知了内心世界的存在，这是心理学奉送给文学的巨大资源。事实上，另一个心理学家具体地描述了内心的存在形式——"意识流"。威廉·詹姆斯的《心理学原理》将人类的思维形容为一条斩不断的流，"思想流、意识流和主观生活之流"①。19世纪末至20世纪初，"意识流"终于作为一种叙事话语出现在文学之中。这种叙事话语的形式即是模拟断断续续、闪烁不定的内心波动。按照 M. 弗拉德曼的考察，"意识流"可以分为内心独白、内心分析和感官印象。内心独白表现的是任何范围的意识——包括清醒状态的语言和非语言的无意识领域。它是活跃内心的直接引述。不同于内心独白，内心分析只涉及意识中同语言有关的一小部分。感官印象涉及的是远离注意中心的感觉，它往往是片断的、转瞬即逝的印象记录②。这样的叙事话语表明，文学已经拥有了网罗人物内心紊流的语汇。

当然，只有同某种文学意图相互结合之后，心理学的发现或者叙事话语的开创才会在文学史产生回响。的确，这个时期的一些作家大声疾呼，传统的性格描写已经寿终正寝，文学必须用另一种眼光看待人物。弗吉尼亚·伍尔夫提出了一个夸张其辞的判断："在1910年12月左右人的性格变了。"③这时开始，文学所描写的那种外在的性格已经不再重要，"内心"在生活之中具有特殊的意义。

仔细观察一下一个普通日子里一个普通人的头脑吧。头脑接受着

---

① 转引自陈慧：《西方现代派文学简论》，花山文艺出版社，1986年版，第91页。
② 参见［美］弗拉德曼：《〈意识流〉导论》，宋授荃译，见《现代西方文艺理论批评文选》，安徽省文艺理论研究会、安徽大学中文系文艺理论教研室编印，1983年版，第283—284页。
③ ［英］弗吉尼亚·伍尔芙：《班奈特先生和勃朗太太》，朱虹译，见《西方文艺理论名著选编》（下卷），伍蠡甫、胡经之主编，北京大学出版社，1987年版，第160页。

千千万万个印象——细小的、奇异的、倏尔而逝的，或者是用锋利的钢刀刻下来的。这些印象来自四面八方，宛然一阵阵不断坠落的无数微尘；当它们降落，当它们构成星期一生活或者星期二生活的时候，着重点所在和从前不同了；要紧的关键换了地方；……生活并不是一连串左右对称的马车车灯，生活是一圈光晕，一个始终包围着我们意识的半透明层。传达这变化万端的，这尚欠认识尚欠探讨的根本精神，不管它的表现会多么脱离常轨、错综复杂，而且如实传达，尽可能不羼入它本身之外的、非其固有的东西，难道不正是小说家的任务吗？①

伍尔夫坚决地鄙夷那些只能描写"物质"生活的作家；在她看来，文学必须记载"脑际的那一团内心火焰怎样不断地明灭颤摇"②。伍尔夫没有更为详尽地阐述她的理由，但是，人们无法否认，她已经察觉到现实内部正在发生的某些深刻转折——内心世界的意义正是在这样的转折之中得到了确认。事实上，这样的转折寓含于现代主义的一大批文学派别之中。稍后，"新小说派"的娜塔丽·萨洛特宣称"怀疑的时代"到来。怀疑同样是现代主义的首要范畴之一，萨洛特具体地将怀疑精神指向了传统的文学人物。她尖刻地讥讽了那些鼻子上长着肉瘤、穿上条纹背心的巴尔扎克式人物。在她看来，这些人物已经丧失了读者的信任：

  至于人物，现代的读者很清楚，这不过是一种粗制的标签而已。读者尽管并不怎么相信，却利用这种标签来大致上规定自己的行为，以便在实际生活中应付得宜。对于那些经作者运用惊人的手法和通过

---

① ［英］弗吉尼亚·伍尔芙：《现代小说》，赵少伟译，见《西方文艺理论名著选编》（下卷），伍蠡甫、胡经之主编，北京大学出版社，1987年版，第153页。
② ［英］弗吉尼亚·伍尔芙：《现代小说》，赵少伟译，见《西方文艺理论名著选编》（下卷），伍蠡甫、胡经之主编，北京大学出版社，1987年版，第154页。

意想不到的戏剧化动作所塑造的人物，现代的读者是怀有戒心的。他也并不相信那像细布条一样缠绕着人物的故事情节；这些情节使人物在表面上看来似乎自成一体，栩栩如生，实际上却像木乃伊一般地死硬僵化。①

萨洛特试图让读者迅速地进入人物的内心，让读者"浸沉在一种如血液似的无名物质中，在一种既无名称又无轮廓的稠液中"②。不久之后，她甚至对于伍尔夫、乔伊斯或者普鲁斯特的内心描写感到不满，她认为只能利用"潜对话"暗示出"隐藏在内心独白后面的东西，那是一团数不尽的感觉、形象、感情、回忆、冲动、任何内心语言也表达不了的潜伏的小动作"③。于是，在现代主义的图景之中，文学人物逐渐消失了外部形象以及种种言语、行为，暴露出卑琐、纤细、情欲如沸的内心。这里的阴暗角落远比人们估计的要多，这里隐藏的攻击本能同样是某些巨大历史事件——例如世界大战——的奇特注释。启蒙话语之中人道主义的辉煌词句终于在这样的内心映衬之下黯然失色。

这些"人的发现"是在什么背景之下植入二十世纪八十年代的中国文学？的确，承认"意识流"的存在并不困难，心理学的证据似乎无可辩驳："心理活动的这般规律非英国人、法国人或德国人所专有，俄罗斯人、日本人或也用英语思维的美国人，当然也包括说汉语的中国人，其思维与感受的方式应该说本质上并无不同之处"。④ 然而，从"人的发现"到文学人物包含了一个巨大的理论跨度。这表明，文学必须卸下"自然主义"的

---

① [法]娜塔莉·萨洛特：《怀疑的时代》，林青译，见《新小说派研究》，中国社会科学出版社，1986年版，第33页。
② [法]娜塔莉·萨洛特：《怀疑的时代》，林青译，见《新小说派研究》，中国社会科学出版社，1986年版，第39页。
③ [法]娜塔莉·萨洛特：《对话与潜对话》，郭宏安译，见《新小说派研究》，中国社会科学出版社，1986年版，第48页。
④ 高行健：《现代小说技巧初探》，花城出版社，1981年版，第27页。

链条而正视人物身上的另一半。对于八十年代的中国文学说来，认可"意识流"的文学资格意味了穿越一系列传统美学观念。人们通常将八十年代初期的王蒙视为中国版"意识流"的始作俑者。现今看来，《春之声》、《夜的眼》、《布礼》、《蝴蝶》毋宁说更像"准意识流"。王蒙反复申明，他的"意识流"拒绝"变态、病态、歇斯底里的心理[①]"。在他那里，意识的叙述形式比意识的内容更为重要。八十年代初期的历史语境之中，文学仍然依据人道主义的眼光考察意识——王蒙的小说不过是伸张了内心世界的存在权利。然而，形式隐含了强大的开创功能。肯定"意识流"式的叙事话语也就是从形式上肯定无意识的敞开。这为王蒙之后的另一些作家——例如残雪、刘索拉、莫言——解除了禁锢。他们坦然地袭用了这种叙事话语，轻而易举滑入现代主义的主题。这样，心理主义的文学人物终于在八十年代的中国文学内部赢得了一席之地。

五

典型理论的出现让人们习惯于根据社会关系网络——尤其是阶级属性——分析文学人物；这样的分析时常遗漏了一个重要的层面：文学人物是被叙述出来的。人们的想象之中，仿佛有一个神秘的声音发出召唤，这些人物纷纷从一些不知名的角落集聚到一个特定的社会空间，开始他们之间的生动故事。的确，只有那些热衷于话语分析的作家和批评家才能察觉，这些人物的舞台是由一系列辞句搭盖起来的。文学人物的活动范围和自由程度均会遭到这个舞台结构的限制。通常，人们使用一个术语形容这个舞台：情节。情节拥有自己的逻辑框架。某些时候，文学人物的执拗可能与

---

① 参见王蒙《关于〈春之声〉的通信》《在探索的道路上》、《关于"意识流"的通信》、《关于塑造典型人物问题的一些探讨》诸文，见《中国当代文学研究资料·王蒙专集》，贵州人民出版社，1984年版。

情节逻辑相互冲突——这样的冲突迫使人们考虑人物与情节的关系。这是一个由来已久的分歧：情节是人物行动所制造的后果，或者说，人物是完成情节逻辑的齿轮？

如前所述，亚里士多德曾经在《诗学》之中将悲剧解析为六个成分，即情节、性格、言词、思想、形象、歌曲。在他看来，六个成分之中最为重要的是情节，即事件的安排。亚里士多德如此解释说："悲剧的目的不在于摹仿人的品质，而在于摹仿某个行动。"悲剧"不是为了表现'性格'而行动，而是在行动的时候附带表现'性格'"。所以，"情节乃悲剧的基础，有似悲剧的灵魂；'性格'则占第二位。"[1] 这意味着，文学人物仅仅是行动的角色；他们的义务是执行情节而没有理由干扰情节的预定目的。如果说，这是叙事学意义上的性格，那么，到了莱辛那里，心理学意义上的人物占据了上风。他的《汉堡剧评》指出："一切与性格无关的东西，作家都可以置之不顾。对于作家来说，只有性格是神圣的，加强性格，鲜明地表现性格，是作家在表现人物特征的过程中最当着力用笔之处。"[2] 尽管《汉堡剧评》仍然将《诗学》奉为经典，但是，启蒙主义思想已经把情节与人物的关系颠倒过来——这时，人物性格已经比历史故事更为重要。这样，人们可以从文学史上发现两种人物性格的观念：叙事学意义上的性格无法游离情节的上下文而独立存在；相反，心理学意义上的人物更像生活在这个世界的某一个角落，文学之中的故事不过是他们的某些人生片断而已。

二十世纪二十年代，英国集中出现了若干小说研究著作，例如珀西·卢伯克的《小说技巧》，爱·福斯特的《小说面面观》，爱·缪尔的《小说结构》。这些著作遥相呼应，同时就某些观点展开争议，人物性格以及故事均是注视的焦点。爱·福斯特的《小说面面观》对亚里士多德《诗学》

---

[1] 参见［古希腊］亚里斯多德：《诗学》，罗念生译，人民文学出版社，1962年版。

[2] ［德］莱辛：《汉堡剧评》，张黎译，上海译文出版社，1998年版，第125页。

的人物观念表示了温和的异议。在他看来，显现于行动的不过是人物的公开生活，一个人幸福与否更多存在于内心的隐秘生活。如果说，当年亚里士多德熟悉的悲剧只能借助舞台表现人物的外在行动，那么，小说叙述的一个擅长无疑是叩问人物的内心，展示各种隐秘的波澜。小说是一个没有秘密的世界，必要的时候，作家可以将隐藏于人物内心的无意识晾晒在阳光之下。福斯特对于闯入小说的众多人物做出一个著名的分类：扁形人物与浑圆人物。前者的性格一句话即可概括，后者的性格多维而且善变——浑圆人物显然拥有丰富的内心。《小说面面观》并没有贸然地褒贬浑圆人物与扁平人物。尺有所短，寸有所长，不同类型的人物分别承担情节赋予的特殊使命，胜任即是肯定。尽管福斯特注视内心生活的兴趣远远超过了亚里士多德所说的"行动"，但是，他所谈到的人物性格始终安分地寄居于小说之中。这些人物如何生存于文本之外——例如，这些人物的躯体内部有没有必要的腺体，如何消化食物，一生是否耗费三分之一的时间睡眠等等麻烦的问题——没有必要进入视野[①]。

珀西·卢伯克的《小说技巧》曾经分析托尔斯泰、巴尔扎克、福楼拜、亨利·詹姆斯等一批小说的技巧形式。谈及众多小说文本内部来来往往的人物性格，卢伯克考虑的多半是他们的出场以及言行举止如何与小说结构的诸多因素协调一致。换言之，这些人物性格无疑仍然从属于文本叙述。爱·缪尔的《小说结构》对于小说做出了重要的划分：情节小说、人物小说、戏剧性小说。在他看来，一种小说以情节为中心，人物性格仅仅是情节的依附，例如，无论人物性格如何发展，侦探小说的情节终点必须是破案，没有结局的情节小说是残缺的；另一种小说以人物性格为中心，情节散漫而且不存在某种发展的必然目的："正如情节小说中，人物是用以适应情节；人物小说中，情节即兴创作是用以表白人物。"显然，人们可以为爱·缪尔的观点提供足够的例证。根据小说的结构图式，莫泊桑的

[①] 参见［英］爱·福斯特：《小说面面观》之中的"人物"与"情节"章节，方土人译，见《小说美学经典三种》，上海文艺出版社，1990年版。

《项链》、欧·亨利的《麦琪的礼物》与鲁迅的《阿Q正传》、契诃夫的《套中人》不同，雨果的《巴黎圣母院》、福楼拜的《包法利夫人》与塞万提斯的《堂吉诃德》、萨克雷的《名利场》相异——前者近于情节小说而后者近于人物小说。二者的高度平衡即是缪尔所说的戏剧性小说："在戏剧性小说中，人物与情节之间的脱节消失了。人物不是构成情节的一个部分；情节也不仅是围绕着人物的一种大致的构思。相反，二者不可分地糅合在一起。""一切就是人物，同时一切也就是情节。"例如，《红楼梦》或者《安娜·卡列尼娜》这样的经典之作得到了情节与性格的均衡。谈论以人物为中心的小说时，缪尔已经意识到，这些小说的人物常常穿过众多的社会意象显示某种固定不变的性格[①]。尽管如此，缪尔也没有将这些"社会意象"移出文本的边框，进而想象这些人物性格如何千丝万缕地织入广阔的历史背景。W. C. 布斯的《小说修辞学》于二十世纪六十年代问世。这本著作不仅继承了小说研究的学术兴趣，并且远为广泛地涉及小说修辞的诸多问题，例如讲述与显示，现实主义，客观，叙述类型，作者的声音，非人格化叙述，如此等等。但是，布斯仍然没有考虑逾越修辞学范畴，转向人物性格的社会历史分析。

  对于文学提供的人物性格，里蒙·凯南的《叙事虚构作品》进一步概括了两种存在模式：人类学的存在，或者语言学的构造。一种模式认为，文学提供的人物性格犹如我们的朋友或者邻居。离开了小说的上下文，这些独立的人物性格仍然活跃在读者的记忆之中。另一种模式认为，这些人物性格只能存活于小说文本内部。超出这个范畴，他们并不存在。将他们视为真实的人物品头论足，这种感情用事毋宁说误解了文学的性质。"在模仿理论（即在某种意义上把文学看作现实之模仿的理论）中作品人物是

[①] ［英］爱·缪尔：《小说结构》，罗婉华译，见《小说美学经典三种》，上海文艺出版社，1990年版，第355页，第362页，第363页，第373页。

和一般人等同的,而在符号学理论中人物却消失在文本性之中。"① 两种人物观念的重大差异是,前者将人物性格视为社会历史的产物,可以借助人物性格反观社会历史的演变;后者将人物性格定位为文本内部的叙事运作,这些性格再现的是各种语言规则的效果。

二十世纪下半叶,经历了"语言转向"的一系列积累之后,叙事学的文学人物理论迈出了重要的一步。这时,人道主义被视为一种意识形态幻觉,人被视为种种文本、语言代码和话语系统的构造物。人没有一种自足的本质,理论分析的是人在文化网络之中的功能,或者说,这种文化网络即是社会历史。

按照这种观点,文学人物的个性、深度、自我的统一同样是一种令人怀疑的神话。这些"有血有肉""栩栩如生"的人物无非是叙事话语利用种种文化代码制造出来的幻象。他们仅仅是情节内部多种线索、势力、事件交叉的网结。所以,俄国形式主义学派将这些人物描述为完成叙事的组成因素,普洛普的《民间故事的形态研究》是最富开创性的成果之一。普洛普考察了童话之中人物的稳定功能,并且概括出七个"行动范围":反面角色、捐献者(施主)、助手、公主(被寻找的人)和她的父亲、送信人、英雄、假英雄。不论如何挑剔这样的概括,无可否认的是,这里的人物已经丧失了复杂的内心而成为情节逻辑之上一个简单的"行动者"。在罗兰·巴特那里,人物的生命消竭了,人物仅仅是语言层面的一个皱褶,一圈波纹。人物的生理和心理组成的性格变成了某种"语言动作",例如,巴特将文学阅读对于人物性格的辨识称之为"命名过程"。命名即是将某些人物的性格特征锁入特定的名词,使之借助语言给予固定;多种性格特征的统一,则称之为"专名","专名"使一系列"性格素"构成了整体。这个意义上,巴特的人物仅仅存活于语言平面上。对于"叙述语法"的兴趣表明,托多洛夫与巴特异曲同工。托多洛夫认为,故事的深层存在某种

---

① [以色列]里蒙—凯南:《叙事虚构作品》,姚锦清等译,生活·读书·新知三联书店,1989年版,第59页。

"语法",所有的故事均是这些"语法"的派生物。这样,他将人物称之为名词,人物的性格是形容词,人物的行为则是动词。在他的心目中,文学人物的理论更多地为语言理论所置换[①]。对于这些理论家说来,文学人物不仅是社会关系的产物,同时还是文本自身的产物。话语不仅是人物的呈示,同时是人物的限制。如果说,话语时刻是意识形态争夺的空间,那么,文学人物无疑包含了所有意识形态运作的结果。

从"文学是人学"到典型性格,从心理学的人物观念到叙事学的人物观念,众多的理论命题分别与不同时期的文化氛围、意识形态以及人文学科的发展相互呼应。哪一种"人的主题"将赢得历史的尊重?事实上,众多作家和批评家正在为之进行激烈的争论,各种相异的观点显示了他们的不同方位以及历史语境赋予的不同想象和建构。

[①] 分别参见〔英〕霍克斯的《结构主义和符号学》第三章,上海译文出版社,1987年版;〔以色列〕里蒙—凯南的《叙事虚构作品》第三章,生活·读书·新知三联书店,1989年版。

第七讲　大众文学、欲望与历史结构

一

　　古往今来，大众文学始终是一个庞大的部族。尽管"大众文学"的界定标准并未统一，但是，现今的文学观念通常承认，大众文学的特征相对于经典文学体系而言。大众文学多半通俗浅显、受众广泛同时旋生旋灭；经典文学历经复杂的汰选机制而长存于文学史，相当一部分作品显得深奥乃至晦涩。当然，现今意义上的大众文学远远不限于纸质的畅销书，而是包括了电视、电影或者互联网上的流行作品。或者可以说，后者的数量和各方面规模已经远远超出了前者。不言而喻，文学史内部"阳春白雪"与"下里巴人"的分野由来已久，但是，大众文学的正式划分乃至命名仅有短暂的历史。审美、美感以及美学这一套概念出现之前，文学的各种功能——例如，娱乐消遣、抒情言志以及精神塑造、人格教育、历史承传、社会动员——无不相互交织，构成了文学的整体效应。时至如今，审美逐渐构成了经典文学的首要标志。当然，审美不仅包含了巨大的内心愉悦和情绪震荡，同时还包含了深刻的哲理。与此同时，另一些适合娱乐消遣的文化功能更多地委托给大众文学，例如欲罢不能的悬念，奇幻景观，情色或者暴力元素，逗乐喜剧乃至爆笑，如此等等。

　　文学史不仅保存了作家个人风格的巨大烙印，同时，各种文学形态的变异深刻地记录了文学与大众相互激荡的痕迹。尽管作家是众所周知的文学生产者,但是,大众的参与和文学的发生、演变具有密切的呼应关系。很长一段时间,文学研究仅仅围绕经典文学展开。经典文学的作者和文本是文学研究的焦点。无论是社会历史批评学派、精神分析学或者形式主义的文本分析,批评家徜徉于经典文学领域,剔精抉微,钩沉索隐;相对地说,大众文学似乎没有资格作为一个整体充当文学研究的对象。由于大众文学的浅薄,批评家的各种文本分析工具几乎没有用武之地,同时,由于大众文学通常被视为无足轻重的亚文化,它们的作者很少因为令人敬佩的创造才能而赢得广泛被研究的资格。大众文学的"大众"显然指的是为数众多的读者,但是,他们往往被批评家拒之门外。接受美学考察的仅仅是抽象的"读者"——一个相对于作者和文本的文化方位。某一个历史时期拥有各种真实身份的读者"大众"为文学带来了什么?文化研究兴盛之后,这些问题才逐渐浮出了水面。

　　这些问题的浮现与"雅"、"俗"观念的再认识有关。相当长的时间里,经典文学之"雅"对于大众文学之"俗"形成了巨大的排斥。不少人认为,二者泾渭分明,它们之间存在本质的区别。两种不可混淆的美学追求左右了不同的文学潮流,同时,两种文学潮流的背后隐含了一系列固化的社会阶层区分,例如精英、知识分子、贵族、专业人士;或者庸众、不学无术者、暴发户、业余分子,如此等等。然而,文学史事实证明,"雅"、"俗"的术语背后存在不同的历史内容。某一个时期的"俗"文学在另一个时期转换为"雅"文学并且入选经典之列,这种情况屡见不鲜。中国文学史上的词、曲以及长篇小说无不带有浓厚的"俗"文学风格,歌伎传唱、草台班子的演出或者瓦舍勾栏之中的讲史俱是流行一时的民间娱乐。尽管如此,词、曲以及章回小说转化为经典的篇目比比皆是。化俗为雅和化雅为俗是历史之中不断上演的剧目。"俗"文学之中某些生气勃勃的元素可能破除"雅"的纤弱、僵化和矫揉造作,正像"雅"所包含的各种深奥形式可能大面积地普及和通俗化。总之,某一个时期的雅、俗之分并不能否认

"俗"的意义；相对的历史条件可能改变"俗"文学的卑微身份。

另一个更为重要的原因是，"文化研究"开始正视大众文学的意识形态功能。如果说，经典文学的承传主要依赖文学教育支持的传播体系，那么，大众文学具有远为宽泛的传播范围。从王公贵族、文人雅士到引车卖浆者流，大众文学无远弗届。那些讲授莎士比亚和《红楼梦》的教授下课之后同样津津有味地阅读侦探小说、科幻小说或者武侠小说，尽管他们认为没有必要在课堂上郑重地推荐和分析这些作品。经典文学的影响多半可以延续数百年甚至更长的时间，但是，大众文学往往在一时一地产生压倒性的轰动之效。尽管经典文学拥有傲人的审美价值，但是，从休闲方式、白日梦幻想、青春期苦闷的抚慰到英雄偶像或者快意恩仇、一诺千金的为人处世，大众文学的意识形态功能远比预料的强大。因此，一个事实愈来愈刺眼：如此强大的大众文学远未赢得文学研究的足够关注。人们再也不能熟视无睹地绕开这个问题了。

晚清至二十一世纪初，大众文学曾经出现过两次相对集中的大潮。五四新文化运动之前，《海上花列传》、外国侦探小说以及《小说月报》等一批报刊共同开启了近现代大众文学的启蒙之旅，五四新文学兴起之后，大众文学并未因为遭受猛烈的抨击而绝迹，张恨水为代表的鸳鸯蝴蝶派或者还珠楼主的武侠小说仍然拥有很大的市场，他们的影响延续至四十年代。二十世纪五十年代至七十年代，阶级斗争的肃杀气氛驱走了形形色色的娱乐主题，才子佳人的言情小说或者驰骋江湖的武侠小说遭到了革命意识形态的严厉清算，尽管某些革命历史小说很大程度上承袭了大众文学的叙述模式。大众文学的第二次大潮大约于二十世纪九十年代勃兴，金庸、梁羽生或者琼瑶这一批境外作家扮演了领路人的角色。迄今为止，大众文学不仅愈演愈烈，而且，强大的电子传播媒介已经及时跟进，例如《少林寺》为首的武打电影、《泰囧》式的新型喜剧影片或者电视肥皂剧——包括风靡一时的"韩剧"。互联网快速普及之后，网络小说异军突起，网络小说与纸质畅销书、电影改编或者电子游戏设计之间的联盟正在造就大众文学

143

的崭新平台。

二十世纪八十年代是大众文学的过渡期。大众文学之所以如此迅速地从冻土之中再度萌芽，继而成为声势显赫的文化景观，人们至少可以追溯至社会环境的重大变化。首先，计划经济的大范围收缩与市场的解禁不仅是一个经济事件，同时，这种状况很快形成了某种世俗氛围。琳琅满目的商品流通背后，各种冻结的欲望开始膨胀，物质和货币成为世俗社会普遍的润滑剂。这不仅迅速地解除了禁欲观念，鼓励娱乐主题崭露头角，而且，文化、娱乐、市场三者开始形成互惠互利的衔接链条。不论是作家、演艺人员还是一部文学名著或者一部声名遐迩的电影，人们的议论不再限于天才的文学想象、深刻的哲理以及演技或者镜头画面，演员的身价、票房价值或者作家的版税收入已经从无足轻重的文化花絮晋升为令人瞩目的头号文化新闻。大众文学的复苏甚至导致各种文类等级的微妙调整。由于远离娱乐主题，诗、戏剧以及各种实验性写作逐渐遭到冷落，另一些文类或者次级文类占据了中心位置，例如电视肥皂剧，或者侦探小说、惊险小说、武侠小说、科幻小说等等。

二十世纪八十年代同时是文化调整的重要时期。六十年代开始的"无产阶级文化大革命"遭到了否弃，残酷的阶级斗争主题不再被视为驱动历史的首要动力，经济活动的意义得到了正视。这些转移无疑包含了一系列严肃的理论思辨，解放思想构成了各种探索的前提。总之，一个新的历史时期在理性启蒙的气氛之中到来。文学显然是这种启蒙气氛的组成部分。"伤痕文学"或者"反思文学"力图从不同的维度重审历史，"先锋文学"深入到主体、语言、历史的关系内部。一些风格奇异的诗作如同神秘的咒语掠过人们的精神上空，批评家聚精会神地解读那些瑰丽的意象象征了什么。与此同时，各种哲学观念蜂拥而至，似乎只有众多晦涩的概念术语才能满足人们的心智需求。跟不上这种文化显然是一种耻辱。诗人或者哲学家骄傲地宣称，先锋已经远远地走到了前面——这一代人读不懂的作品可以等到下一代再说。西方的现代主义就是在这个时刻顺利登陆，"意识流"、"黑色幽默"或者荒诞派接踵而至。总体而言，现代主义风格凝重，情绪阴郁。古典社会陆续瓦解，现代性的降临摧毁了一系列传统观念。整个世界的巨大颠簸让许多作家和思想家深感不安，繁盛的物质生产并不能安抚他们受惊的内心。作为一种文化症候，现代主义文学深刻地表现了各种莫名的惊惧和惶乱。存在主义的个人，弗洛伊德的内心和无意识，荒诞的世界没有意义，两次世界大战显现的死亡本能，这一切时常借助冷嘲热讽乃至歇斯底里的口吻叙述出来。现代主义并不信任光怪陆离的世界表象，作家竭力搜索世界背后隐藏了何种黑暗的中心。"深度"是现代主义的追求。各种复杂的隐喻、神话寓言以及迷宫一般的叙事无不企图迫使这种"深度"浮现。如此紧张的精神状态之中，所谓的娱乐、逗笑显然是一种不合时宜的轻佻。

然而，持续蔓延的后现代主义逐渐解除了这种紧张。无论西方的众多思想家如何阐述后现代文化的缘起，后现代的气质与市场经济之后相对松弛的社会心理相互合拍。相对于利润或者利益的巨大诱惑，各种文化观念黯然失色。企业、股票或者房价上升成为社会热门话语的同时，诗或者哲学迅速式微，继而成为徒有其表的文化名词。这时，社会的文化生活已经丧失了探索历史的激情，娱乐成为业余时间最为正当的主题。无论是乏味的办公室业务、嘈杂的建筑工地还是繁重的功课，持久的压抑要求衔接一个短暂的释放。这时，卡夫卡、乔伊斯或者 T. S. 艾略特并非合适的选择，人们期待的是惊险的刺激、貌若天仙的梦中情人或者无拘无束的哄堂大笑。后现代文化反复表示，通俗并不可耻，骄傲的经典是文化权力的产物，现在到了抛弃精英主义的时候了。摆脱了所谓的"深度"，追求快乐必须成为文化的功能。周星驰无比可笑，金庸已经足够深刻，电子游戏提供了各种身临其境的奇异体验；与此同时，一批大学生神情坦荡地表示无法读懂《红楼梦》——也不想读懂。经典文学的严肃和深刻成为不受欢迎的品质之际，大众文学终于赢得了文化主角的待遇。

二

　　不论是《诗经》还是荷马史诗或者古希腊悲剧，娱乐并未从早期文学的整体效应之中分离出来。从"兴、观、群、怨"、"多识于鸟兽草木之名"到以"采风"的方式了解社会民情，从民族历史的保存、人格的塑造到社会教育乃至社会动员，娱乐混杂于文学的多种功能之中，协助文学成为意识形态的一个组成部分。正如阿尔都塞所分析的那样，意识形态是一个独特的表象体系，这个体系将以隐蔽的方式支配一个社会的个人心理与社会心理，包括解决种种观念的矛盾冲突①。然而，什么时候开始，文学的娱乐被视为意识形态内部某种不良的副作用？这是一个有趣的问题。"玩物丧志"或者"雕虫小技"之说显然已经包含了对于娱乐的戒意。宋仁宗挖苦柳永"且去填词"——正统的朝廷那里，"浅斟低唱"的文人并非济世匡时之才而仅仅是插科打诨的角色；关汉卿自称是"蒸不烂、煮不熟、捶不扁、炒不爆、响珰珰一粒铜豌豆"。戏曲作家与演员混杂于三教九流的底层民众，他们的吹拉弹唱与士大夫的宗经征圣不可同日而语。孔子认为"行有余力，则以学文"，为人的道德品行远比渊博的文化学识以及赏心悦目的文采词章重要。贺拉斯倡导的"寓教于乐"恰恰表明，没有劝谕功能的娱乐有害无益。

　　如果说，传统意识形态将娱乐性文学贬为不足挂齿的休闲逗乐，那么，近代思想家逐渐意识到娱乐对于大众的改造力量，例如晚清的梁启超。在他看来，小说犹如神奇的魔器。《论小说与群治之关系》开宗明义

---

　　① 分别参见［法］路易·阿尔都塞：《马克思主义和人道主义》，见《保卫马克思》，顾良译，商务印书馆，1984年版，第201页，第203页；《意识形态和意识形态国家机器》，见《外国电影理论文选》，李迅译，上海文艺出版社，1995版，第661页，第635页。

地说:"欲新一国之民,不可不先新一国之小说。故欲新道德,必新小说;欲新宗教,必新小说;欲新政治,必新小说;欲新风俗,必新小说;欲新学艺,必新小说;乃至欲新人心,欲新人格,必新小说。何以故?小说有不可思议之力支配人道故。"他描述了小说的"熏"、"浸"、"刺"、"提"四种力之后感叹地说:"有此四力而用之于善,则可以福亿兆人;有此四力而用之于恶,则可以毒万千载。而此四力所最易寄者惟小说。可爱哉小说! 可畏哉小说!"①然而,五四新文学主将不再笼统地对娱乐点头称是。例如,周作人曾经批评当时流行的大众文学还是"旧思想"和"旧形式":"作者对于小说,不是当他作闲书,便当作教训讽刺的器具,报私怨的家伙。至于对着人生这个问题,大抵毫无意见,或未曾想到。所以做来做去,仍在这旧圈子里转;好的学了点《儒林外史》,坏的就像了《野叟曝言》,此外还有《玉梨魂》派的鸳鸯蝴蝶体,《聊斋》派的某生者体,那可更古旧得利害,好像跳出在现代的空气以外,且可不必论也。"②《人的文学》之中,周作人对于"色情狂的淫书类"、"迷信的鬼神书类"、"神仙书类"、"妖怪书类"等十个类别的"游戏文学"进行了抨击——在他看来,这些娱乐之作乃是"非人的文学"。至于当年流行的"黑幕"文学,周作人、钱玄同等人应声而起,挥戈相向。刘半农在《通俗小说之积极教训与消极教训》的演说之中表示,大众文学的许多作家"心目中本无责任二字",时常在小说之中诲淫诲盗;尽管这些故事套上了因果报应的公式,然而,由于大多数读者的人品"理不胜欲",他们往往如法炮制作品之中的消极情节和消极人物,甚至不知不觉地加以模仿③。众多五四知识分子推崇的是"为人生"的新文学,他们心目中大众文学的娱乐构成了启蒙主

---

① 梁启超:《论小说与群治之关系》,陈平原、夏晓虹编《二十世纪中国小说理论资料》第一卷,北京大学出版社,1997年版,第50页,第52页。

② 周作人:《日本近三十年小说之发达》,严家炎编《二十世纪中国小说理论资料》第二卷,北京大学出版社,1997年版,第57页。

③ 参见刘半农:《通俗小说之积极教训与消极教训》,严家炎编《二十世纪中国小说理论资料》第二卷,北京大学出版社,1997年版。

题的反动。

二十世纪三十年代"革命文学"与"大众文艺"的争论之中,大众文学遭到了阿英、茅盾、郑振铎、瞿秋白等左翼批评家的谴责。这些批评家的论述之中已经自觉地运用阶级分析的观点。例如,在瞿秋白看来,三十年代大众文学之中武侠剑仙的迷梦乌烟瘴气,充满了麻醉大众的毒素。这时大众"享受"的仅仅是"连环图画,最低级的故事演义小说(七侠五义,说唐,征东传,岳传等),时事小调唱本,以至于火烧红莲寺的大戏,影戏,木头人戏,西洋镜,说书,滩黄,宣卷等等。这里的意识形态是充满着乌烟瘴气的封建妖魔和'小菜场上的道德'——资产阶级的,'有钱买货无钱挨饿'的意义。现在的主要工作,因此应当是创造普洛的大众文艺,——应当向那些反动的大众文艺宣战。"[①] 他在另一个场合称之为"恶劣的大众文艺"。因此,"现在决不是简单的笼统的文艺大众化的问题,而是要创造革命的大众文艺的问题"。[②] 对于这些批评家说来,他们倡导的"大众文艺"业已事先设定了"革命"的主题,至于那些充塞文化市场的大众文学被视为封建社会意识形态的产物。另一个左翼批评家郑伯奇更为明确地将阶级观念与大众文学联系起来:"中国一般劳苦大众目下所欢迎的这一大堆封建残余的文学,我们总括起来,也叫做大众文学。这大众文学,但是,并不是大众自己所创造,实乃是封建社会的学士文人施与给大众的(这和财主施粥是一样的心理,一样的行为)。所以,这也就是支配阶级麻醉大众的毒药。"[③]

显而易见,娱乐性质的大众文学由发达的市场体系支撑,这是大众文学与通常民间文化的一个重大区别。民间文化的各种作品遵循民间社会的

[①] 史铁儿:《普洛大众文艺的现实问题》,《中国新文学大系1927—1937》第一集《文学理论集一》,上海文艺出版社,1987年版,第427页。

[②] 宋阳:《大众文艺的问题》,《中国新文学大系1927—1937》第二集《文学理论集二》,上海文艺出版社,1987年版,第347—348页。

[③] 何大白:《文学的大众化与大众文学》,《中国新文学大系1927—1937》第二集《文学理论集二》,上海文艺出版社,1987年版,第406页。

结构脉络流传，譬如乡间的民谣，说书艺人的评弹，篝火旁边的舞蹈，天寒地冻之际屋内的"二人转"，乡村草台班子的社戏，如此等等。因此，民间文化的各种作品通常保存了浓郁的地域文化传统和社群凝聚力。相对地说，大众文学依赖市场所青睐的大众传媒，例如书籍，影片，电视节目等等。换一句话说，大众文学作为商品的形式出现，所谓的"大众"实际上以消费者的身份参与文化活动，同时，这种文化活动包含了特定的产业和高额甚至巨额利润。事实上，大众文学与商业市场的结合恰恰是法兰克福学派深恶痛绝的一面。对于这些西方马克思主义思想家来说，大众文学的商品形式如同一种"社会水泥"巩固了资本主义市场体系，而后者一开始就是他们严厉批判的对象；此外，大众文学形成的"文化工业"具有某些市场投机的异化特征，例如按照某种固定的程序批量生产，根本无视真正的艺术必须体现的强烈"个性"。法兰克福学派的批评家同时认为，娱乐性质的快感剥夺了大众的反思能力，人们在廉价的感动或者哄堂大笑之中交出了最后一丝反抗精神。他们心目中，市场上的大众文学不啻于资本主义体系拥有的另一种软性武器——例如，阿多诺就是如此看待现代流行音乐的。

  法兰克福学派的精英主义观念曾经遭到广泛的质疑。商品形式的大众文学肯定不再具备任何反抗成分吗？作为消费者的大众只能浑浑噩噩地沉浸于欺骗性的幻觉之中吗？许多人认为，法兰克福学派对于底层民众的觉悟及其主动性估计不足。尽管如此，"文化工业"的确显现出一个日益明显的特征：大众文学的发行愈来愈紧密地托付给发达的大众传媒；同时，发达的大众传媒愈来愈紧密地交织于市场体系。从法兰克福学派的诞生、鼎盛至今接近一个世纪的时间里，高科技催生了极其强大的电子传播媒介。电视系统——特别是卫星电视——的高度完善和互联网的异军突起为文化市场带来了一阵又一阵预料之外的惊喜。这个意义上可以说，大众文学跨入了一个崭新的阶段。

  相当长一段时间，电视系统具有无可比拟的传播能力：对于公众说来，没有在电视屏幕露面的新闻如同没有发生，电视转播的综艺节目或者电视肥皂剧可能成为整个社会的共同话题。这种传播优势迅速地吸引了大量的商业广告，从而赢得丰厚的利润。相对于各种实业乃至第三产业，电视台"文化工业"的产值超出了许多人的预想。当然，经营一家电视台的资金数量以及种种商业考虑与民间文化的自发流行殊为不同。大工业生产的投资、效率和收益远非个体小作坊可以比拟，电视台往往按照工业生产性质要求资金周转速度和产品的营销规模。二者的良性循环可以迅速扩大再生产，二者的脱节可能很快导致企业的瘫痪。由于商业风险或者资金不足，电视台通常不愿意冒险地制作先锋性、探索性的作品，或者孜孜矻矻地"十年磨一剑"。另一方面，声势浩大的商业宣传正在不由分说地覆盖学术性的艺术评价，这种宣传的商业趣味无疑聚焦于最大限度地吸引大众的参与娱乐，诸如惊险场面或者强大的明星阵容。更大范围内，无论是电影行业还是互联网，电子传播媒介的大众文学制作及其营销无不遵循相似的模式进行。可以察觉，利润的诱惑正在解除文化的内在张力而尽可能投合消费者。例如，为了赢得更高的点击率，连载的网络小说可能公开征求读者对于情节发展的意见，并且按照这些意见推出故事的结局。如果说，经典文学的作者时常某种程度地负有文化导师的领跑职责，那么，大众文学放弃了作者与读者之间的距离——放弃了作者独到的洞察或者富于个性化的见解。这与其说是文化民主的亲和姿态，不如说是盈利的文化策略。

  的确，我想指出的事实是，大众文学生产、大众传媒和市场之间的联盟比以往任何时候都更为紧密。版税、票房、点击率乃至网络小说读者惊世骇俗的"打赏"——众多迹象表明：大众文学正在从一个文化事件转向经济事件。现今的历史条件之下，传统意义"雅"、"俗"之别正在被文化与经济的区别所取代。"文化工业"这个概念很大程度上证明，经济——从资金的筹划到生产和营销方式——正在成为统筹的核心。这时人们必须承认，法兰克福学派的许多论断并没有完全过时。

三

　　如果说，传统意义上的经典文学通常以作家为轴心，名著的主题或者独特风格往往与某一个作家的名字联系在一起，那么，大众文学的重点转移到"大众"方面——亦即转移到文学的接受者。大众文学没有兴趣考察托尔斯泰的"心灵辩证法"、海明威的电报式叙述语言或者萨特如何表现存在主义式的"恶心"，种种流行的文学类型构成了大众文学的路标，诸如言情、宫廷、科幻、谍战、穿越，如此等等。经典文学必须绕开类型的窠臼而追求创新式"陌生化"，大众文学擅长借助类型从而将读者导入熟悉的情感槽模——"陌生"产生的隔膜无法在第一时间吸引大多数读者。舆论为大众文学申辩的时候，人们对于如下的观念耳熟能详：相当长的时间里，文化权贵把持了舆论中心，大众仅仅是"沉默的大多数"，他们几乎无法公开表露自己的好恶。然而，"大众"是民主社会的主体。不是说尊重"大众"的意愿吗？现在，发达的大众传媒与市场的结合终于为"沉默"的大众提供了发言的机会。当然，大众没有必要介入种种争论，他们利用购买文化产品的货币表明自己的态度。

　　大众传媒的演变史证明，"民主"和"市场"始终在大众传媒的发展之中形成两种最为重要的动力。如今的互联网可以片刻之间将一段视频传遍全球的网络，这种功能不仅具有无与伦比的政治效应，同时还蕴藏着无与伦比的商机。众多事实显示，从平装书、报纸、杂志到电视、互联网，大众传媒的每一个阶段发展无一不是与更为充分的民意表达联系在一起。历史上许多重要的事件与大众传媒的作用密不可分，例如印刷术与西方的宗教改革，或者，报刊与中国的五四新文化运动。事实上，大众的需求本身即是"大众传媒"的题中应有之义。另一方面，大众的积极参与同时包含了巨大的商机。这是大众传媒运作资金及其利润的主要来源。因此，通常意义上，围绕于大众传媒的"大众"是以消费者的面目出现的，他们始终置身于商业宣传的诱导之中。许多时候，他们认为发自内心的需求、好恶实际上来自文化经销商和商业意识形态的培育。市场经济的环境之中，再也没有人比经销商更为擅长利用"大众"的名义。

然而，谁是"大众"？进入现代社会，"大众"是一个炙手可热的名词，同时又是一个没有固定所指的概念。如果没有指定的语境，人们不知道一个教师、一个警察、一个企业家、一个妓女或者一个小公务员是不是"大众"。事实上，"大众"是一个不断地建构和重构的概念——"大众"必须依据某些相对的群体给予确认。相对于政府官员，街头的芸芸众生是大众；相对于企业家，消费者是大众；相对于能言善辩的演说家，台下的聆听者是大众；相对于医生或者工程师，那些没有专业知识的居民是大众，如此等等。很长的时间里，大众的相对群体是知识分子。知识分子曾经以大众启蒙者的身份登上历史舞台；不久之后，他们的命运出现了戏剧性的颠倒。当大众定位为无产阶级革命主力军之后，冠以"小资产阶级"的知识分子很快下降为接受教育的对象。无产阶级革命大众意志坚定，斗志昂扬，摧毁资本主义体系是他们为之不懈奋斗的阶级使命。因此，这种现象的确令人困惑：他们为什么对于那些浅薄的大众文学趋之若鹜？尽管五四新文学主将和左翼批评家已经对这些"封建残余"进行了严厉的谴责，但是，二十世纪九十年代之后，大众文学欣然回归。大众对于武侠、侦探、言情或者谍战的热情丝毫不减当年——如果不是变本加厉的话。迷恋帝王将相，热衷于后宫佳丽的勾心斗角，新型的"穿越"、"玄幻"或者周星驰式的夸张闹剧大行其道。如何理解"大众"——难道他们的身上不存在解放的渴求吗？

我曾经指出，大众拥有两副面孔：作为阶级主体的大众与作为欲望主体的大众。当阶级压迫抵达临界点的时候，当革命的烈焰熊熊地燃烧的时候，无产阶级革命家对于阶级特征的理论概括迅速地转化为现实。这时，作为阶级的主体，大众可能显现出强烈的反抗精神，甚至揭竿而起，组成一个强大的战斗团体。相当大的程度上,他们的文化诉求与他们的经济地位、政治地位彼此呼应。然而,在闲常的现实之中,大众更多地显现为欲望的主体。对于他们来说,文化教育的薄弱是一个显眼的原因——大众对于教授们课堂上津津乐道的经典文学相当陌生。繁重而枯燥的劳作之余,多数人力图放松自己的身心——娱乐正是在这个时刻乘虚而入。他们的疲惫精神已经无法接纳深刻的人生哲理,现代主义式的深奥令人厌倦。当理性开始松弛的时候,精神分析学所谓的"快乐原则"即将悄悄地成为主导。于是,潜伏在无意识之中的欲望开始蠢蠢欲动。事实上,这正是大众文学生产者期待已久的局面——他们抓住这个机会及时地将手中库存的文化产品推销出去。大众文学隐含的种种内在程序可以恰如其分地将无意识之中的欲望召唤出来,巨大的快感表明了欲望的代偿性满足,内心获得平静之后一切如常,主体在虚幻的文化循环之后获得了新生。法兰克福学派认为,娱乐所制造的心满意足不啻于资本主义社会经济剥削的修复机制[①],欲望主体内心能量的安全宣泄保证了大众驯服地重返工厂的流水线。尽管这种犀利的分析一针见血,但是,历史条件尚未成熟之前,欲望的主体无法转换为阶级的主体从事大规模的革命。这种观念同时有助于解释当前大众文学的繁荣生产。二十世纪九十年代启动的市场经济同时造就了某种宽松的文化气氛,娱乐主题的兴盛显然暗示了欲望主体的到场:

> 显然,如今繁荣的娱乐景象同样与特殊的历史条件分不开。在我看来,这可以视为首要的历史条件:大众不动声色地完成了阶级主体向欲望主体的转换。当然,市场提供了这种转换的适宜气候。相对于革命时期的严肃和内敛,市场空间显然有利于孵化和纵容欲望。市场的原则是培育需求,满足需求;欲望无疑是所有需求的核心。短暂的试探之后,欲望开始在快乐原则的纵容之下破闸而出。有趣的是,这

[①] [德] 马克斯·霍克海默,西奥多·阿道尔诺:《启蒙辩证法》,渠敬东等译,上海人民出版社,2006版,第123页。

个转换似乎没有撑裂"大众"概念的表象。尽管"阶级主体"、"革命大众"与"欲望主体"、"消费者"可能是同一批人,但是,对立的政治身份只能造就迥然相异的理想。"大众"曾经是一个众望所归的关键词,为什么如此严重的内在分裂可以轻易地忽略不计?"为人民服务"与"顾客是上帝"仿佛可以互换。或许,"大众"一词的阶级内涵已经如此模糊,以至于没有人介意理论的同床异梦?[①]

相当长一段时间,"革命大众"的一个重要任务是摧毁资本主义市场体系;然而,当大众的身份转为消费者之后,他们的娱乐消费无形地巩固了商品关系的再生产。时代开始赋予他们新的身份和新的使命。如火如荼的革命年代转向了灯红酒绿的商业社会,上述的理论矛盾消失在历史转换之中:"从阶级主体到欲望主体,娱乐终于借助这个历史跨度堂皇地登上了舞台。二十世纪八十年代之前的革命气氛已经式微,阶级政治、禁欲的道德观念以及铁一般的纪律逐渐撤离。二十世纪八十年代的启蒙运动包含了观念的解放。从人道主义、存在主义到精神分析学,众多学说曾经从不同的途径肯定了欲望的合情合理,新型的理论解除了放纵欲望的负罪感。"[②]

现在的问题是,欲望的主体仅仅扮演商业的同谋,从而完全丧失了先锋性、探索性以及反抗的意义吗?

四

当然,大半个世纪的时间里,始终有人为大众文学辩护。作为身在学院的大众文学辩护士,约翰·费斯克的观点曾经引起广泛的注意。谈论大众文学的时候,费斯克区分了"两种经济"——即金融经济和文化经济。

---

① 南帆:《娱乐与大众的两副面孔》,《东南学术》,2013年第2期。
② 同①。

文化产品的商业价值主要体现于金融经济之中，例如投资之后获得的收益；尽管如此，"文化产品仅用金融术语来描述是不够的：对文化产品的流行程度具有关键作用的流通存在在与其平行的经济中——文化经济。这里交换和流通的不是财富，而是意义、快感和社会身份。"① 费斯克看来，两种经济并未构成正比，二者仅仅是相互联系的不同体系——后者是对于前者的某种抵制："文化经济用一种与资本权力相对抗的辩证力量推动着金融经济。"②

在法兰克福学派看来，"文化工业"的快感、意义与市场成功共同是资本主义社会的产物。大众文学并未使文化负起抗衡市侩哲学的责任。法兰克福学派对于"文化工业"的憎恶显然指向了文化背后的政治经济网络：大众文学的市场成功无形地巩固了商业交换关系及其意识形态，这恰恰是资本主义社会剥削和压迫赖以展开的基础。然而，费斯克精心地解开了二者的连锁关系。他试图论证的是，即使大众文学制造了金融经济的繁荣，文化经济奏唱的并非资本主义体系的赞歌。种种分析表明，大众可以从那些商业化的作品之中发现自己的快感，许多快感源于反抗统治阶级权力体系的讽刺、亵渎乃至对抗行动。市场的商业流通并不能有效地祛除作品内部隐含的反抗信息。经济学意义上的消费者身份不能简单地等同于政治上的保守主义。市场远非仅仅提供一个同质的文化空间，多种文化元素——包括抵制市侩哲学或者倡导独立人格的意念——可以在市场获得一席之地。一个流行歌手的唱片风靡一时，购销两旺，人们仍然可能从他的唱词乃至旋律之中发现某种自由精神；那些惊险小说或者警匪片、间谍片之中，愚蠢的官僚主义、僵硬的形式主义或者唯利是图的投机分子往往成为谴责的对象。许多时候，大众文学可能出其不意地激活了观众，他们甚至

---

① ［英］约翰·费斯克：《大众经济》，戴从容译，陆扬、王毅选编《大众文化研究》，上海三联书店，2001年版，第134页。
② ［英］约翰·费斯克：《大众经济》，戴从容译，陆扬、王毅选编《大众文化研究》，上海三联书店，2001年版，第154页。

挪用故事情节的某些框架寄托自己的情绪。这种现象并非大众文学生产者的事先设计,而是来自二者的随机结合。费斯克指出:"文化商品的经济原因并不能说明在它被接受的时期和环境中所提供的文化使用价值,也无法控制或预言它可以带来哪些不同的意义和快感。"① 例如,英国工人阶级曾经在二战之前美国小说的风格之中发现了与自己社会地位的联系,功夫片显示了伦敦工人阶级男孩的亚文化原则,或者,著名歌星麦当娜居然在莫斯科深受欢迎②。总之,尽管大众文学顺利地充当了资本主义经济体制产品,但是,文化经济的意义上,这些作品可能潜藏了各种骚扰乃至颠覆资本主义社会的隐患——这是大众文学的生产者所无法预料的。

　　那些鄙视大众文学的批评家并非察觉不到这一点。但是,他们更多地觉得,大众文学的内容不过是个人逃避社会的幻想,这种幻想无法兑现为真正的社会实践。费斯克显然不愿意接受这种观点。他反驳说:"对大众文化的这种简单否定忽视了这个问题,即逃避主义或幻想必然不仅包括回避或逃离某种东西,也包括逃到另一种愿意接受的东西里去:把逃避主义否定为'单纯的幻想',回避了关键的问题,要逃避什么?为什么必须要逃?逃到哪里?"③ 费斯克不同意将"幻想"视为没有价值的内心波动。他强调幻想是拒绝"殖民"的领域,是对抗或者反对策略的组成部分,"幻想是再现的一种,它的隐秘性并不妨碍它像更具公共性的语言再现和媒体再现一样,对社会经验的含义发挥重要作用。它的弱点并不使它丧失政治效用"④。内心抵抗与社会抵抗并未丧失联系,尽管后者不一定得到直接的社会性显现。费斯克的意义上,武功盖世的大侠、仗义执言的侦探或者"超人"、"蜘蛛侠"、"变

---

　　① [英]约翰·费斯克:《大众经济》,戴从容译,陆扬、王毅选编《大众文化研究》,上海三联书店,2001年版,第147页。
　　② 同①。
　　③ [英]约翰·费斯克:《大众经济》,戴从容译,陆扬、王毅选编《大众文化研究》,上海三联书店,2001年版,第141页。
　　④ [英]约翰·费斯克:《大众经济》,戴从容译,陆扬、王毅选编《大众文化研究》,上海三联书店,2001年版,第142页。

形金刚"无不作为正义的化身阻击宇宙之中各种邪恶势力的肆虐。

当然,至少必须在心理主义的意义上肯定费斯克的观点。在阅读形成的想象之中以英雄或者美人自居,痛殴悍匪贼寇或者邂逅白马王子,命悬一线的时候吉人天相,最终迎来了大团圆结局并且"从此过上了幸福生活",这些情节不仅有助于解除日常积存的焦虑,并且对于显而易见的社会不公提出了抗议。如果没有陷入堂吉诃德式的臆想不能自拔,这些快感以及社会身份的短暂重构通常无伤大雅。尽管合上书本或者关闭电视机之后不得不返回平庸的日子,但是,曾经怦然心动总比始终心如枯井要好。对于费斯克说来,抗议即是反抗的开始。左翼阵营对于资本主义体制的抵制是多维的。几声呐喊,一篇牢骚,若干反讽,还有街头的集会演讲、校园里的学潮或者互联网上的投票,总之,后现代主义语境盛行各种游击战。也许,重创资本主义体制已经成为一个不切实际的目标,但是,至少必须显现各种边缘的声音仍然不驯地存在。事实上,大众文学可以为维持一个多元的语境做出贡献。

然而,这种游击战术——某种程度上或许可以称之为"游戏战术"——时常遭受左翼阵营内部中坚分子的诟病。多元的语境背后是否存在历史的真理——哪怕这种真理暂时只能以"乌托邦"的形式存在?事实上,他们决不满足某种貌似开放的文化幻象,他们宁可为"乌托邦"进行一种艰苦卓绝的革命远征。彻底破坏资本主义体制,武装斗争摧毁旧的国家机器,推翻资产阶级的统治,建立新型的无产阶级政权,如此远大的历史图景决非大众文学那些轻浮的幻想所能承担的。这些批评家甚至从另一个视角考虑费斯克所推崇的"内心抵抗":大众文学所制造的幻想会不会大量地消耗革命需要的心理能量?如果将激情挥霍一空,一个心平气和的主体还能做些什么?当然,他们接下来必然会提到"历史"这个概念:大众文学会不会成为干扰历史的认识?那些武侠、蜘蛛侠或者勾心斗角的皇宫佳丽真的有资格充当历史的主角吗?

这些问题构成了大众文学无法回避的文化压力。

五

  1870年11月，列夫·托尔斯泰曾经在致友人的一封信之中谈及《安娜·卡列尼娜》的艰难构思："我感到悲哀，甚么也没有写，痛苦地工作着。您简直想像不到，我在这不得不播种的田野上进行深耕的准备工作对于我是多么困难。考虑，反复地考虑我目前这部篇幅巨大的作品的未来人物可能遭遇到的一切。为了选择其中的百万分之一，要考虑数百万个可能的际遇，是极端困难的。我现在做的正是这个……"[①] 事实上，这是经典作家基本的工作方式。塑造人物性格的时候，他们在"数百万个可能的际遇"之中反复筛选，试图找到最为恰切的情景。经典作家多半苦心地揣摸人物身处的社会环境，想象特定的社会关系之网如何决定他们的所作所为，决定他们的命运，甚至决定他们内心最为隐秘的念头。因此，文学的人物性格并非仅仅聚焦于"生动"或者"有趣"，他们的个性形成往往最大限度以及最高程度地凝聚了社会历史赋予的可能性。性格决定命运。无意识、非理性冲动或者种种偶然的意识紊流可能制造某种重大转折，但是，通常的意义上，人物性格之中最为重要的那一部分无疑是社会历史的产物。不论是曹操、林冲、阿Q还是于连、葛朗台、安娜，这些人物及其命运无不具有深刻的社会历史根源。当然，这也是社会历史批评学派高度重视人物性格分析的原因。

  显然，这时的文学人物与"历史"范畴联系起来了。他们是历史的儿子；另一方面，他们又在以各自的形式造就历史，推动历史。生产方式、经济基础、政治制度、民族文化、国家政权——诸如此类因素形成的历史结构将在人物性格之中打下深刻的烙印。即使是抒情作品，抒情主人公的

  [①] ［俄］列夫·托尔斯泰：《致阿·阿·费特》，《外国作家谈创作经验》，（中册）武汉大学中文系文艺理论教研室、资料室合编，1979年版，第774页。

情感逻辑仍然限定于历史逻辑划定的范围之内。李白的诗歌之中如此表白："弃我去者,昨日之日不可留;乱我心者,今日之日多烦忧。"尽管如此,他抛出的愤懑诗句是:"人生在世不称意,明朝散发弄扁舟"——人们不能无视巨大的历史跨度而期待这位唐朝诗人写出"我自横刀向天笑,去留肝胆两昆仑"或者"寄意寒星荃不察,我以我血荐轩辕"的诗句。

相对于经典文学,大众文学擅长的是策动"欲望"。正如精神分析学之中"现实原则"对于"快乐原则"的压抑,"历史"通常是"欲望"的强大束缚。从享乐、财富、情色到声誉,欲望带动的各种非分之想不得不接受社会历史条件的限制。这种限制可能来自伦理道德、风俗习惯、法律体系,也可能来自科学技术或者经济实力。大众文学时常想象性地打开了各种不可逾越的法则,将这些欲望从理性的囚牢之中释放出来。由于某种偶然的机缘,一个文弱少年修炼成至高武功,从此快意恩仇,铲除天下不平事,继而偶遇美人并且收获极品爱情——诸如此类的故事之所以长盛不衰,显然源于欲望的秘密怂恿。从擂台较量、后宫暗斗到商场复仇乃至"抗日神剧",这些情节核的种种发酵无不显现了弱者的想象模式。弱者无法轻易地穿越森严的现实等级,或者无法提供实现目标所必需的经济、政治、军事条件,因此,他们只能利用文学为自己构思一些撤除了历史背景的神奇情节。如果说,当初的武侠小说曾经热衷于利用"民族"的概念伪造某种历史的躯壳——例如,某个年代的擂台比武终于击败不可一世的洋人武士——包装欲望,那么,现今的大众文学已经不惮于表露欲望的"个人"动机:就是因为强者"面子"的小小名誉大打出手乃至杀人如麻。许多时候,这些动机无法有机地嵌入历史结构,但是,通常的大众文学并不谋求描述、解释或者撼动历史。谈论网络小说的时候,我曾经指出二者之间的分离:

如果说,琼瑶、金庸、梁羽生们扮演了复兴通俗文学的先锋,那么,后续的网络小说终于蔚为大观。网络小说对于社会历史批评学派所围绕的"历史"范畴无动于衷。从众多武侠共同追逐一本武林秘籍到一幢凶宅突如其来地闪现吸血鬼,从若干后宫妃子密谋争宠到几个纯洁的青春期少女为梦幻之中的白马王子洒下一掬晶莹的泪珠,网络小说制造的悬疑、惊悚、争风吃醋和秘密怀春的确仅仅是一些短暂的临时性情绪波动。人们无法从中发现支配历史的深刻冲动。描述历史内部构造的众多范畴无助于解释这些故事,例如政治经济学,或者种族、阶级、性别、国家,如此等等。尽管巧妙的悬念设置令人欲罢不能,奇幻的场面一个接一个地抛出来,但是,这些眼花缭乱的故事与读者的生活没有内在的精神衔接。无论是就业、购房、婚姻还是缩小城乡差别、改善医患关系、开拓年轻一代的发展空间,网络小说无法提供任何值得信任的参考。[①]

欲望时常来源于现实的匮乏。因此,欲望的想象性满足通常借助一个幻想策略:生活在别处。逃离混浊的现实,甩下恼人的日常生活,奔赴远方追求另一种阳光灿烂的日子。这个意义上,网络小说之中的"穿越"或者"玄幻"是一种典型的欲望修辞。周边的一切如此不堪,工作乏味、收入低下、节节攀升的房价不可企及——为什么不"穿越"到唐朝当一个千娇百媚的公主,谈一场轰轰烈烈的恋爱?的确,这种想象包含了费斯克所形容的"抵抗"成分:厌恶现实的不公与沉闷,向往浪漫与激情的人生。欲望至少从某一个角度显示了历史的缺失。某些时候,显示历史的缺失具有积极的政治意味,例如改造社会的后继行动。然而,欲望与改造社会的一个重要区别是,拒绝历史的审核。欲望宁可在想象之中发酵,而不愿意与现实提供的各种可能认真磨合。这种情节怎么可能?——常识的质询通常遭受拒绝。"穿越"或者"玄幻"表明,既然拥有虚构的特权,那么,改造时间与空间的物理常识远比改造社会历史的结构容易得多。大众文学

---

① 南帆:《文学批评拿什么对"网络文学"发声》,《文艺报》2016年10月18日。

开始以虚构的形式纵容欲望的膨胀，作家保证一切称心如意。人们不必担心"穿越"无意地调错了频道，以至于降落到某一个偏僻的山村含辛茹苦地种地。上天入地，如痴如醉，巨大的满足——大众文学展示的欲望具有心理慰藉的意义——"历史"图景的匮乏已经被心理图式所替代，只不过一些批评家视之为无伤大雅的精神保健操，另一些批评家视之为"饮鸩止渴"式的文学欺骗。

相对地说，叙事型的大众文学——诸如小说，电影，电视肥皂剧——比抒情作品更具吸引力。情节的内在程序与其说遵循历史逻辑，不如说遵循欲望逻辑。许多时候，大众文学的惊险、有趣恰是以解除历史逻辑的束缚为前提。这种兴趣的来源或许是因为，多数人的生活总是平庸无奇。如果说，大众文学时常以眼花缭乱的离奇情节征服读者，那么，经典文学并没有回避剧烈的人生跌宕。经典文学的特征毋宁是，必须将跌宕的幅度限制于历史逻辑的许可范围——带着镣铐的舞蹈。历史逻辑赋予人物性格施展的空间，同时也限定了他们的活动半径。逾越这种活动半径，人们首先感到"不真实"。"不真实"的表象破绽多半源于历史感的瓦解。关羽、张飞、鲁智深、林冲、武松这一批英雄人物之所以栩栩如生，坚实的细节赋予情节真正的历史感。情节的离奇程度超出了细节的负担，情节背后的历史构造将无声地解体。构思一个古代的侠客一柄长剑击落现今的无人机并且成功地窃取一枚核弹头，这种没有历史维度的故事找不到合理的细节进行充实。

经典文学如何吸收历史结构？人们不妨再次分析《红楼梦》。事实上，这一部小说的情节曲线显现了巨大的起伏。一个成长于锦衣玉食之间的花花公子看破红尘，毅然地辞别富贵荣华，落发出家。这意味了一个不同寻常的人生跨度。然而，这一部小说动用无数日常的细节描述这一段情节曲线，细腻的笔触绘就的必然性逐渐加强；贾宝玉的幻灭感终于深入骨髓，因此，他的最后结局缓缓地、同时又是不可动摇地到来。所谓"日常的细节"意味着，小说再现的各种情景并非异常，而是带有深厚的历史感。因此，贾宝玉的人生与历史相互嵌入，二者相互分享对方的发展逻辑。托尔斯泰可以视为另一个性质相似的例子。之所以孜孜不倦地披沙拣金，托尔斯泰所搜索的性格饱和点往往是人物与历史的交汇点。经典文学力图显示的是二者共同汇成的必然。相对地说，大众文学的离奇或者悬念多半由各种偶然的衔接组织起来。偶遇贵人，跌下悬崖侥幸逃生，无意之中获得至高的武林秘籍，阴差阳错地当上了江湖帮派的盟主，如此等等。众多小概率的事件结合在一起，人们不可能找到必然的解释——除了"幸运"。然而，"幸运"不就是欲望的最大主题吗？

大众文学是精神保健操还是文学欺骗？多数时候，我倾向于第一种解释。相对于为数寥寥的经典文学，浩如烟海的大众文学仍然承担了社会对于文学的基本期待。从娱乐、白日梦、情感教科书、心灵鸡汤到社会公共话题或者文化工业的经济收益，许多领域都能发现大众文学留下的印记。但是，这并非鄙薄经典文学的理由——后者远为深刻地解释了人们置身的历史。许多人当然可能提出质疑："历史"真的那么重要吗？少数精英过问所谓的历史就够了，大众宁可享受纯粹的娱乐。又有什么必要时刻忧心忡忡地"居安思危"，人为地制造精神负担？谁能说娱乐以及由此产生的经济收益不是历史的内容？也许，这种质疑隐含了某些令人深思的问题。然而，人们至少必须意识到，大众文学隐含的文化危险恰恰是太大的反响。欲望的白日梦可能使人们遗忘了生活的坚硬结构，丧失了个人与社会的互动意识。大众文学彻底地遮蔽经典文学之后，后者的探索将在多数人的视野之中消失，例如灵魂的拷问，历史迷宫的复杂性，人性的深度，语言的意义，如此等等。如果大众文学与市场的联盟将开始威胁乃至取缔经典文学的存在空间，人类将蒙受巨大的损失。

第八讲 文学批评： 视角与问题

一

R. 韦勒克曾经简明地将文学研究划分为三个领域：文学理论，文学批评和文学史研究。文学史研究和文学理论不至于产生多少异议，可是，许多人觉得，文学批评作为一个领域似乎有些奇怪。文学批评不就是七分文学史研究加三分文学理论吗？然而，二十世纪以来，文学批评提出了许多独特的问题，种种学派纷至沓来，目不暇接。因此，文学批评已经有足够的分量与文学史研究、文学理论构成三足鼎立的格局。

回溯起来，文学批评似乎不存在一个正规的"学科"缘起。文学阅读之余三言两语的品评，这就是文学批评的开始。人人都有资格担任批评家，自然而然的实践，毋须特殊的申请。不过，当文学批评逐渐拥有一个"专业"面目之后，所谓的品评往往超出了个人的观感而开始包含文学作品以及作家的优劣鉴别：这是一流的作品，堪称经典；那是三流的作家，不足效法，如此等等。总之，文学批评开始负责作品的比较、选择、鉴定、判断。

如今，许多人向文学批评提出的要求仅仅是——真话。不虚饰，不夸张，实事求是，如此等等。这无疑是一个很低的标准。至少应当强调文学批评的真知灼见。真知灼见多半是真话，但是，真话仍然可能是愚蠢之见。如何形成文学批评的真知灼见，这至少必须提到文学批评与文学史研究、文学理论之间的联系。

文学史研究的很大一部分工作是史料的整理和文学历史事件的描述。此外，文学史研究还有相当一部分工作与文学批评性质相近乃至重叠。编辑一个文学选本，挑选一部分作品作为某个历史时期文学成就的代表；或者，认定一批文学经典作品的名单，阐发这些经典之所以伟大——这些文学史研究显然也包含了比较、选择、鉴别、判断。另一方面，文学批评亦非个人文学阅读的即兴感想。所谓的比较、选择、鉴别、判断包含了文学史维度的衡量。认定一部一流的作品，或者断言某一个作家开拓了与众不同的文学方向，这些结论肯定必须以文学史上已有作品的美学高度作为参照。T. S. 艾略特有一个著名的观点：一个诗人或者艺术家没有单独的个人意义。必须把一个重要的作家放置到经典构成的既定系列之中，才能评判他的艺术位置；这种评判是个人艺术位置与经典系列的相互衡量。这种评判得到确认，亦即意味了被经典系列所吸收，所接纳。

文学批评与文学理论之间的关系也是双向的。批评家多半依据文学理论的某些命题提供的认知框架或者解剖方式分析作品，臧否褒贬；例如诗言志，文以载道，修辞立其诚，文质彬彬，风骨或者神韵，或者，模仿与再现现实，主体的表现，反映社会与历史，显现语言结构，如此等等。另一方面，文学批评时常从作品之中发现某些新型的审美经验和文学实践，这些内容的总结可以进一步充实或者修正文学理论的既有命题。所以，文学批评与文学理论的互动构成了另一种持续的"阐释循环"。

我们还要同时意识到，文学批评的臧否褒贬还可能超出文学研究的范畴与更大范围的社会文化互动。从权力机构、教育部门、意识形态管理者、商业投资公司到普通的读者大众，各种社会力量对于文学的期待与评判往往会通过一定的渠道汇聚到文学批评之中。如果将文学视为一个社会文化生产的组成部分，众多读者均为文化产品的消费者，同时，某些机构负责监管文化产品的质量。他们的观点、建议乃至行政指令或者商业利益的谋划和宣传可能以非学术的形式介入文学批评,干扰乃至左右批评家的判断。某一个时期,这种文学批评如此之多,以至于造成某些巨大的文化灾难。因此,文学批评的学术界限在哪里,如何认识文学批评学术之外的权力,种种文化权力之间如何博弈,这仍然是一个相当重要的问题。

当然,无论是比较、选择、鉴定、判断还是臧否褒贬,这些工作无不基于一个理所当然的前提:批评家拥有准确无误的解读机制,可以清晰地了解每一部作品的主题和内涵,因此,他们可以自信地将作品置于文学史的序列之中,判定它们的座次和级别。总之,批评家洞悉作品内部的一切秘密,可能产生争议的仅仅是作品的外部位置。

然而,这个前提是否如同想象的那么稳定?

二

伊格尔顿曾经概括了西方文学批评的三个阶段:"全神贯注于作者阶段(浪漫主义和十九世纪);绝对关心作品阶段(新批评);以及近年来注意力显著转向读者阶段。"[①] 我们通常简单地表述为注重作家、注重作品、注重读者三个阶段。中国的文学批评很难做出如此清晰的划分。大部分时间,中国文学批评的兴趣集中于作品、作家以及二者的关系。

关注作品是文学批评的起始。享受文学之余,我们很快会产生一个疑问:那些称之为"文学"的文本为什么具有如此的魔力,以至于人们为之如痴如醉,悲喜交加?文学批评首先负责解释这个问题。其次,一部作品拥有哪些深层的涵义?一首诗歌展示了一幅山水意象图,一部长篇小说叙述了几个家族的恩怨情仇,这一切之所以打动了整个社会,作品背后还隐藏了哪些普遍的意义?相当多的时候,批评家试图用理论的语言将这些隐

---

① 特雷·伊格尔顿:《二十世纪西方文学理论》,伍晓明译,陕西师范大学出版社,1987年版,第83页。

藏的意义转述或者翻译出来。

无论是解释作品的魔力还是解释作品的意义，批评家很快把目光转向了作家。作家是作品之父，他们拥有令人景仰的天才造就了一个文学王国。这种天才是从哪里来的？可否传授给他人？所有试图投身文学的人无不关心这个问题。这时，作家的社会身份、阶级地位、经济收入以及他们的家谱、作息时间、饮食起居、婚姻和绯闻、在什么地点以何种方式写作等等无不纳入研究范围。这个意义上，批评家已经无形地接受了一个观念：作品的意义来自作家的创造，作家是文学的中心。这即是伊格尔顿所形容的浪漫主义阶段。

对于马克思主义的社会历史批评学派说来，作品或者作家无不应置于历史环境制造的社会关系之中给予考察。批评家认为，一部成功的作品多半再现了历史的某种聚焦点。虽然仅仅是几个人物，一段家世，若干悲欢离合，但是，这些故事最大限度地显示了历史运动——哪些阶级或者阶层即将消亡，哪些人拥有未来，如此等等。历史的表象芜杂纷乱，文学凝聚了历史的精髓。作家之所以具有洞察历史的慧眼，与他的出身、文化教育、意识形态背景密切相关。总之，解释一个作家的文学才能时，社会历史批评学派很少考虑神秘的天赋，而是将才能的来源与作家栖身的社会文化联系起来。

马克思主义社会历史批评学派拥有一套剖析社会历史的术语范畴，例如经济基础、上层建筑、生产力、生产关系、阶级与阶层、典型人物与典型环境，等等。相对地说，精神分析学派对于这一套术语范畴不感兴趣。精神分析学派的术语范畴是恋母情结、意识、无意识、超我、现实原则、本能、力比多，等等。这显然不是概念的差异，而是研究问题的方向不同。如果说社会历史学派关注的是个人在社会关系之中的位置，那么，精神分析学派描述的是一个人精神的内部结构。经济地位或者社会身份可以决定一个人的言行，一个人的内心生活也可以决定他的生活选择——后者是精神分析学派的结论。例如，《哈姆雷特》之中，王子之所以迟迟不愿意实施他的复仇计划，因为他察觉自己内心的恋母情结与他的仇人如出一辙。所以，有人认为，社会历史学派与精神分析学派是相互补充的两幅图景。在我看来，精神分析学派分析作家的精神结构比分析作品之中的人物可信一些。严格的精神分析必须涉及成长环境的诸多细节，作品之中虚构的人物通常不可能完整地再现或者复制这些细节。当然，现今的精神分析时常在象征的意义上获得使用，特别是意识与无意识的关系。例如，弗·詹姆逊就有一本著作的标题是《政治无意识》。

然而，英美"新批评"、俄国形式主义以及结构主义——一批以语言为中心的符号学批评学派改变了作品与作家的观念。结构主义认为，语言符号是一个庞大的系统，拥有坚固的"结构"，社会成员不过是语言系统统辖之下的臣民，作家也不例外。这个意义上，作家出神入化地运用语言仅仅是一个幻觉，事实上，他们不过是语言系统的代言者罢了。相同的理由，作品无非是这个语言系统的一个局部片断，这种语言产品的存在如同向这个至高的系统致敬。结构主义的观念是，所有的故事都是某种叙述语法的翻版。我们常常将"形式主义"作为一种贬称赋予语言学派。他们真的摒弃了血与火的历史了吗？我们宁可认为，这个学派时常参照语言符号的结构——而不是社会的政治经济结构或者作家的精神结构——描述社会历史。事实上，后续的"文化研究"采用的一个理论策略即是，在符号结构之中发现社会结构的不平等。

"不是人说话，而是话说人"这种结构主义式的说法过于夸张。或许，如此形容更为适度：作家借助语言系统表述自己的主题；表面上，他们的意图获得了实现，形成了作品的意义，但是，作品的相当一部分意义实际上来自语言本身。作家不能随心所欲地改变语法、修辞传统，不能改变小说或者诗歌的文体规范。及物动词必须配有宾语，反讽意味了贬义，小说充满了烟火气息而崇高是诗歌的美学风格——诸如此类的语言符号规则先于作家而存在，他们只能服从而不是违背这些规则。作品的相当一部分意义业已事先隐藏于这些语言构件之中，作家只不过一个执行者。因此，解读一部作品远远不限于了解作家的意图,更重要的内容是解读作品深层的语言结构。这是结构主义文学批评的基本观念。符号学批评学派热衷于将作品从作家的控制之下解放出来,《意图谬误》成为"新批评"的名篇,批评家认为不能依据作家的意图阐释作品的意义;结构主义强调"作者已死",不再认可作家对于作品的至高权威。总之,文本分析才是文学批评的主业。符号学派试图证明,符号、语言、形式才是文学的至高秘密,作品的意义来自语言的种种组织而与外部世界无关。结构主义的一个理论雄心是,从无数的作品背后发掘出文学语言的宏大"结构",一举解决文学研究的核心问题。符号学派之中一种极端的观点认为,文学是一种"不及物"的写作,文学语言没有必要表现所谓的"现实"。一部文学作品犹如一盘象棋。无数棋局无非是行棋规则的运用,下一盘象棋又表现了现实的什么呢?文学的真正主人公是语言符号,其他因素不过是语言符号借以栖身的形迹。

大半个世纪以来,符号学派是最有影响的批评学派之一。当然,符号学派那些极端的观点并未在学派之外得到普遍的认可,但是,我们至少接受了这种观念:作品的语言符号并非外在的装潢,如同一件可以随时剥下抛弃的透明外衣;相反,语言符号是作品的骨骼与皮肤,内在地织入文本,成为作品意义的组成部分。因此,文学批评的作品分析不能逾越语言符号层面,仅仅考虑"写什么"而不在乎"怎么写"。

三

然而,即使在符号学派那里,我们已经看到了读者维度的显现。

罗兰·巴特在他那篇著名的《作者的死亡》之中废黜了作者,继而将文本的意义交给了读者——尽管他所说的读者更像一个文本的附属品,是

"无历史、无生平、无心理的一个人",似乎接近"隐含读者"这个概念①。他觉得文本是由一大堆"互文"构成,这里不存在作者的什么"深意",一切只能汇聚到读者那里。巴特的观念至少表明,作品的意义最终完成于读者的解读之中。当然,如果这种读者不再是文本召唤的抽象物而是一个个真实的、五花八门的社会成员,许多问题将会进一步显现。尽管如此,巴特的论文至少表明,作者想说什么不再那么重要,重要的是读者听懂了什么。听懂了什么可能是作者试图表达的,也可能是读者自己的联想、揣测,一种理论的预设乃至强制性的阐释。不论这种情况多么意外,我们必须承认,读者充当了建构作品意义的最后一个环节。一部书稿未曾拥有读者,一部电影从未上映,所谓的主题或者内涵并没有真正实现。可以说,未经阅读的作品仅仅存在潜在的意义,犹如未曾点火的燃料。阐释的重心从作者转向了读者,这种观念来自现代阐释学,同时也是文学批评之中接受美学的前提。

相对地说,接受美学并不像符号学派那样具有复杂的技术性,不存在那么多专业术语的推演和思辨。观念转换之后,作品阐释的接力棒顺利地交到了读者的手中,文学批评的一个崭新阶段似乎如期到来了。许多人甚至觉得,接受美学转向读者犹如进入一个狂欢化阶段,怎么表述作品的意义都可以。鲁迅在谈论《红楼梦》时说过:"单是命意,就因读者的眼光而有种种:经学家看见《易》,道学家看见淫,才子看见缠绵,革命家看见排满,流言家看见宫闱秘事……"②见仁见智仿佛让每一个读者拥有空前的自由,然而,接受美学遗留的种种理论难题往往被忽略了。

接受美学首先形成了作家与读者的角逐。传统的阐释学围绕着作家兢兢业业地展开。作家是作品的缔造者,每一句话都经过精心推敲,他的心

---

① 罗兰·巴特:《作者的死亡》,怀宇译,《罗兰·巴特随笔选》,百花文艺出版社,1995年版,第307页。
② 鲁迅:《〈绛洞花主〉小引》,见《鲁迅全集》第8卷,人民文学出版社,1981年版,第145页。

血渗透了作品的每一个角落。因此，围绕作家展开作品阐释似乎天经地义。然而，现代阐释学证明，作品的很大一部分游离于作家的控制。如果说，符号学派认为作品的相当一部分意义来自语言本身而不是作家的独创，那么，接受美学的理念更为简单一些：读者所接受的作品与作家的想象不尽相同，甚至是相当不同。作家常常希望写出一部惊世骇俗的作品，但是，这种希望多半无法如愿以偿。《文心雕龙·神思》说过："方其搦翰，气倍辞前，暨乎篇成，半折心始。何则？意翻空而易奇，言征实而难巧也。"从作家的构思、想象、落笔成书到读者的阅读，每一道程序都存在损耗和变异。因此，最终浮现于读者意识之中的作品与作家的构思已经存在很大的落差。所以，这个世界上的杰作肯定比作家自己的预计的要少许多。在读者看来，作家的自我评估肯定不那么可靠。少量伟大的作家比他们自己估计的还要伟大，大量渺小的作家比他们自己估计的还要渺小。

  当然，大多数作家对于接受美学相当反感。作品阐释的时候，作家不能容忍话语权的丧失。作家习惯地认为，作品的意义阐释必须由他们核准。一些锦上添花的阐释让他们惊喜交加，另一些貌似不恭的阐释让他们深感厌恶。某些时候，作家忍不住跳出来否决批评家分析的主题思想、象征意义或者影射了什么，他们的理由是自己从未那么想过。他们觉得，作品如同作家设置的谜面，没有猜出隐藏于人物和故事背后的谜底只能表明批评家的愚蠢。然而，由于现代阐释学的撑腰，批评家不再感到心虚和理亏。他们不再以崇拜的眼光盯住作家，言听计从，唯唯诺诺，仅仅担任一个负责记录的秘书。现代阐释学允许由读者掌控阅读的局面。批评家当然属于读者范畴，他们拥有读者的一切权利。无论正解还是误解或者曲解，读者充当终审的法官。作家的工作不过是把球抛出来，读者才能真正决定把球传到哪一个角落。

  文学批评转向读者阶段仅仅是一个原则性的表述。事实上，转向读者之后出现了各种具体的情况。首先我们可以发现，作品问世的年代与读者的阅读时间距离愈大，作家对于作品的控制愈弱。这时的作家已经不可能露面宣讲作品的前因后果，作品的意义完全托付于读者的阅读。这似乎是一种不得已的放任。如果说，传统的阐释学至少力求还原作家的意图和主旨，并且为此遗留下长长的注释资料，那么，在现代阐释学的怂恿下，"我注六经"愈来愈多地转向了"六经注我"。如果没有这些注释资料的保驾护航，很难预料以读者为中心的阐释会滑行到什么地方。因此，我们至少必须考虑问题的另一面：读者的巨大权力会不会产生另一种意料之外的后果？如果读者的水平无法企及作家的高度，那些杰作会不会明珠暗投？读者的深刻洞见可以打开作家意想之外的空间，可是，那些浮浅油滑的"戏说"经典不是同样可以拥有读者的名义吗？

作品阐释的接力棒从作者转移到读者手里，亦即阐释的模式从一元转移到多元。不论作家主导阐释是否合理，这种阐释模式提供的是一元的标准。大多数作品只有一个作家。标准确立之后，是与非的衡量相对简单。然而，所谓的"读者"并非一个。无数的读者众说纷纭，莫衷一是，如何筛选或者统一？古人也曾经说过，诗无达诂，但是，各种阐释的意见都是等值的吗？鲁迅列举了各路读者对于《红楼梦》的观点，我们是不是照单全收？另一方面，读者内部是否存在某种机制，以至于无数的读者并没有提出无数的观点——他们仍然集中于有限的几种观点之上？

如果引入历史的维度，问题的复杂性将会进一步显现。一个时代读者普遍认可的共识，另一个时代的读者是否仍然接受？换言之，如果读者内部存在某种机制，那么，这种机制是世代承传还是必须做出重大的修正？这种机制由哪些因素构成？哪些因素可以穿越时代的界限，哪些因素将与旧时代一起被埋葬？政治、经济、文化分别在这些因素之中起什么作用——这时，"读者"已经不再是一个简单的范畴了。

阐释重心转向了读者之后，另一个遗留的问题是：作家还保存了多大的权利？如果批评家的阐释与作家的预料差距太大，后者是否拥有申辩的权利？否则，低劣的批评明显地贬低了作品，恶意的批评甚至可能以"指鹿为马"的方式污陷作家。解释权归谁，这时常是规章制度和法律制定必

171

须补充的一个条款。如果作家手中的解释权遭到了剥夺，那么，现代阐释学不能不考虑另一个问题：如何限定读者的权利，避免单向的决定可能造成的巨大偏差？

四

我曾经表示，文学没有为这个世界增添哪怕一块面包；文学的功能是意义生产。无论是《三国演义》的英雄谱、《红楼梦》的大观园还是莎士比亚舞台上的种种悲剧，作家从未在物理的意义上造就这些人物或者场景，文学提供的是这些人物或者场景可能产生的意义。目前为止，众多的文本分析可以证明，一部作品的意义产生涉及多方面的因素。我们至少可以关注如下这些因素：作家，符号体系，解读规则，读者，各个时期的文化氛围与意识形态，社会历史——作为文学作品表现内容的社会历史与作家栖身的社会历史。上述的每一种因素无不包含了漫长的谱系。

作为一个协同产生作用的系统，这些因素无不共同参与作品的意义生产，缺一不可。我们无法确定哪一种因素构成了意义的唯一本源。对于不同类型的文学作品来说，每一种因素的贡献率不尽相同。例如，相对于散文，诗歌的符号体系、解读规则可能占有更大的分量；相对于本土作品，异族作品的意义很大程度地诉诸另类的文化氛围；相对于现实主义作品所再现的社会历史，现代主义作品必须更多地联系作家所栖身的社会历史，如此等等。

事实上，诸多文学批评学派特定的理论视角往往意味了以某些因素的研究作为重点。社会历史学派关注的是，社会历史如何渗透于文学的各个部分。首先，文学内容显现的社会历史令人瞩目。不论作品再现的是二十世纪八十年代还是魏晋时期，文学如何处理那个时期的历史特征无疑是一个不可或缺的考察主题。当然，作家为什么钟情这一段历史故事，他具有哪些独特的历史理解,这些内容肯定也是社会历史学派的分析对象。研究作家这个因素的时候,社会历史学派关注的是作家的身份、性别、种族、阶级地位——关注这一切如何汇成他的文学才能,介入他的文学想象。当然,符号体系也在社会历史学派的考察范围之内。各种表意形式如何形成和演变,社会历史的催生和改造是一些重要原因。当然,这个主题并非社会历史学派的擅长。表意形式的形成、演变同时涉及符号的性质、传播工具的性质等另一些因素,与政治、经济以及社会制度的演变并不同步,社会历史学派的结论仅仅解决部分问题。

比较而言,精神分析学派的作家研究,关注的则是欲望制造的精神发育史。意识,无意识,恋母情结,快乐原则与现实原则,这一切冲突如何压缩在一个人精神内部,继而成功地酿出了文学创造力。社会历史学派考察经济、政治如何从外部塑造一个人,精神分析学力图描述这些塑造还将遇到何种的内部机制。精神分析处理符号体系的时候往往只考虑一个主题:那些隐秘的无意识如何找到外在的象征符号——无论是夜晚的睡梦还是被称之为"白日梦"的文学故事。

顾名思义,符号学派集中于语言符号——具体地说即是文学的表意形式系统。多年以来,符号学派仿佛一直力图证明一个基本的主题:文学仅仅是形式,与外部世界无关——用形式主义什克洛夫斯基的话说,艺术的颜色"永远不会反映出飘扬在城堡上那面旗帜的颜色"[1]。这种观点到了结构主义那里接近于登峰造极:批评家不仅清理某些作品类型的系统结构,而且企图一劳永逸地描述文学语言的"结构"。当然,这个基本的主题始终遭到马克思主义社会历史学派的严厉批驳,专注于语言符号显然被视为逃避社会历史——逃避工农大众火热的斗争生活。另一方面,结构主义并未取得预期的成果。多年的研究表明,批评家无法将文学语言分离出日常语言。尽管如此,符号学的另一些观点却赢得了普遍的认可,例如语言符

---

[1] [俄]什克洛夫斯基:《马步》(选译),张冰译,《俄罗斯文艺》1989年第2期。

号并非外在的工具,不可"得鱼忘筌"。语言符号植入作品的意义,甚至植入社会历史——我们生存的文化空间不就是由语言符号构成的吗？谁的设计,为什么如此设计,哪一个阶级或者阶层在这种设计之中受益——社会历史学派对于政治或者经济制度的分析同样适合于语言符号构筑的文化空间。换一句话说,社会历史学派对于语言符号的分析乏善可陈,但是,符号学派却从另一方面开拓了社会历史的研究领域。

一部作品完成并且正式印刷之后,作家不再变化,尤其是构成作品的文字符号不再变化,这是一部作品不至于混同于另一部作品的根本保证。然而,解读规则、文化氛围与意识形态、社会历史这些因素都可能产生变化。这些变化围绕的轴心是——读者发生了变化。不同时期的读者置身于不同的社会历史、文化氛围与意识形态,甚至运用不同的解读规则,因而同一部作品可能产生各种不同的意义。尽管接受美学的理论演绎并不复杂,但是,文学批评的实践时常陷入令人困惑的相对主义。由于读者主体的不断改变,"彼亦一是非,此亦一是非",我们无法最终确认作品的意义,因而也无法进一步确认作品的质量和等级。例如,由于精神分析学的盛行,前所未有的理论视角让我们从古希腊的《俄狄浦斯王》之中引申出"恋母情结";由于女权主义理论的兴起,性别分析可能按照新型的解读从《简·爱》之中发现"阁楼上的疯女人",发现男性中心主义对于女性的压抑;由于后殖民主义理论的流行,文学批评——例如萨义德的《文化与帝国主义》——在诸多西方文学经典之中察觉到或显或隐的欧洲中心主义以及对于"东方"民族的歧视。显而易见,读者的人数不存在上限,源源不断的读者还会带来源源不断的作品解读。谁知道哪一天还会出现某种匪夷所思的意义？这时,文学批评似乎永远奔波在中途,所有的认识都有可能被抛弃,再也不会有某种结论赋予我们坚定不移的理论安全感。

接受美学带来的另一个问题是"过度阐释"。无论是在正面肯定还是在否定贬斥的意义上,我们都曾经遇到"过度阐释"。前者显现为某一部作品的夸大或者"拔高"：可能是夸张了主题的伟大程度,可能高估了某些情节的生动程度以及人物性格的典型意义，最后当然可能给予某个作家过多的褒奖；后者往往是深文周纳，牵强地认定某种象征，指控某种影射或者攻击，甚至将作家推进可怕的境地。我们通常的感觉是，这些阐释并非没有丝毫依据——但是，批评家的论述逾越了合理的界限，以至于真理危险地向谬误靠近。

这个意义上，作品的解读似乎存在一种相对稳定的"度"。可是，如何设定这种"度"？谁有权力指定？行使哪一种标准？争议立即出现。所谓的"度"通常是主流理论、经典的楷模、文学教育对于某种文学知识的推广、常识与意识形态、公认的逻辑与论证技术、大众鉴赏力等因素的模糊混合。我们只能大致地感知而无法精确地表述。令人烦恼的是，一切皆流，昨是而今非——一个时期确认的"度"可能在另一个时期又被推翻。一旦上述的某些甚至某个因素出现了重大变化，所谓的"度"即会移动。"度"并非来自某种永恒的"本质"，而是来自历史的规定，它也会因为历史环境的改变而改变。

譬如，从文字、语法、修辞到文学类型，文学的每一个层面解读规则无不如此。格律曾经是诗词的圭臬，然而，如今的诗歌解读已经不在乎音韵平仄；悲剧的崇高和喜剧的反讽曾经是固定风格，如今我们已经习惯了后现代主义的"混搭"。精神分析学的崛起是一个更为明显的例子。弗洛伊德学说刚刚介入文学批评的时候，无论是性欲的压抑、恋母情结还是阉割焦虑、无意识，这一套说辞令人诧异，甚至深为反感。然而，精神分析学逐渐广为人知，多数人不再觉得这种分析是不敬的冒犯，相反，愈来愈多的人愿意了解内心的秘密构造。于是，不知不觉之间，所谓的"度"发生了改变。以往的"过度阐释"逐渐成为正常的观念。当然，我们也可以看到相反的情况。儒家的三纲五常、忠孝节义曾经是不言而喻的前提——曾经是公认的"度"，然而，现在已经没有多少人继续相信这一套。总之，是否"过度阐释"本身就是一个运动之中的问题。

新型的解读可以为作品带来新型的意义。所谓新型的解读往往意味着提出不同的理论依据，接受不同的理论视角，打破传统的解读规则，这种解读时常会产生"过度"的感觉——对于传统标准的偏离和抛弃。新型理论的普遍接受才能消除"过度"之感。这种接受往往伴随一个剧烈的争论以及缓慢的磨合过程。"过度"与否反映了这个过程理论对比的此消彼长。

五

接受美学转向读者的一个特殊后果是，同一部作品出现了不同的意义解读。不同的历史时期、不同的文化背景和意识形态加剧了读者之间的分歧，许多时候将会出现多种解读之间的竞争，出现解释权的争夺。更为深刻的意义上，这将出现意义的独断与意义的多元之间的冲突。一种观点认为，反对解释权的垄断是一种民主，多元的意义意味了文化的丰富、活跃和创新。将作品的意义从作家劫持之下解救出来，这即是来自阐释学的革命声音。相当多的领域，解释权是一项不可轻易让渡的权力。宗教活动之中，宗教经典的解释权之争时常演变为教派之争，甚至导致酷烈的宗教战争。法律条文颁布之后，解释权通常归权力机构所有，读者没有权力依据自己的理解篡改法律条款的意义。文学率先开放解释权，这将极大地促进社会的意义生产。同一部作品出现多种意义，犹如同一款产品增添了更多的功能，这仿佛意味了文化生产的升级。

然而，我们必须看到，每一种阐释之中无不包含独断的倾向。所有的论述都是企图排除异见，说服他人。这是文化交流的内在目的。没有这种目的，论述就不会发生。我们不能简单地认为，解读的方式愈多愈好，作品的意义愈多愈好。事实上，毫无节制地增加解读方式与制造无限的意义只能导致社会交流系统的彻底崩溃。如果一份普通的公告可以引起数十种解读，一个社会肯定无法完成任何实际事务。德里达式的解构在语言学层面证明了能指意义的无限延伸——证明不存在一个恒定的终极意义，这种逻辑的可能性只能保存于理论设想之中,犹如一个发生于文化真空的理论实验。"读者"概念的介入带来了更大的理论麻烦——不同读者的歧异理解甚至比德里达形容的解构更不稳定,但是,作为社会成员的读者隐含了自纠的机制。如果作品的解读可以视为以文学为中心的某种社会交流,那么,追求共识是社会成员相互交流之所以发生的基本目的。这是接受美学比解构主义更为"积极"的一面。

解构主义曾经雄辩地论证说,每一个能指背后所指的链条无穷无尽,因此,一句话或者一个文本的终极所指永远处于延宕之中。即使没有上帝的干扰,巴比伦塔仍然无法建成——人们不可能依赖语言真正沟通。然而,社会历史为什么并没有大面积陷落?事实上,破解德里达的难题并不复杂——历史语境。我们开始表述的时候,每一个能指的所指并非在真空中不断飘浮。只要存在相宜的历史语境,"给我一杯水"、"我讨厌那个家伙"乃至"好得很"丝毫不会产生混乱的理解。接受美学所器重的读者始终生活于特定的社会历史之中。他们接受相似的教育,感受相近的文化气氛,共同的价值观念和意识形态塑造他们的好恶,因此,他们对于相当多的问题具有相同的观点。接受美学打开了一部作品只有一种解读的枷锁,但是,无数的读者并没有产生无数种解读方式。物以类聚,人以群分,社会文化制造的历史语境构成了读者形成共识的基本平台。

所谓的历史语境如何作用于读者?许多人注意到接受美学之中"期待视野"这个概念。解读一个文本的时候,我们通常存有某种期待——哪怕是无意识之中的隐蔽期待。从文本之中读出什么,与我们的事先期待息息相关。实验可以证明,我们更多地看到了想看的内容。没有在期待视野之中注册的主题,我们往往视而不见。期待视野来自社会文化的积淀,即社会文化倡导社会成员关注什么。事实上,这也是社会成员共同建构的历史语境。这时的"历史"不再是一个空洞的抽象词汇,而是包含了巨大的组织社会成员的文化网络。这个层面上,千差万别的社会成员突然显现出令人惊奇的一致性。尽管这种一致性远非口令之下整齐划一的动作,但是,社会成员之间拥有了相互沟通、对话、理解以及合作和凝聚的内在机制。或许必须强调，所谓的历史语境并非以连续的时间单位作为划分的界限。有些人常常觉得，周边的作家一无可取而古人的作品"深得我心"，这再度显明，历史语境是一种文化结构而不是时间段落。文化结构与特定的时间段落无法重叠往往表明了一个时代内部的复杂性以及文化传统的顽强。

历史语境的转换是一件大事。之所以可能从一种历史语境进入另一种历史语境，或者因为出现了剧烈的改朝换代，或者由于从一个文化圈跃入另一个文化圈。对于文学解读说来，新的历史语境意味着建立新的期待视野，对于文本做出新的解读，阐发出新的意义，等等。这时，激进派与保守派可能围绕新旧不同的历史语境展开激烈的辩论，读者将分裂为守旧与革新两大阵营。对于批评家说来，这往往是一个严峻的考验：如何判断新的历史语境真的到来了？大部分事情仍然按部就班，社会气氛依然如故，几声另类的呐喊仅仅浮动于一些边缘的角落——批评家凭借什么大胆地判断历史即将出现巨大的转折？如果这种判断不仅是一种理论推测而是与自己的人生选择结合起来，理论冒险可能产生严重的后果。当然，教科书从来不会教导我们如何诊断一个时代，这个问题没有统一的公式。种种高瞻远瞩的判断依赖的是个人的思想、襟怀、气度、敏感，而不是书斋式的博学。但是，正如我们所看到的那样，许多远见卓识恰恰是从批评家借助作品的阐释之中表述出来的。换言之，这犹如批评家借助文学阐释一个即将到来的时代。

六

最后，我可以谈一谈时髦的文化研究。

文化研究崛起于半个世纪之前，许多人认为这是一场学术革命。所谓的学术革命包含了种种新型的研究特征，例如反对精英主义，重视通俗的大众文化；反省传统的知识体系以及知识隐含的权力，倡导跨出单一的学科建制；倡导种种话语体系——当然包括文学话语——的意识形态分析，不再驼鸟式地缩在"为艺术而艺术"的神话之中，如此等等。文化研究并没有固定的模式，或者坚持某种特殊的理论观念。文化研究擅长于从各个角度解剖问题，时常将经济学、符号学或者精神分析学熔于一炉。文化研究对于文学批评产生了重大的影响，但是，文化研究远非局限于文学领域。传播学、历史学以及社会学、政治学无不可以察觉文化研究的痕迹。事实上，文化研究更像是诸多学科的联合行动。文化研究强调的是问题的发现和描述，而不是标准的学科知识。所以，人们有时用"后学科"形容文化研究。

文化研究所谓的"文化"，很大程度上来自雷蒙·威廉斯的观念——文化是一种整体的生活方式。总之，"文化"并非仅仅是那些精英主义者念兹在兹的文化经典，而是包含了这个日常世界的诸多方面。因此，文化研究可以向各个方面伸出触角，几乎百无禁忌。文化研究涉猎广泛，研究的题目五花八门。如果说，文学经典是传统的文学批评围绕的中心，经典被赋予楷模、范本、不可企及、高山仰止等各种理想的品质，那么，文化研究的关注对象已经扩大到大众文化，甚至进入日常生活的各种纹理。从流行歌曲、畅销书、麦当劳连锁店的装潢到大学课程设计、同性恋问题以及某个国家博物馆的布展方式，文化研究显示出极其可观的研究胃口。一些人将这种状况命名为"文化转向"。当然，文化研究具有相当程度的左翼色彩，批评家的分析焦点是，揭示研究对象与市场、商业意识形态以及权力的隐蔽关系。换言之，文化研究并非自得地徜徉于灯红酒绿之间，而是隐含了强烈的批判精神。

文化研究的崛起肯定可以追溯到学术与社会历史的关系。相当长的时间里，人文学科或者社会科学分别在各自的专业领域迅速发展，然而，这些学术知识与社会历史之间的联系似乎愈来愈稀薄。学院的围墙仿佛成为二者之间的障碍。文化研究的一个主旨即是，重新将学术引向喧闹的现实。无论是对于大众文化的重视还是意识形态话语分析，我们都可以察觉这个主旨的影响。由于关注学院围墙之外的社会历史，马克思主义社会历史学派的传统主题再度进入视野：反对种种形式的压迫，追求社会平等。当然，文化研究已经不限于传统的政治经济分析，不限于"阶级"这个范畴。人们常常认为，阶级、种族、性别是文化研究的"铁三角"。事实上，文化研究视线已经远远超出政治经济事实而进入文化事实。这时，我们可以发现西方马克思主义——包括法兰克福学派与伯明翰学派——文化批判的观念对于文化研究的巨大启迪。

另一方面，文化研究的崛起与符号的大量生产、繁殖具有密切的关系。迄今为止，我们已经远离纯粹的自然而生活在种种文化空间。人类逐渐告别了深山老林、沙漠戈壁、刀耕火种、茹毛饮血。无论是城市、街道、建筑、商场、汽车还是书籍、报纸、电视、广播、广告，我们正在被愈来愈多的符号所包围。从印刷术、广播电台到卫星电视，符号的传播体系不断地出现革命性的飞跃。现今，互联网正在对各种符号进行立体式的重组。从硬件、软件到"大数据"、"云计算"，一个强大的符号空间已经出现于计算机终端与手机屏幕。考虑到互联网对于人文、科技、金融、社会预测以及审美的影响，考虑到许多社会成员的人机相对时间远远超出了人与人的交往，我们有充足的理由将这种符号空间视为"社会"的组成部分。这时，阶级、性别、种族三种传统的冲突不仅延续到这种符号空间，而且，各种新型的主题正在浮现，例如监视，社交，虚拟身份的制造，符号的欺诈与盗窃，还有审美和游戏。更为深刻的意义上，"真实"、"生命"、"意识"这些基本的观念正在符号空间遭受颠覆。如同工业革命带来的巨变，谁知道这一次符号革命能够产生什么后果？

当然，这些现象同时遗留下大批的问题：根据哪一种理念设计种种符号？这种理念对谁有利？哪些知识分子是这些符号的生产者？他们是否仍然保持独立性？谁在经营这些符号，谁又是这些符号的占有者？出乎许多人意料的是，现今这些符号所产生的经济利益不仅远远超出农产品，甚至远远超出机械制造业。我们用"文化产业"——包括文化创意产业——这个概念命名符号的生产和经营。当符号所代表的知识、学术、艺术最大程度地与市场联系起来的时候,围绕这个历史事件的所有概念都在发生重大的变化。如何描述以及评价这些变化?文化研究的出现恰逢其时。

文化研究为文学批评带来的一个疑问是,审美再度被放弃了吗?尽管许多批评家对于审美的理解不尽相同,但是,他们不约地对文学之外的社会历史分析表示反感。这种分析时常被称之为"外部研究"——一个从韦勒克那里借来的术语。批评家的反感当然存在历史原因。相当长一段时间,文学批评深深陷入"庸俗社会学","阶级"范畴成为作品考察的唯一依据。游离阶级斗争轨道的人物或者情节将会遭受"阶级斗争"式的批判火力,语言形式研究被命名为"形式主义"之后遭送至资产阶级阵营。所以当文化研究再度对阶级以及相似的种族、性别表示高度兴趣的时候,这些批评家不禁惊疑问:那一套又回来了吗?

必须承认,文化研究大胆地突破了审美的束缚。无论是十六世纪小说之中的航海意象、诗歌史上出现的花卉、武侠小说之中的兵器谱,还是一个作家热衷的写作地点、稿酬制度什么时候正式建立或者机械复制的影像符号如何覆盖了文字,文化研究的题目设置是开放性的。在我看来,没有理由否定这些题目。文学能够在如此之多的方面带来思想启发,这是光荣而不是耻辱。重要的是,文化研究如何看待审美?

文化研究至少有两个问题必须明确。第一,文化研究并不否认语言形式的研究,相反,批评家的一项重要工作即是语言符号的考察,只不过他们关注的恰恰是语言符号与社会历史的关系,而不是将语言符号视为一个独立封闭的系统,仅仅如同蚯蚓一般穿行于字、词、句之间;第二,文化研究没有理由拒绝审美,但是,批评家认为审美不是某种特殊的禀赋,审美是可以解释的,诸如文化教育、文学传统、意识形态、价值观念这些社会历史因素均可作为解释的依据。审美的特征是什么?这种特征在哪一个时期形成?何人拟定的审美标准?哪些权力机构与学术机构参与这种标准的制定，甚至强制推行为普适性的命题？这些审美标准如何遴选经典，同时又排除或者压抑了哪些作品？如此等等。总而言之，文化研究并不想拒绝形式与审美，而是力图发现二者相宜的历史语境。

作为文学阅读之后的某种捉摸不定的内心潮汐，审美又有什么意义？很长的时间里，这个问题如同一个纠缠不清的冤魂令人烦恼。功利主义正在成为愈来愈普遍的衡量尺度，审美不可能单独申请赦免。如果文学力图与经济学、社会学、法学或者历史学比肩而立，我们必须回答，这种捉摸不定的心理波动可能给社会带来什么？当然，许多人乐于援引康德的观点证明审美乃是无用之用，但是，这肯定不是文化研究所垂青的答案。事实上，文化研究更愿意证明，审美的确"有用"——只要我们不是把"有用"仅仅解释为创造面包、增加企业利润或者及时发现阶级异己的阴谋诡计。

我们很快就会发现，审美存在一种独特的视野。审美更多地关注个人的命运、性格以及悲欢离合。没有任何一个学科愿意处理一阵内心的惆怅、几句俏皮的对白或者一只不知名的鸟儿疾速穿过月夜。审美以感性的方式承认这些日常细节的价值。虽然这些细节无助于证明诸如神圣、正义或者民族、革命等等宏大的观念，但是，这一切组成了"人生"，刻画一个有血有肉的具体人物。我曾经论证，诸多社会科学的分析单位是"社会"，文学把"人生"作为一个单独的分析单位显现出来了。这是一种价值的再分配。"人生"不再被那些宏大的观念所化约，而是成为一种独立的存在。"人生"可能成为这些观念的例证，也可能显现这些观念背后的盲区，甚至展示观念之外的另一些历史萌芽。

审美的另一个特征是，利用虚构解除理性主义设计的种种秩序所产生的压抑。解除压抑带来的巨大快乐构成了特殊的审美愉悦。我曾经在另一个场合说过："文学形式的各种元素无不包含了解禁的功能。特殊的叙述角度——或许是上帝一般的全知全能，或许是天真无邪的童年乃至是一匹马或者一只老鼠的眼光——意味了打开常规视野的盲点，悬念、高潮和大结局甩开了日常生活缓慢而且平庸无奇的节奏,诗词的韵律与奇异的修辞大胆地放逐了日常语言的实用功能,喜剧的哄堂大笑与悲剧的热泪长流释放出禁锢于内心乃至无意识的秘密情感。总之,文学形式犹如凝固的审美视野,文学形式制造的审美愉悦象征了反抗理性主义霸权的凯旋。当各种古老的意识形态禁锢与理性主义霸权长期合谋的时候,当这种合谋被叙述为天经地义的现实形态时,审美不得不借助文学形式给予尖锐的一击——这是审美反抗最为激进的意义。"① 所以,当形形色色的理论学说正在全面覆盖这个世界的时候,审美的存在即是保存一种独异的视角和感性的反击能力。

这个意义上,一些人对于文化研究的诟病并非无的放矢:某些批评家对于那些三流的作品表示出过多的兴趣,甚至无法判断一流作品与三流作品之间的审美差距。只要可能纳入阶级、种族、性别的意识形态分析,审美的欠缺似乎不是多大的缺陷。在我看来,这种宽容如同"审美无功利"观念的另一种余波。恰恰因为无法察觉审美的独异视角和感性反击,批评家时常毫不惋惜地废除了审美包含的政治维度。

肯定了审美视角的意义之后,我们如何看待多种视角之间的彼此关系?——从政治经济学考察、意识形态话语分析到恋母情结的考证,审美占据了无可非议的理论高地吗?这里,我愿意强调近期形成的一个观点:博弈。各种视角之间不存在一个固定的金字塔结构,仿佛先验地设定了各种话语的等级。事实上,每一种话语都拥有自己的观察结论,众多结论始终处于博弈之中。社会历史构成了众声喧哗的平台。哪一种话语更多地呼应社会历史的要求,赢得更大面积的关注,这种话语将在博弈之中胜出,占据主导地位。不同的历史时期,担任主角的话语体系并不相同。批评家没有理由坚持审美独断论,并且以宗教般的热忱排斥各种其他视角。作家和批评家同时栖身于社会历史之中,他们的生活从未摆脱经济、政治、意

---

① 南帆:《审美的重启》,《中国文学批评》2016年第1期。

识形态而仅仅锁在审美的保险柜里。审美仅仅是生存的一个视角，而不是唯一的视角。尺有所短，寸有所长，每一种视角都存在自己的洞见和盲区。审美以感性的方式注视具体的人生，更多地表现激情、欲望和精神自由；同时，审美对于宏观的历史判断相对薄弱。必须承认，审美之中包含的悲悯、纵情以及浮夸的浪漫或者酒神式的迷醉无不可能产生偏见。这时，另一些视角的质疑、辩驳、修正形成了必要的制约监督机制。文化研究的意义是，拓展了审美之外的各种视角。一个正常的文化往往包含了多种异质的声音博弈，我们接受的是一个活的历史。文化研究扇形地展示了开阔的研究领域。当然，文化研究首先承认，不论可能酿造多少理论和思想，文学的首要功能是保证审美作为一个重要的角色活跃于博弈的现场。

第九讲　文学传统：共时之轴与历时之轴

一

"传统"是这个时代争论最为激烈的概念之一；文学又是这种争论最为激烈的领域之一。争论派生的种种对立、分歧、矛盾致使传统成为现代文化的一个著名难题。正如许多思想家已经指出的那样，反对传统是现代性的重要症候之一。无论是经济、社会制度、科学技术的发展还是文化理念，现代社会正在与古代社会之间拉开巨大的距离，许多方面甚至背道而驰。一个明显的断裂出现在文化史上。这种情况之下，传统时常被视为古老的累赘，甚至被视为必须尽快挣脱的枷锁。传统与当代文化之间肯定出现了某种不自然的状况，正常的机制被打断了，人们遇到了巨大的文化动荡和颠簸。传统不再先在地高悬于生活之上，并且通过正常的新陈代谢理所当然地承传、衔接和淘汰，按部就班地保存什么或者剔除什么；相反，传统本身成为必须提出来予以重新审查、批判、反思的对象。作为最为活跃的文化门类，文学迅速地接收到这些信息，并且做出了激进的反应——例如现代主义文学的出现。很大程度上，现代主义文学乃是现代性的产物，尖锐地挑战文学传统构成了现代主义文学的明显表征。

希尔斯使用"文化客体"这个概念形容传统[1]。这个概念有效地显明了传统的两个基本性质：首先，传统并非自然世界物理作用或者化学反应的后果，传统是人为的，而不是一种自然的现象；其次，传统不是个人的癖好、个人风格或者个人习惯，而是集体性的人工作品。日常生活之中，传统几乎无所不在。很多时候，传统是具体可见的，有章可循，有法可依，无数的实物与场面以绘声绘色的方式向人们演示传统的形象和规范。从废墟、典籍、礼仪到艺术鉴赏、社交聚会、就餐形式，人们都可以从中遇到传统。传统积存于各种实物、场面与人们的言行之中，可供研习和效仿。然而，另外一些场合，传统寓于抽象形态之中。传统可能显现为某种信念，某种原则，某种秩序，某种生活的无形准则或者不言自明的前提。这时，传统往往体现为难以察觉的约束与控制。抽象的传统通常无需表面的臣服和机械摹拟或者亦步亦趋地跟从，它毋宁说通过各种无形的精神气质衔接后人。它并不规定人们的言行举止，但它的规范却事先潜在地指引或者限制了人们考虑问题的可能性；对于个人说来，抽象形态的传统如同一个先在的意识形态，隐蔽地塑造他们的人格；对于社会来说，抽象形态的传统如同一种隐蔽的文化结构，它将几代人共同安置于一个统一的框架之内；对于历史来说，抽象形态的传统犹如一种文化的再生密码，它使某种文化在延续过程可以始终维持一种基本稳定的性质。

　　文学传统存在于何处？这个问题必须诉诸文学史视野。单独地考察一部经典作品或者一位经典作家，人们遇到的多半是某种个人的完整性。这时，个性或者个人风格无疑是最为醒目的一面。这是一部作品或者一位作家全部作品的核心所在，或者说，是作品系列有机体的灵魂。事实上，只有将一部作品或者一位作家置放于文学史的长链之中，某些传诸后代的东西才可能逐渐显明、清晰、固定，从而被称为文学传统。换言之，文学传统并不存在于一部作品或者一位作家内部，而是在多部作品或者多位作家

---

[1] ［美］E. 希尔斯：《论传统》，傅铿、吕乐译，上海人民出版社，1991年版，第20页。

之中。因此，文学传统是相对于文学史而言的。

　　文学传统显然造就了文学内部的某种连续性。人们可以在文学史上发现各种一脉相承的线索，围绕这些线索所形成的文学系列具有某种相似性乃至一致性，仿佛拥有共同的根源。这些文学系列的开端往往由经典作家或者经典作品承担。这些作家的杰出想象与强烈风格引起了人们的惊讶、钦佩甚至效仿，这些作品的深刻意蕴和奇异的表意方式引起的影响经久不息，以至于成为文学史上的专有名词，例如莎士比亚传统，或者《红楼梦》传统。尽管这些作家逝世已久，尽管这些作品早就属于过去，但是，他们的名字却保留了振臂一呼、应者云集的奇异魔力。对于后代说来，这些作家与作品标志了某种文学传统。先行者如此耀眼的成功总是引起大规模的仿效，一种文学传统就是如此开始的。后继作家心目中，他们的写作就是直接延续和发扬这种文学传统。另一方面，批评家对于经典作家或者经典作品的注释、批评、阐发、推荐、研究乃至译介，这同样是延传文学传统的另一种形式。这时的文学传统不仅针对作家，同时还包括了读者的接受。

　　除了经典作家或者经典作品的形成的源头，文学传统的权威有时还受到了诸种文学外部因素的诱导、启示，甚至来自各种社会文化潮流。可以看出，文学传统与整个文化环境之间存有某种隐蔽的交换关系。中国古典诗学之中，从"温柔敦厚"的诗教、"主文而谲谏"的美刺到倡导兴寄、含蓄、深婉、言外之意形成了一个漫长的文学传统。显而易见，这个文学传统的权威不仅源于《诗经》，而且还得到了儒家学说的人格理想、道德礼仪与为人处世的有力支持。

　　当然，"文学传统"这个概念的背后，人们会遇到各种实际的涵义。通常情况下，人们看到的文学传统十分芜杂凌乱，如同一个久未清理的仓库。人们可以收集到形形色色的文学传统：古希腊文学传统、黑人文学传统、战争小说传统、才子佳人传统、韵文传统、神话传统，诸如此类，不一而足。也许，文学史可以分解为多少个美学单位，人们就见到多少种文学传统。事实上,所谓的文学传统包含了种种不同的级别:"中国文学"、"法国文学"可以形成一种文学传统,"建安风骨"、"哥特文学"也可以形成一种文学传统,"浪漫主义"可以形成一种文学传统,诗词的"点染"或者小说的"欧·亨利式的结尾"也可以形成一种文学传统。

对于所有个别的作家来说,文学传统通常显现为一个先验立场。在他接触文学之前,文学传统已经得到认可与延传。作为一种基础,文学传统严密地裹住作家,潜移默化地塑造他们。一个作家的文学启蒙通常也就是从仰承文学传统开始。什么叫做"文学",什么是文学的想象力而不是无聊的臆想,什么称作诗歌或者小说,这一切无不来自文学传统的界定和训练;开始写作的时候,作家的语言操作能力同样来自文学传统的无形规范。古往今来,文学传统显得庞大、坚实、完整、凝重,而初出茅庐的个人在文学传统面前十分渺小。远在个人具有批判能力之前,文学传统已经开始了它的训示与规范。对于绝大多数作家来说,他们的个性尚未觉醒和形成,文学传统已经提前占有了他们。文学传统早早就抵达文学现场,守候在门口。为了创造文学,首先必须加入文学——只有穿过文学传统构成的漫长的甬道,作家才能领取到文学的入场券。

文学为什么需要文学传统的规范?通常的理解中,文学来自自由放纵的想象。对于个人而言,想象似乎是没有边界的,想象可以遨游于茫茫宇宙,也可以潜入心灵的皱褶,可以逾越时空的法则,也可以不顾世俗道德的羁绊。虚构为想象的飞翔驱除了全部后顾之忧。由于虚构的特权,文学无须恪守感官所获得的现实印象,不必如同科学推理那样严格依据一系列实验数据与演算公式,甚至也没有必要担忧战争或者灾难可能造成的各种现实伤害。既然文学享有如此之多的豁免权,文学传统的规范又有什么意义呢?

的确,文学想象无拘无束,但是,想象的意义却可能得到不同的评价。首先,并非任何想象都可能成为文学杰作,许多想象乏味沉闷,甚至远不如现实精彩;同时,新奇也仅仅是衡量文学想象的一个次要砝码,新奇无法等同于创造性。不管自觉还是不自觉，任何一个作家都无可回避地面临一个问题：什么样的想象才能获得真正的文学价值？对于特定的作家来说，他已不可能在零度状态对待这个问题——历代作家、作品无数答复的积累已为这个问题设置了重重叠叠的背景。这即是文学传统。一个作家即使无力提出不同凡响的答复，他也不至于完全无所适从——文学传统许诺出示一些现成的条例章程。这些现成的条例章程不是说明性的，而是规范性的。如果说，文学史的记载仅仅是向现今展示过往的文学事实，那么，文学传统注重的是向现今展示过往的文学逻辑。作为一个保守主义者，T.S.艾略特对于作家的忠告是，收敛个性，投身文学传统——文学传统高悬于个性之上："于是他就得随时不断地放弃当前的自己，归附更有价值的东西，一个艺术家的前进是不断牺牲自己，不断地消灭自己的个性。"① 在他看来，只有那些二流作家才需要兢兢业业地维护那某些微不足道的个性。

然而，另一些作家和批评家发出了不同的声音。他们愿意承认，文学传统来自文学史曾经的成功——独创的确有资格赢得应有的尊敬乃至膜拜。遗憾的是，历史辩证法悄悄地将这种状况颠倒过来：祖先的独创在反复的承传之中抽象为一个空洞的形式，他们的成功变为训示后人的不容冒犯的教条。古老成为规范与神圣的唯一理由——后人所遗忘的恰恰是独创本身。这时，出人意料的结果出现了：独创引致了摹仿——后人并没有意识到，亦步亦趋的摹仿恰是对于独创的不敬乃至亵渎。某些人认为，所谓的文学传统业已干枯、颓败，废弃它们的时候到了；另一些人的观点恰好相反：文学传统远未消亡，相反，它们过于强大，过于专制，分量过于沉重——这才是摧毁传统的真正原因。

捍卫还是反叛？两种观念无不源远流长。

---

① [英]T.S.艾略特：《艾略特诗学文集》，王恩衷编译，国际文化出版公司，1989年版，第4页。

二

  人类历史之中，所谓的"现在"并非一个孤立的片断从天而降，"现在"是"过去"和"未来"之间的一个必然联结。当然，这种联结并非时序的简单递进，而是包含了各种文化观念、价值观念的承传。因此，古往今来不是一堆事实的简单罗列，传统负责肯定某些事实，同时否定另一些事实——传统就是在这种意义上负责指明今天与昨天之间如何进行内在的衔接。人们不再遇到一个悬空的今天。今天不是一个片断的"此刻"，今天是从昨天的必然之中诞生出来的。这个此刻凝注了许多历时性事件所积聚的分量。如果说，纯粹的历史知识犹如人们宁静地回忆往昔事件，那么，传统则通过权威的推荐而深入延伸到当下的生存环境之中。所有的历史事实都已逝去，但是，某些历史事实的基本涵义却可能暗中持续地积存、累计，直至由一个抽象框架的转换而重新进入现实。借助有效的转换机制，传统可以成为现实之中富有楷模威望的历史事实。由于传统的作用，"现在"成为一个饱含历史深度的时刻，"现在"其实同时包容了过去与现在，正如艾略特所说的那样："不但要理解过去的过去性，而且还要理解过去的现存性。""我们所意识到的现在是对于过去的一种认识。"[①]

  这个意义上，传统迅速地成为人们投入外部世界之际的强大依靠。由于传统的沿途护送和及时的扶持，人们不再感到渺小、无力，不再空洞无依地伫立于一个崭新的环境。暴露在一批陌生事物面前，人们不再感到不安，不再惊慌失措，因为人们手里牢牢地握着祖先传下来的拐杖。一切皆已按部就班，该怎么做就怎么做，心安理得。传统的权威意味着曾经有过的成功，意味着可靠的信誉与保障，意味着某种现成的基础或者策略，意

---

  ① ［英］T.S. 艾略特：《艾略特诗学文集》，王恩衷编译，国际文化出版公司，1989年版，第2页，第4页。

味着安全感与踏实感。进入一个不可捉摸的局面，还有什么比传统更有助于保持平衡呢？对多数缺乏领袖气魄的人来说，传统还意味着发出号召的名义与推卸责任的借口。遭受意外的失利乃至重创，将责任推给祖先是一个巧妙的逃避策略。

　　一种传统得到了普遍的认可之后，它的权威可能从心理意义上转向了社会组织方式。这时，传统将产生强大的内聚力，从而牢固地吸引它的内部成员，使之同心同德；对于一些偏离指定范围同时又无法吞并的异己分子，传统则会显出强烈的排他性。这些异己分子将遭到传统的冷遇、抑制、非议、攻击，甚至肉体的消灭。换一句话说，权威性的传统同时赢得了两种感情：忠诚与恐惧。

　　对于作家说来，他们将依据文学传统所提供的秩序为自己定位。如果说，文学想象的无拘无束与茫然无助是同一种状态的两面，那么，纳入文学传统之后，作家将摆脱游离状态，跟随无数前辈，得到一个可靠的归宿。精神分析学曾经解释这种状况的心理原因。例如，卡·古·荣格强调了原型对于作家想象力的控制："原始意象或者原型是一种形象（无论这种形象是魔鬼，是一个人还是一个过程），它在历史进程中不断发生并且显现于创造性幻想得到自由表现的任何地方。"① 荣格认为，作品无非是用今天的语言转译原型。沿着原型返回生命之源是一种不可遏止的冲动。不难理解，某些原型体现为文学传统的持续延传，作家天然地出现了趋同。人多势众，泯然众人同时将产生一种安全感。所以，可以从文学史上反复出现的"寻根"冲动中觉察到，作家时常以依恋历史的方式克服畏惧孤独的情绪。艾略特强调，存在着某种独立于作家个性的实体，作家必须承认对于这种东西的依存，如果要取得独一无二的地位，必须对自身以外的某些东西表示忠顺，倾其身心地热诚对待它，为之牺牲。一种共同的遗产和共同的事业把一些作家自觉或不自觉地联合在一起，尽管这种联合绝大部

---

① ［瑞士］荣格：《心理学与文学》，冯川、舒克译，生活·读书·新知三联书店，1987年版，第120页。

191

分是不自觉的①。中国明代批评家李梦阳曾经将这个实体比拟为"法式"或者"规矩"。李梦阳断言文学传统不可移易:"又谓文必有法式,然后中谐音度。如方圆之于规矩,古人用之,非自作之,实天生之也。今人法式古人,非法式古人也,实物之自则也。"② 在个别的经典作品或者经典作家那里,这个实体仅仅作为一个片断冻结于种种具体形态之中,隐而不彰;然而,一旦文学史提供一段足够的距离,这个实体就会从作家与作品背后逐渐浮现,显示出一个完整的存在。李梦阳甚至为这种拟古主义想出一个美妙的类比:书法临帖。他说:"夫文与字一也,今人模临古帖,即太似不嫌,反曰能书。何独至于文,而欲自立一门户邪?"③ 按照这种逻辑,各种微小的个性都可能被视为离经叛道,所有的文学想象都要获得文学传统批准。为了得到文学传统的肯定,一些作家甚至不惜将富有创意的作品称为文学传统之子。在黄庭坚看来,杜甫与韩愈的成就即是"无一字无来处"。文学传统的典范不可冒犯,因此,作家只能小心翼翼地施展某种"夺胎换骨"或者"点铁成金"的小小伎俩④。投靠文学传统,这毋宁说为自己的作品聘请一尊显赫的保护神。

许多中国古代文学批评家的言论之中,"古人之风"或者"古意"常常是文学传统的同义语。背弃"古人之风"已是一种不言而喻的谴责。他们心目中,文学传统已经转换为一种美学旨趣。什么是好文学?文学传统已将自己的规范性改装成为文学批评的衡量准则。当然,这种延伸曾经遇

---

① [英]T. S. 艾略特:《艾略特诗学文集》,王恩衷编译,国际文化出版公司,1989年版,第4页。

② 李梦阳:《答周子书》,见《空同集》卷六二,台湾伟文图书出版社,1976年影印本,第1747页。

③ 李梦阳:《驳何氏论文书》,见《空同集》卷六一,台湾伟文图书出版社,1976年影印本,第1744页。

④ 黄庭坚:《山谷集》卷十九《答洪驹父书》之二,见《中国历代文论选》(第二册),郭绍虞主编,上海古籍出版社,1979年版,第316页。

到抵抗。中国清代批评家袁枚曾经不以为然地说过:"诗有工拙,而无古今。"① 在拟古主义的气氛之中,这是一个勇气非凡的口号,同时也是一个贤明的批评策略。批评家力图截去古今之辩,暂时将文学传统悬搁起来,专心致志地谈论作品的"工"与"拙"。然而,这种意见并未占据上风。的确,艾略特谈到了文学批评的一个原则——历史性的比较和相互权衡:"诗人,任何艺术的艺术家,谁也不能单独地具有他完全的意义。他的重要性以及我们对他的鉴赏就是鉴赏对他和以往诗人以及艺术家的关系。你不能把他单独地评价;你得把他放在前人之间来对照,来比较。"② 然而,如果将这种相互权衡改造为文学传统的单向标准和单向衡量,文学将丧失任何独创的光芒。

如果说,"古人之风"或者"古意"往往是中国古代批评家对于文学传统的向往,那么,在全球化愈演愈烈的今天,现今的批评家时常将文学传统和民族联结在一起。各种异族文化的大面积移植导致了广泛的不适,一个重要的理由即是古已有之的传统遭到了蔑视。一些人看来,蔑视传统犹如一种道德瑕疵。数典忘祖近乎罪恶。他们心目中,传统必须赢得隆重的礼遇。现代性正在逐渐暴露各种困境,只有古老的传统才可能向陷于困境的现代文明提示某种明智的出路。二十世纪末期,传统开始在新的文化背景之下重新得到了尊重——"新儒家"学说的风行是一个代表性的事件。不久之后,一些传统的崇拜者发起范围广泛的"读经"运动。他们仿佛觉得,两千多年前的思想家早已解决现今的种种问题。无论是气候变暖、民族纷争、网络虚拟空间的伦理道德还是跨国公司的资本运作或者就业困难带来的情绪低落,四书五经都可以超前地提供令人满意的答案。由于依赖传统,他们恢复了一种后视的习惯性动作:一旦遇到不如意的现实

---

① 袁枚:《答沈大宗伯论诗书》,见《小仓山房诗文集》(四),上海古籍出版社,1988年版,第1502页。
② [英] T.S. 艾略特:《艾略特诗学文集》,王恩衷编译,国际文化出版公司,1989年版,第2页。

局面，他们总是认为人心不古，礼崩乐坏，只有回到传统的庇荫才能够化险为夷，息事宁人。他们与传统的关系带有更多情绪的意向，传统成为民族自尊心的风向标。文学传统也是如此。"五四新文化运动"为西方文学打开了大门，西方文学的主题和表意方式一拥而入。这似乎让一个拥有唐诗宋词的国度颜面尽失。因此，现今的当务之急是返回文学传统，通过文学的脐带而续接于日益疏远的文学母体。也许，这些批评家并未对"文学传统"的内容达成共识——也许他们拥戴的并非同一个文学传统，但是，"民族"和"传统"的神圣结合已经足以形成他们的坚决态度。人们似乎可以认为，传统绕了一个富有历史意味的圈子之后又回来了。

当然，这本身即是一个遭受质疑的节点：坚决的态度就足够护佑自己的民族吗？至少，那一批"五四新文化运动"的主将并不赞同。

三

二十世纪上半叶，五四运动对于传统发动了前所未有的声讨，传统遭到了强烈的非难，传统几乎成了保守势力的同义语，这是一种"整体性"的反叛[①]。五四新文化正是在传统的废墟之中脱颖而出；二十世纪六七十年代，与所有传统的"决裂"成为最为时髦的口号。当时人们的幻想似乎是，毁弃一切也就是创造一切。文学理所当然地卷入了这个漩涡。一批激进的作家毫不掩饰他们颠覆文学传统的企图。这种观点始终拥有很大的市场：文学传统是闷死文学的僵硬躯壳。可以认为，这是中国历史上一段最为激烈的反传统时期。

尽管拟古主义是中国古代文学批评的主流，但是，人们仍然可以察觉

[①] 参见林毓生《中国传统的创造性转化》之中《五四式反传统思想与中国意识的危机》和《五四时代的激烈反传统思想与中国自由主义的前途》二文，生活・读书・新知三联书店，1988年版。

种种不同的意见。某些时候,诗人或者批评家可能以别的名目讨论个性与文学传统的关系,例如学问与性情。南宋词人姜夔曾经自称"大悟学即病"①,他向往的是一种不拘形迹的境界。为了避免被庞大的文学传统所淹没,他似乎主张暂时忘却文学传统,将文学传统悬搁起来,重要的是一心澄然,随意宛转:

> 作诗求与古人合,不若求与古人异。求与古人异,不若不求与古人合而不能不合,不求与古人异而不能不异。彼惟有见乎诗也,故向也求与古人合,今也求与古人异,及其无见乎诗已,故不求与古人合而不能不合,不求与古人异而不能不异。其来如风,其止如雨。如印印泥,如水在器。其苏子所谓不能不为者乎。②

相对地说,严羽的《沧浪诗话》对于这个问题表述得更为清楚。在他看来,诗人不可能无所用心地进入这种境界,相反,恰恰是文学传统将他们送入这种境界。从研习古人的读书之中感受传统,这是诗人的必要功课。因此,这些批评家并不否弃文学传统,他们奉行的是一种曲折的策略:首先潜沉于传统,随后脱颖而出,自成一家。所以,严羽一方面强调"学诗以识为主",必须以"汉、魏、晋、盛唐为师",另一方面又强调诗的"妙悟"。他如此处理这两个方面的关系:

> 夫诗有别材,非关书也;诗有别趣,非关理也。然非多读书,多穷理,则不能极其至。③

---

① 姜夔:《白石道人诗集自序一》,见《白石诗词集》,夏承焘校辑,人民文学出版社,1959年版,第1页。
② 姜夔:《白石道人诗集自序二》,见《白石诗词集》,夏承焘校辑,人民文学出版社,1959年版,第2页。
③ 严羽:《沧浪诗话·诗辨》第五,见《沧浪诗话校释》,郭绍虞校释,人民文学出版社,1961年版,第26页。

另一些中国古代批评家将这两个方面称之为"根柢"与"兴会"的差异——王士禛解释道："根柢源于学问,兴会发于性情。"① 一旦作家的个性开始成熟,潜伏于两者之间的差异将逐渐显露为一条醒目的裂缝。这时,那些天资出众同时又不甘平庸的作家必然会以挑战式的口吻向文学传统发出质问："竟似古人,何处着我?"② 这时,个人、个性、独特的风格明确地作为文学传统的对立面而提出来了。在这方面,袁枚也表示了相近的论点:

> 后之人未有不学古人而能为诗者也,然而善学者得鱼忘筌;不善学者刻舟求剑。③

他甚至更为具体地分析道:

> 人闲居时,不可一刻无古人,落笔时,不可一刻有古人。平居有古人,而学力方深;落笔无古人,而精神始出。④

很大程度上,启示恰恰由历史本身提供。如果不是仅仅返回文学传统,而是继续上溯至文学传统源头,考察文学传统如何形成,那么,人们可以清楚地看到,伸张个性并未违背文学传统的基本精神,离经未必叛道。一个逻辑上的必然提问是:为什么古人有权利将他们的个性标榜为文学传统,而后代作家只能小心翼翼地步趋于他们身后?这并非一个高深莫

---

① 王士禛:《带经堂诗话》卷三第五则,郭绍虞主编,人民文学出版社,1963年版,第78页。
② 袁枚:《续诗品·着我》,见《续诗品注评》,王英志注评,浙江古籍出版社,1989年版,第78页。
③ 袁枚:《随园诗话》(上)卷二,人民文学出版社,1960年版,第49页。
④ 袁枚《随园诗话》(上)卷十,人民文学出版社,1960年版,第352页。

测的问题。叶燮的《原诗》明目张胆地提出了"自我作古"的思想:"今人偶用一字,必曰本之昔人,昔人又推而上之,必有作始之人。彼作始之人,复何所本乎?不过揆之理、事、情,切而可,通而无碍,斯用之矣。昔人可创之于前,我独不可创于后乎?"① 按照叶燮的观点,寸步不离地尾随古人,"句束而字缚之",这恰恰丧失了古人的精神。诚然,这种追溯和提问不需要理论思辨的漫长跋涉,事实上,许多作家毋宁说不敢拥有"自我作古"的思想——他们缺乏的是勇气、胸襟和胆魄。"不依古法但横行,自有云雷绕膝生"② ——敢于如此标榜的中国古代批评家不过凤毛麟角。

事实上,许多批评家意识到,文学传统与作家个性之间的基本差异不可能真正释除,二者之间的紧张形成双方不同的比例以及相互博弈。文学传统渊源于历史,作家注重现实经验;文学传统强调规范的权威,作家推崇个体激情。当然,类比古人导致反叛文学传统,类比经典作家同样导致反叛文学传统。经典之为经典的标志恰恰在于原创性。原创性在文学的价值判断中成为一个首要的尺度。科学家不能因为原创性而损害真理性,新颖不等于正确。然而,对于文学来说,原创性已经包含于美学价值之中。人们常说,首次用花朵比喻美人是天才——这不仅因为比喻的巧妙,同时还因为首次。"屋下架屋"或者"落人牙后"本身即是一种贬辞。

不言而喻,文学的原创性很大一部分是和作家个性联系在一起的。原创性意味着独特、首创、前所未有,这显然同文学传统的世代相传与统一规范背道而驰。这时,文学充分容涵了审美所包含的自由精神。文学对于原创性的崇尚,实际上亦即对个性自由的肯定。文学幻想不必受到实证材料的制约,文学想象可以突破时间与空间的物理限制而上下驰骋,种种不同风格的作品不必置于正确或者错误的常识尺度之下接受汰选,作家的激

---

① 叶燮:《原诗·外篇下》,见《清诗话》(下册),王夫之等撰,中华书局,1978年版,第611页。
② 袁枚:《小仓山房诗集》卷二十六《谒岳王墓作十五绝句》之十一,见《袁枚全集》(第一集),王英志主编,江苏古籍出版社,1993年版,第546页。

情表现允许某种程度的失真或者超逻辑——总之，文学解除了许多现实所不可避免的束缚，最大限度地为诸多不同的个性腾出了巨大的精神空间。

这个意义上，文学的原创性成为一个检验：它显示出作家的个性以及个人风格将在自由的审美活动中强烈到何种程度；因此，归根结蒂，文学的原创性是人类想象力、人类激情、人类内在生命的一个象征。作家以原创性对抗文学传统，延续文学传统，以独特、首创、前所未有来冲击文学传统的稳定与秩序，这可以看成人类争取内在生命自由的一个证明。尽管作品价值的判断最终取决于文学传统与原创性之间的张力，但是，作为人类创造活力的证明，原创性有力地突出了作家个性在文学之中的巨大意义。

作家反叛文学传统的内在激情从何而来？除了社会文化对于原创的尊重和肯定，精神分析学派同时揭示了心理学意义的无意识源头。人们显然可以将文学传统想象为作家的"父之法"。精神分析学派所设想的家庭图景已经众所周知：男性儿童本能地依恋母亲，而这种不合时宜的倾向很快遭到父亲权威的抑制。父亲以及接替父亲职责的教育机构不失时机地对儿童进行了规范和训诫，使之放弃了快乐原则而服从于社会所认可的现实原则。然而，在精神分析学派的理论家看来，儿童那些遭受压抑的本能并未消失，它们不过隐匿于无意识深处，沸腾不息。这为日后反抗父亲及其种种禁令贮存了必要的能量。不管上述家庭图景拥有多大的真实性，这种压抑与反抗的心理图式多少有助于解释作家个性与文学传统的关系——哈罗德·布鲁姆《影响的焦虑》恰恰是在这个意义上将文学史上众多诗人之间的关系改写成弗洛伊德式的"家庭罗曼史"。在布鲁姆眼里，诗人不得不忧心忡忡地站立在文学史上的大师面前。他们是到达文学史的倒数第一名，大师之于他们犹如父亲之于儿子。这终将引起某些诗人的反抗——他们是诗人之中的强者。为了驱散前辈影响所造成的焦虑，驱散文学传统的巨大阴影，后起的诗人普遍采用了"误读"的策略，用修正、置换、改造前驱诗作的方式进行写作。因此，布鲁姆断言，"一部诗的历史就是诗人中的强者为了廓清自己的想象空间而相互'误读'对方的诗的历史。"① 在这种父子式的文学史结构中，人们可以看到作家反叛文学传统的心理驱动力。

这同时解释了文学史上源源不断的先锋作家。先锋作家是失去文学传统庇荫的一批人，他们是文学队伍中勇于探索的尖兵。欧·尤奈斯库说过："先锋派就应当是艺术和文化的一种先驱现象。""它应当是一种前风格，是先知，是一种变化的方向……这种变化终将被接受，并且真正地改变一切。""先锋"的涵义是相对它的每一个背景而言的，它可能反抗一种过分的现实主义，可能冲击一种专横的象征主义，或者放肆地嘲笑现代主义。有必要指出，先锋作家的命运时常捉摸不定：没有人事先许诺他们的成功。先锋作家可能成为一个伟大的开拓者，可能成为一个文学主潮的游离者，也可能成为一个孤独的失败者。先锋作家毅然地离开文学传统，并不是因为他看到了一个新的成功前景；相反，他的勇气恰恰在于，他尚未看到成功的前景即已动身出发。正像某些尖兵不可能凯旋一样，为数甚多的先锋作家离开了人们的视野，倒毙于文学史的某一个角落，成为文学探索之中默默无闻的牺牲者。只有少量先锋作家功成名就，成为文学史的一块新的丰碑。那么，既然如此，为什么作家仍会为着如此渺茫的目标挺身而出呢？在这里，人们再度发现作家对于内在生命自由的强烈渴望。尤奈斯库说："所谓先锋派，就是自由。"②

如果说，精神分析学意义上的先锋作家仅仅是文学史上偶然的散兵游勇，那么，某些特殊的历史时刻，他们将被集合起来，形成一个对抗文学传统的声势浩大的运动。这时，一种特殊的历史使命找到了他们。无论自觉还是不自觉，他们的勇气将被纳入一个更大的文化目标，他们的个人化

---

① ［美］哈罗德·布鲁姆：《影响的焦虑》，徐文博译，生活·读书·新知三联书店，1989年版，第11页。
② ［法］欧仁·尤奈斯库：《论先锋派》，见《法国作家论文学》，王忠琪等译，生活·读书·新知三联书店，1984年版，第568页，第579页。

199

探索具有了整体性效应,同时,他们的行动后果将因为历史的铭记而得到了放大、扩散。在我看来,考察五四时期激进的反传统现象,这是必须保持的一个历史视角。

四

文学传统如何对待它的叛臣?这时常构成了文学史上最为突出的剧目。事实上,文学传统从来不肯轻易丧失它的权威,它将对一切离经叛道之举做出强烈的反应。如同其他领域一样,文学传统厌恶它的叛臣,甚而超过了对手。因此,先锋作家在从事种种文学实验的同时,还必须时常返身与文学传统作战。于是,人们看到了文学内部一幕又一幕反叛传统与捍卫传统的激烈较量。

人们不能仅仅将文学想象为温文尔雅的艺术行为,浅吟低唱,斟酌推敲,奇文共欣赏,疑义相与析。事实上,文学内部反叛传统与捍卫传统的较量可能从讥诮、挖苦、嘲弄一直升级至围攻与肉体消灭。想一想大半个世纪之前声称背叛现实主义可能遭受何种惩罚,人们就会明白事情的严重程度。面对文学传统,人们不能像谈论古代轶事一样心平气和——事实上,人们更多的是怀着处理现实问题的激情论述文学传统的是与非。

人们时常申明自己站立的方位与文学传统之间的距离,并且将这种方位视为某种现实立场。大多数时候,反叛文学传统的先锋作家总是处于劣势,文学传统的强大迫力总是企图将他们逐出竞技舞台,封住他们的嘴巴。这常常促使他们做出激烈的反应,以不驯的姿态与不敬的言辞放肆地攻讦文学传统,例如"把普希金、陀思妥耶夫斯基、托尔斯泰等等,从现代生活的轮船上扔出去[1]"这种夸张的攻击性言论。由于文学传统的是与

---

[1] [俄]布尔柳克等:《给社会趣味一记耳光》,张捷译,《文艺理论研究》1982年第2期。

非已经是个聚讼已久的话题，人们往往带着强大的情感惯性提出肯定或者否定的意见，所谓的"客观"、"公允"形同保守。五四新文学的论争之中，陈独秀、鲁迅、钱玄同等一批革命主将无不留下了许多貌似无理的激烈言辞。这往往导致某种程度的非理性态度。双方情感惯性的互相激荡过程中，对立的观点日益明确、扩大——同时简单化。最为常见的简单化倾向是，新与旧不知不觉地等同于价值判断的好与坏。沉重的文学传统窒息了探索与实验精神，这时，一批先锋作家则会以义无反顾的态度倡扬一切新的东西；一旦这种态度在理论上暴露了不可遮盖的漏洞，文学传统则会以加倍的热情维护古老的权威，争论的气氛就是在这种往返回荡之中日趋紧张。

　　更为有趣的是，一批现代主义作家的小说被人目为反叛传统之际，他们却堂而皇之地声称，他们才是文学传统的真正传人，我说的是法国的"新小说派"。迄今为止，这个小说派别因为面目怪异而非议纷起，多数人指责他们放肆地践踏了小说规范，荒诞不经，破碎混乱。但是，新小说派一方面开诚布公地表明他们对于巴尔扎克式小说的不屑，另一方面又否认这是对文学传统的亵渎。他们看来，他们不过做了巴尔扎克曾经做过的事情。米歇尔·布托尔曾经通过详细的分析论证，巴尔扎克本人就是一个自觉而全面的革新者[①]。他们的潜台词是，他们的叛逆之举毋宁说是文学传统教会的。司汤达当年就在《拉辛与莎士比亚》中说过："浪漫主义并不劝人直接模仿莎士比亚戏剧。我们应当向这位伟大人物学习的是：对我们生活于其中的世界的研究方法，和为我们同时代人创作他们所需要的悲剧的艺术"。[②] 如今，这样的时刻似乎又一次降临：作家应当根据他们所面临的世界修改他们的文学观念。这即是"新小说派"自我辩护的理由。克·西蒙说："一切都在变动"——因而不能再用司汤达的词句表达1960年的

---

　　① 参见《新小说派研究》，柳鸣九编选，中国社会科学出版社，1986年版，第96页。
　　② ［法］斯汤达：《拉辛与莎士比亚》，见《西方文论选》（下卷），伍蠡甫主编，上海文艺出版社，1963年版，第157页。

事情①；罗布—格里耶以为，由于真实性的概念不断改变，小说当然也要随之改变②；娜塔丽·萨洛特简洁地指出："现代人的生活已抛弃了从前曾经一度是大有可为的形式而另觅途径了。"③ 在这个意义上，"新小说派"毫无愧色地自称，虽然他们破坏了某些小说规范，但他们却保存了文学传统的内在精神。文学史上的诸多典故表明：多数时候，反叛文学传统仅是一种手段。作家并非有意与历史为难，毁弃前人所遗留的一切。作家的真实意图仅仅在于，推开文学传统因循不息的沉积物，为个性自由与现实经验清理出一块相应的地盘，争取自由地呼吸。他们从未认为自己是历史的破坏者——他们仅仅是向逐渐变得过分专制的文学传统索回一份应有的权利。

人们可以在文学史上看到，仅有少数作家抱着一种彻底决绝的态度，将攻击的矛头坚决地对准了文学传统本身。他们不是反对某种特定的文学传统，而是反对所有的文学传统存在。在这方面，未来主义或许是一个引人瞩目的典型。未来主义者怀着对工业社会的狂热忠诚，宣称机器的轰鸣将涤荡一切陈旧的美学基础。意大利的马里内蒂大声疾呼，摆脱过去，解放句法，摧毁一切图书馆和博物馆。也许，未来主义亵渎祖先的言辞不足为奇，重要的是他们对于任何权威的毫不妥协的否定——即使在自己成为权威的时候。马里内蒂无比坦诚地宣布："当我们四十岁时，比我们更加年轻有为，更加身手矫健的青年人将把我们像废纸一样扔进纸篓里。——我们甘愿这样！"④ 他们决意避免从否弃一种传统到拥戴另一种传统的周期

---

① [法]克劳德·西蒙：《弗兰德公路》，林秀清译，附录《关于〈弗兰德公路〉的创作经过》，漓江出版社，1987年版。

② [法]阿兰·罗布—格里耶：《现实主义与新小说》，见《"冰山"理论：对话与潜对话》（下），工人出版社，1987年版，第525—537页。

③ [法]娜塔莉·萨洛特：《怀疑的时代》，见《新小说派研究》，柳鸣九编选，中国社会科学出版社，1986年版，第32页。

④ [意]菲·马利涅蒂：《未来主义宣言》，见《现代主义文学研究》（上），袁可嘉等编选，中国社会科学出版社，1989年版，第364页。

性转变，而是对任何传统穷追不舍。当然，这并不是表明，未来主义者愿意尽早退休，及时地离开文化舞台；未来主义者这样的言辞毋宁说在于将自己塑造为一个不屈的反传统斗士。他们急欲说明的是，他们每时每刻都将站在反对派的立场上，憎恨任何一种统治秩序，向任何一种可以称之为文学传统或者权威的东西提出挑战。看来，用欧·豪讥诮现代主义的一段话赠给未来主义更为合适："现代主义并不想使它自己风靡于世，因为一旦这样，它就否定了自己，也就不再是现代主义的了。这使它进退维谷。从理论上说，它无法摆脱这种困境，但实际上这却给它带来了形式上的创造力和变化多端的辩证法——这一困境是：现代主义必须永远挣扎，但却不可获得十分成功；过了一段时间之后，为了不获得成功，又得挣扎。"①

然而，历史的狡计时常捉弄它的主人公。令人始料不及的剧情是，这种彻底决绝的反叛仍然再度上升为一种新的传统。作为一种思维与行为的模式，挑战、攻击、否定逐渐也成为某种偶像的特征。反叛的胆量、激情与心理快意同时产生了一种聚集大众的感召力，这种偶像的光芒甚至比建设者远为耀眼。如果说，各种文学传统通常由肯定什么与否定什么构成共同的规范，那么，这种新的传统恰恰是将否定一切作为绝对的肯定。换言之，虚无主义乃是这种文学传统的真正信仰。否定是一种持久不变的形式，尽管否定的内容可以时常更换。诚然，由于否定目标由盛而衰的转变，由于新的否定目标必须花费一定的时间再度锁定，否定和反叛的传统可能出现某种中断和间歇。尽管如此，这并不妨碍它同样成为一种传统：这种传统将它的连续性确定在否定的层面上，时刻的反叛成了它世代相传的唯一秘诀。

持续不断地处于激进的反叛状态中，而这种反叛却暗中登上了正统的宝座——这种讽刺性的结果可能消解了一本正经的情节。然而，人们应当意识到，这是通过否定权威获取另一种权威。或者说，这是一种权威的换

---

① ［美］欧·豪：《现代主义的概念》，见《现代主义文学研究》（上），袁可嘉等编选，中国社会科学出版社，1988年版，第170页。

位。反叛者敢于攻击何种级别的权威,他也将赢得相应级别的权威。人们应当警觉地看到,某些时候,否定一切所得到的权威很容易变为另一种极权主义——否定行为获得了不容置疑的资格。任何对于否定的质疑都将遭受严厉的抨击。弗罗姆曾经分析过两者之间在心理基础的联系。弗罗姆发现,极权主义性格反对权威并非一种革命斗争,而仅仅是一种抵抗。他们是通过反对权威来维护自我和克服软弱无力之感。这与其说是"革命",不如说是"造反"。他们常常从反抗一切的激进态度迅速倒向控制一切的极权主义态度[①]。的确,否定成为不可更改的律令时,它不是一种专制又是什么呢?

人们可以想象每一种文学传统的终结,但是,人们无法想象文学传统的终结;人们可以看到种种文学传统的沉浮、升降、循环、演进,但是,人们不会在文学传统的位置上看到一片空无。文学传统可能以种种形式再生与续接,但是,文学传统不会在某一瞬间完全撤离。倘若文学传统成为一片空无,所有的文学都将失去可靠的位置而成为浮游之物。在另一方面,反叛文学传统仍然意味着参照文学传统——衡量作家与文学传统的距离乃是说明作家独创性的重要依据;人们甚至必须承认,文学传统的存在恰恰构成了任何反叛的前提。这个意义上,拥戴文学传统或者反对文学传统可以各执一词,相持不下。可能解决二者之间的理论冲突吗?

五

刘勰在《文心雕龙》中提出了"通变"的思想。

> 夫设文之体有常,变文之数无方,何以明其然耶?凡诗、赋、

[①] 参见〔德〕弗罗姆:《逃避自由》第一章至第三章,陈学明译,工人出版社,1987年版。

书、记，名理相因，此有常之体也；文辞气力，通变则久，此无方之数也。名理有常，体必资于故实；通变无方，数必酌于新声；故能骋无穷之路，饮不竭之源。①

刘勰将"通"与"变"对举，并且进而指出"文变染乎世情"。"通变"的理论基础之上，我试图进一步阐述历时之轴与共时之轴交互作用的思想。之所以如此详细地描述围绕文学传统乃至文化传统产生的持久争论，即是力图将这种争论引入历时之轴与共时之轴形成的坐标图之中给予分析。在我看来，这种坐标图具有普遍的方法论意义。刘勰所谓的"通"表明了历时之轴的继承，历时之轴延续的各种文化因素具有明显的家族相似性，它们之间共有的逻辑犹如家族血缘之中的基因密码；所谓的"变"表明了共时之轴制造的变异，即现实平面之上各个方向的冲击以及种种应对策略产生的后果。历时之轴与共时之轴之间的张力决定了人们对待文学传统乃至文化传统的姿态。民族的文化历史不可能中断，民族的自我不可能从零开始；另一方面，民族的自我也不可能仅仅复制历史——时时刻刻都在请示"子曰诗云"的民族至少是没有活力的。所以，民族虚无主义的休克疗法与纯粹的复古主义乃是两个荒谬的极端。事实上，答案只能在两个端点之间的广阔地带，重要的是找到坐标图上二者的交叉点。这就是历时之轴与共时之轴的交汇之处。对于文学说来，历时之轴指向了过往，指向了雄厚的文学传统，指向了文学传统的成功及其约束；相对而言，共时之轴衡量的是如何与周围的文化气氛相互呼应，如何接收现实社会的回响。事实上，从文学形式的考察、文学经典的考察到文学史考察，人们都可以发现历时之轴与共时之轴两条坐标的相互衡量。

通常的意义上，许多人十分注重历时之轴的研究：来龙去脉，源头的考证，演变的谱系，如此等等。然而，我更愿意接受索绪尔的结构主义语

---

① 刘勰：《文心雕龙·通变》，见《文心雕龙译注》（下），陆侃如、牟世金译注，齐鲁书社，1982年版，第119页。

言学的观念：共时之轴的研究更为重要——文化结构也是如此①。当然，一个共时的文化结构并非一张平面，相当大的程度上，这种结构内部业已隐含了历史之维。就个人的研究视野及其兴趣而言，我更为关注的不是传统的漫长演变，而是传统如何压缩在当下的现实之中，成为现实的有机组成部分。索绪尔曾经使用了两个比喻说明这种状态。第一是"投影"——共时的结构如同立体的物体在平面上的投影；第二是树木的"横断面"——一棵树的历时演变浓缩在横断面显现的年轮之上。这即是历时之轴与共时之轴交叉的显像。只有想象历时之轴与共时之轴之间的相互"转换"机制，我们才能理解文学传统与现今的文化经验之间的复杂兑换，才能理解文学传统如何进入当代文学，成为一个拥有正面价值的现实原则。

　　自然科学知识、西方基督教文化、中国古典诗词、经济学、证券消息、娱乐明星的八卦新闻、政治内幕、乡村的收成情况、GDP增长的百分比、法律意识、灾难来临之际的应急措施……现今社会生活之中，各种知识、文化经验所占据的份额均是历史上相互角逐、抗衡、争取、淘汰的结果。它们同时存在，互为"他者"，彼此调整比例。共时的文化结构可以理解为，众多源远流长的文化因素在某一个时代取得的临时平衡。这种结构同时决定了传统的呈现面貌。传统必须接受这些文化因素相互竞争形成的考验，并且争取从中脱颖而出。人们可以看到，种种历史段落、历史事件、历史人物根据现今的兴趣得到详略不同、视角各异的叙述，从而分别显示出各自的分量；某些历史内容成为事先遵循的准绳，成为价值判断的基础或者标准，甚至已经无形地融入当下的各种言行或者事件，与此同时，更多的历史内容可能消失在幕后，或者仅仅由专职的研究者深入钻研。在我看来，这就是历史之维的存在方式，也是传统活跃在现今文化之中的方式。所谓的一切历史都是当代史，这并不能理解为篡改史料，任意杜撰；这句话的合理内涵是，当代的文化兴趣可能在相当大程度上左右我

---

　　① ［瑞士］索绪尔：《普通语言学教程》，高名凯译，商务印书馆，1980年版，第130页。

们对于传统的接受——亦即证明共时之轴如何成为优先的衡量标准。

我之所以更为重视共时之轴的衡量,恰恰因为历时之轴仅仅显示了传统、规范停泊在什么地方;相形之下,共时之轴显示了文学传统在什么地方、被哪些因素重新激活。共时之轴的内容是主动的,历时之轴只能在共时之轴的带动之下延伸。这是我对于历时之轴与共时之轴坐标图的基本理解。

人们可以在这个意义上重新解释五四时期激进的反传统现象。必须承认,传统是一个民族的精神根系。然而,如果传统不再护佑这个民族,指引这个民族,而是成为这个民族的负重乃至枷锁,那么,人们就要决绝地弃之而去——这显然是一批五四新文化运动主将的基本判断。历史证明,一些被形容为"后发现代化"的民族国家往往出现怀疑传统文化的浪潮,只不过中国现代知识分子的反叛规模与情绪之激烈都是世所罕见的。我曾经多次描述鲁迅等五四新文化运动主将的复杂策略:他们一方面以援引西方文化资源的方式反抗西方的文化殖民;一方面以放弃传统文化的方式与民族国家认同。显而易见,这种策略不是意气用事,而是包含了他们对于历史形势的判断。他们之中的许多人对于传统文化具有深刻的了解乃至深入的钻研,但是,社会现实驱使他们做出如此决绝的决定——共时之轴的作用。

共时之轴的考察并不满足于追溯一个问题的历史。研究者心目中,某一个问题通常还镶嵌在同一时代的众多问题结构之中,并且与这些问题产生各种层面的深刻互动,从而形成复杂的关系网络。完整的理论视域可能及时察觉这个关系网络的存在——尽管理论家的焦点可能仅仅对准一个问题。当然,正面描述这种理论视域是一项困难的工作,米歇尔·福柯的《词与物》,托马斯·库恩的《科学革命的结构》,《必要的张力》都从不同的方面进行了有效的尝试。

虽然大多数的理论家并没有将他们考察工作所依据的理论视域直接通知人们,但是,许多迹象明显地表明了理论视域的存在。不少理论家擅长用种种大概念概括某一个时代的文化特征，例如古典主义、浪漫主义、现实主义、现代主义，如此等等。我们可以认为，这种大概念的意义即是为共时的文化结构提供一个平台。由于这个大概念所描述的性质，文化结构的各个部分联合成了一个互相呼应的整体——理论的命名将使这个整体更具理论自觉。显然，这种整体时常会显示超出部分之和的规范力量。

M. 福斯特的《小说面面观》生动地描述了一段类似的景象：抛开"年代学这魔鬼"，想象所有的小说家都在同一间圆屋子里工作①。这无疑是一种有趣的理论构思。暂时冻结时间坐标，共时之轴的权衡和评判将发现各种文学事实之间隐藏的某些横向关系。例如，当代文学内部小说、电影、电视肥皂剧或者诗、流行歌曲之间存在什么关系？大众文学、革命文学和先锋文学之间如何互动？历史文学与历史著作乃至传记之间呢？地方戏、曲艺与西方文学之间的紧张汇聚到哪些作家身上？这些事实持续地堆积、膨胀，时序标号甚至无法解释这些事实的起讫、相互关系以及取舍的原则。因此，一些批评家迫切渴望找到一个整体性的理论框架。共时之轴显现的平台有助于将众多文学事实有机地联系起来，描述它们的互动状态，并且形成新的阐释和理解的语境。再如，西方文学史上，古典主义、浪漫主义、现实主义到现代主义和后现代主义构成了前后相随的文学潮流。然而，进入中国的本土结构，共时之轴有助于解除各种"主义"之间的时序。二十世纪之初，各种"主义"联袂而至，如同折扇似地同时展开，它们在西方文学之中的对立以及相继取代的原因不再重要，重要的是共同存在之际的复杂的空间争夺。共时之轴形成的视野之中，各种"主义"的分布范围、分量、比例以及活跃的程度遭到了中国语境深刻的改变。换言之，共时之轴可能带来新的发现——发现中国语境之中支配各种"主义"的另一种隐蔽的规范体系。根据共时之轴优先的原则重新处理文学史资料，人们可能得到出其不意的收获。

---

① ［英］M. 福斯特：《小说面面观》开场白，见《小说美学经典三种》，上海文艺出版社，1990年版。

我要再度引用 T. S. 艾略特在《传统与个人才能》之中对于经典序列变化的描述。这一段话完整地再现了文学传统与作家个性——亦即历时之轴与共时之轴——之间如何交汇与彼此改变：

> 诗人，任何艺术的艺术家，谁也不能单独的具有他完全的意义。他的重要性以及我们对他的鉴赏就是鉴赏对他和以往诗人以及艺术家的关系。你不能把他单独的评价；你得把他放在前人之间来对照，来比较。我认为这是一个不仅是历史的批评原则，也是美学的批评原则。他之必须适应，必须符合，并不是单方面的；产生一件新艺术作品，成为一个事件，以前的全部艺术作品就同时遭逢了一个新事件。现存的艺术经典本身就构成一个理想的秩序，这个秩序由于新的（真正新的）作品被介绍进来而发生变化。这个已成的秩序在新作品出现以前本是完整的，加入新花样以后要继续保持完整，整个的秩序就必须改变一下，即使改变得很小；因此每件艺术作品对于整体的关系、比例和价值就要重新调整了；这就是新与旧的适应。①

我特别喜欢艾略特新旧之间"相互"衡量、"相互"调整的观点，而不是僵硬消极的刺激和反应。二者之间的确存在相互震荡，哪怕这种震荡的结果仅仅是稍微地改变了彼此的比例，移动了彼此的位置。这不仅体现了共时之轴对于历时之轴的接纳，也体现了历时之轴接受共时之轴的改造。如果说，作家的个性、想象和艺术风格往往是共时之轴作用的聚焦点，那么，这种相互衡量、相互调整构成了文学传统与作家个性之间顺理成章的自然转换。但是，强调共时之轴的支配性，就必须对艾略特所谓的"新的"因素产生的冲击力做出充分的估计。这是既定秩序发生变化的真正原因。既定秩序形成的文化结构稳定坚固，形形色色的文学传统作为维

---

① ［英］T. S. 艾略特：《艾略特诗学文集》，王恩衷编译，国际文化出版公司，1989年版，第2页。

持稳定的能量产生巨大作用。尽管如此，文学传统并未拥有天然优势而仅仅是纳入结构的一个要素。来自共时之轴的冲击可能时刻修正和重塑文化传统，从而使文化结构的空间始终包含了向未来敞开的可能。

第十讲　文学理论：全球化时代的民族性

一

二十世纪八十年代，西方文化又一次大面积进入中国。如同大半个世纪之前的五四时期一样，文化与民族性关系的争议重新泛起。从语言、历史、宗教、艺术到各种风俗民情，文化是构造民族共同体的粘合剂。由于文化的存在，一个民族的众多成员拥有相近的生活模式和观念体系。因此，西方文化的进入带来了一个巨大的疑问：我们的民族基因会不会被改写？另一个更为严重的危险是：这种状况的背后是否隐藏了某种瓦解我们民族基础的意识形态阴谋？

回溯两个世纪左右的历史，这种提问方式并不奇怪。这一段历史时期，古老的中国积贫积弱，一个庞大的封建帝国进入了末期；西方资本主义列强虎视眈眈，它们依赖船坚炮利强行撬开了紧闭多时的中国大门，半殖民地半封建的历史遗留下巨大的创伤。时至如今，这个伤口还会由于各种原因而发炎，召唤出令人扼腕的痛苦记忆。因此，许多时候，西方的文化意象带来的不仅是异国情调，不仅是一种不同民族的文化交流，而且还常常潜藏了某些或显或隐的敌意。另一方面，这个创伤同时还隐含了奇异的历史辩证法：我们的民族即是在痛苦之中被迫崛起，并且逐渐驶入现代社会的快车道。这种崛起所采用的许多文化策略相当程度上借鉴了西方文化，所谓"师夷长技以制夷"。这必然增添了文化与民族性争议的复杂程度。事实上，只有逐步分析卷入争议的众多因素，问题的全景才会渐渐明朗起来。

关于文学理论民族性问题的争议即是在这种背景之下展开的。这是文化与民族性关系争议的一个小小局部。二十世纪八十年代以来，众多西方文学批评学派络绎不绝地造访中国。从主体论、存在主义、黑色幽默、意识流、现代主义、后现代主义到新批评、俄国形式主义、结构主义、解构主义、文化研究，所谓的"理论旅行"极一时之盛。许多中国的批评家纷纷表示质疑：怎么能让我们的理论领地成为众多西方批评学派的跑马场？中国的文学理论哪去了？他们用"失语"形容本土文学理论的缺席：哑然无言，发不出自己的声音。

事实上，或许必须将这种质疑的时限提前到五四时期。西方文学理论的全面冲击那个时候就开始了。先秦至晚清两千多年的时间里，中国的古代文学理论积累成了一个庞大的系统。人们可以发现一套风格独异的概念术语和理论命题，例如温柔敦厚，思无邪，意象，兴象，文与质，志，道，气，赋，比，兴，风骨，韵味，滋味，象外之象，境，趣，格调，性灵，天籁，形与神，巧与拙，虚与实，情与景，自然天成，兴寄，知人论世，以意逆志，草蛇灰线，唱念做打，诗言志，诗缘情，美刺，文以气为主，文以载道，……如此等等。然而，二十世纪之初大约二三十年左右的时间，这一套概念术语和理论命题迅速地消失，另一套来自西方文学理论的概念术语全面地取而代之，不仅主宰文学批评，并且占领了大学——诸如京师大学堂——的文学教育，例如时代，国民性，道德，意识形态，文学批评，思想，风格，古典主义，现实主义，浪漫主义，个性，内容，形式，题材，主题，游戏说，劳动说，大众，人民性，党性，经济基础，上层建筑，美学，典型，个性与共性，个别与一般，偶然与必然，作品，现实，文本，叙事，抒情，民族性，人道主义，人性，美感，真实性，虚构，想象，结构，无意识，文本间性……显而易见，两套概念术语和理论命题的文化根系迥然不同。尽管某些概念术语的语义存在互译的可能，但是，文化根系的改变无疑必须追溯到历史的转型。两种知识之间的转换如此之快，很大程度上暗示了历史转型的剧烈节奏。当然，并非没有人出面维持"国粹"，抵制西方文化的扩张，二十年代著名的"学衡派"即是代表。但是，五四时期高涨的启蒙气氛之中，倡扬"国粹"更像是令人生厌的保守主义，他们的主张并没有赢得足够的积极响应。"新儒家"是另一个倡扬"国粹"的学术派别，他们对于民族文化传统的顽强维护也没有成为主流。二十世纪三四十年代开始至六七十年代，抗日战争与阶级之间的大搏斗晋升为头等大事，西方文化被打上资产阶级的烙印逐渐销声匿迹，文化与民族性关系的争议失去了实际的意义而仅仅剩下若干表态性的空洞大口号。事实上，具有理论意义的辩论重新出现已经是八九十年代之后的事情了。

当然，八九十年代的重新辩论已经拥有非常不同的时代背景。全球化是时代背景之中最为重要的一幕。"全球化"这个概念出现的时间不长，但是，这种现实迅速地到来了。目前看来，经济领域是促成全球化的主要动力。市场的开拓与扩张，商品在世界各地的流通，各个国家之间频繁的经贸往来，资本没有祖国——那些货币资本正在全球范围四处游弋，巨大的经济红利驱使人们将全球联结为同一个网络。许多文化内容跟随商品的流通越过国界，进入另一个文化空间，例如麦当劳文化的全球普及，再如汽车的输入同时伴随汽车文化的输入，如此等等。交通工具的发达和完善极大地满足了全球化所需要的条件。远洋轮船，铁路与火车，大型喷气式客机组成的立体交通体系正在覆盖全球的每一块热土。

高度发达的大众传媒体系构成了全球化的另一种形式。如果说，海外留学和越境的印刷品——近现代开始的大规模翻译无疑为文化的"越境"提供了必要条件——曾经是传播异域信息的重要渠道，那么，如今的卫星电视和互联网令人惊异地制造出新型的文化交流方式。异国他乡的文化制作为影像符号，电波和信息之流轻而易举地跨越遥远的空间距离和森严的

213

海关从而移植到另一块土地上。从美国的股市、欧洲足球联赛到中东战争、拉美地震，大众传媒可以在第一时间将新闻事件传遍全球各地。由于前所未有的频繁交流，各民族之间多元文化的对话、沟通与隔阂、冲突成为全球化的另一种景象。这当然也是八九十年代重新辩论的语境：重新洗牌已经开始，中国文化将扮演什么角色？

必须承认，很长一段时间，中国对于全球化这个事实相当陌生。八十年代以来的中国文学不断地传颂一个众所周知的口号：文学走向世界。这显然是一个有些缺陷的口号。不言而喻，世界并非哪一个国家独立经营的俱乐部，进入世界并不需要购买特殊的门票。换一句话说，我们始终就在世界之中。然而，长时间的闭关锁国让人觉得，世界是另一块有待熟悉的大陆，我们的尚且徘徊于世界之外。九十年代之后，这种状况有所改善。中国开始从各个方面融入全球化图景，中国作家与世界文学的交往日益密切。这时，毋宁说另一个事实愈来愈多地引起中国文学的关注：各个民族众声喧哗的文学对话之中，中国文学什么时候登台表演？一些发言者占据了中心位置，振臂一呼，应者云集；另一些发言者音量很小，听众寥寥——这甚至并非民族人口的数量所决定的。许多人喜欢说，越是民族的就越是世界的，可是，只有为世界贡献独特主题的文学才能真正令人瞩目。如果中国文学将西方文学作为未来的生产配方，如果中国文学仅仅演变为佐证西方文化的某些案例，那么，世界的文化舞台不会为之腾出尽情展现的空间。许多人同时观察到，某些同质文化——例如美国文化——正在急速扩张与大面积复制，而且，由于科技与经济的掩护和支援，这种扩张与复制甚至带有侵略性。这个意义上，中国文学会不会甚至在本土陷入萎缩？

很大程度上，这即是"失语"之说背后隐含的焦虑。

二

考察文学理论与民族性问题的争议还要与现代性话语联系起来。

现代性话语是一个松散的理论体系，为现代社会的诞生和成熟保驾护航。现代性话语发源于西方文化，这个理论体系包含了启蒙主义、工业主义、进步主义、历史目的论等内容，强调普遍性与理性。现代性话语之中，全球/本土、现代/传统是一些褒贬分明的二元对立。"本土"或者"传统"这些概念时常被看作"保守"、"落后"的同义语，它们仿佛代表了蒙昧与未开化。现代性意味的是先进、发达、开放和一个标准化的文明社会，这种社会即是全球化网络的组成。正如安东尼·吉登斯所言，现代社会的一个重要特征是"脱域"（disemdeding）①。"脱域"表明脱离一个具体的地点和空间，将某种知识或者规范推广到世界范围，例如货币、交通规则的红绿灯信号，或者各种商品的认证体系。这首先是来自经济领域的追求。无论是重量单位、空间计量单位、各国之间的货币结算还是商品品牌的互认，"脱域"形成的统一标准带来的经济活动效率是现代经济全球化不可或缺的条件。

相当长的时间里，中国社会似乎与现代性话语格格不入。漫长的农耕社会拥有自给自足的传统，相对落后的生产力以及闭关锁国的意识形态和行政政策都是中国社会远离现代世界的原因。二十世纪八十年代之后，中国的改革开放开始接受了现代性话语的基本前提，接受了市场经济和全球化形式。许多人觉得，"脱域"以及与国际接轨意味着一个新型空间的到来。

"谁的现代性？"——事实上，如此尖锐的问题很迟才浮现出来。人们

---

① 参阅［英］安东尼·吉登斯：《现代性的后果》，田禾译，译林出版社，2000年版，第18—26页。

逐渐意识到，所谓的现代世界并非一个温情脉脉的所在。相反，这里充满了激烈的竞争，充满了支配与被支配、主宰与被主宰的角逐。资本与市场并非以平等为目标，利益最大化的企图背后存在各种意义上的争夺与反抗。较之封建社会的人身依附，市场形式许诺了更多的个人自由，但是，人们没有理由天真地想象，权力关系以及压迫和剥削从此消失。国家、民族、企业、行业、阶级、阶层和个人都将作为利益主体形成各种复杂的关系网络。换言之，尽管现代社会具有丰裕的物质财富和令人向往的生活质量，但是，现代性话语并不能掩盖另一个事实——现代历史没有划定一个公平的起跑线，以至于各个国家可以齐头并进。更多的情况是，那些占据优势的利益主体时常把持有利位置，排挤和倾轧相对落后的弱者。全球化的意义上，国家与民族将作为利益主体产生强大的作用，文化交流也是如此。

全球化与现代性话语共同促成了世界范围内众多文化体系的相互交汇。各种跨国的文化盛会接踵而至。然而，人们可以迅速发现，各种文化体系的交流并不平衡。对于中国来说，好莱坞、可口可乐、西装、英语、基督教以及情人节或者圣诞节的输入远远超过了京剧、太极拳、儒家学说与茶文化的输出。即使在互联网这个虚拟空间，英语文化无疑拥有远为强大的势力。正如许多批评家犀利地指出的那样，各种程度的文化殖民观念隐藏在跨国的文化交流之中，西方中心主义时常成为一个挥之不去的幻影。许多时候，文化交流之间的竞争与经济利益紧密地捆绑在一起，例如电影工业。每一块银幕上的悲欢离合无疑是传统的"文化"内容，然而，电影公司、影院或者院线的业绩直接体现于票房和经济收入的账本之上。当文化与经济联袂出演的时候，竞争的激烈程度将会成倍地增加。

众多发展中国家的知识分子已经在各种场合表示出对于文化殖民观念和西方中心主义的反感。尽管如此，二者的清除远非易事。各种文化不平等夹杂于经济活动或者文化交流的游戏规则之中，甚至构成了现代性平台本身。退出各种经济文化的衔接系统，不再接受业已展开的各种现代运作方式，这多半意味着退出现代性平台。对于众多发展中国家来说，这是一个难以承受的代价。

那些发达国家的知识分子早已察觉这些反感以及种种批评。萨缪尔－亨廷顿的《文明的冲突与世界秩序的重建》可以视为一种特殊的回应。他的研究认为，未来世界的冲突将是源于西方文明、伊斯兰文明与儒家文明之间的根本分歧①。未来的世界必将是多种文化并存的世界。这些文化之间的关系如何？如果说，现代性话语带给人们的初步想象是，世界范围的文化交流意味着取长补短，构建一个彼此认同的文化图景，那么，亨廷顿转向了问题的另一面：彼此冲突。军事或者经济的争端之外，文化并非一个团圆与和睦的领域，而是另一种形式的斗争。作为一个强大的利益单位，文化竞争之中的民族和国家充当的是守护者乃至捍卫者的角色。所谓的"世界文化"或者"世界文学"仅仅是一个虚幻的称号，这种称号的实际内容往往被某些发达的民族国家所劫持，成为它们的代言者，推销它们的标准和型号。如果说，军事意义上的殖民与反殖民不得不诉诸飞机大炮，那么，文化意义上的殖民与反殖民往往在文化交流以及学术研究的形式之下展开。因此，没有哪一个民族国家会天真地放弃自己的文化传统，相反，未来的世界甚至不惜为此开战。不要幼稚地认为，只有经济利益或者军事要塞值得洒下热血，文化亦然。很大程度上，可以将亨廷顿的观点视为现代性话语的另一章。

将军事、经济、文化合并到同一个逻辑之上，将民族国家作为毋庸置疑的前提，所有的问题仿佛已经一清二楚。因此，许多批评家主张，尽快恢复中国古代文学理论的主导地位，将文学的阐释权从西方文学理论那里夺回来。民族文化的大旗必须插在文学理论的城堡之上，大声对"全盘西化"说"不"。当然，与二十世纪二十年代相似，各种"复古主义"的主张也不断地遭到各方面的冷嘲热讽，"闭目塞听"与"抱残守阙"多半是

---

① 参阅［美］萨缪尔－亨廷顿：《文明的冲突与世界秩序的重建》，周琪等译，新华出版社，2010年版。

这些嘲讽的主要内容。相当长的时间里，争论似乎一直在"复古主义"与"全盘西化"之间钟摆式地摇晃。如今回顾起来，大部分争论的理论水平乏善可陈，文化交流之中存在的某些相对复杂的情况一直未曾进入视野，得到深入的辨析。如果试图提高争论的思想质量，我们必须开放视野，正视文化交流之中各种复杂的情况，继而提出相应的理论判断。

三

二十世纪之初的五四新文化运动主将对于中国传统文化的决绝态度是一个无法回避的焦点。

五四新文化运动如同现代性话语的中国版标本。"德先生"、"赛先生"背后包含的启蒙、理性被视为现代社会的文化性格。然而，尽管科学精神与普遍主义之间存在密切联系，五四新文化运动主将激烈地反对中国传统和大胆引进西方文化并不能简单地解释为向文化殖民投降。各种史料证明，他们是一批富有责任心的知识分子，对于历史具有自己的判断。这些知识分子将古老中国的衰败很大程度地归咎于中国传统文化——尤其是儒家文化，因此，抨击传统文化成为他们的锋芒所向。另一方面，他们在相同的意义上引进西方文化。鲁迅自称是"盗火者"，他们力图以西方文化矫正中国传统文化的缺陷。我曾经多次指出这一批知识分子的复杂策略：他们试图以抛弃传统文化的方式认同民族国家，以援引西方文化资源的方式抵抗西方的文化殖民。我们很容易发现这种策略之中隐藏的悲愤和孤注一掷的情绪；在我看来，这种情绪背后的拳拳之心来自他们的历史责任感——这种责任感远远超出了许多"子曰诗云"的背诵者和几个热衷于为自己学科争取蝇头小利的教授。某些人试图将五四新文化运动的主将形容为西方文化殖民的帮手，这显然是一种理论误判——如果不是有意贬低的话。我曾经指出：

如何辨别鲁迅式的"盗火者"与"言必称希腊"的崇洋分子？尽管二者都对西方文化表示浓厚的兴趣，但是，"盗火者"的主题是探索民族的独特命运，力图"师夷长技以制夷"；相反，崇洋分子热衷于将民族历史纳入一个普遍的模式，使之成为西方文化逻辑的具体例证。在我看来，关注民族的现状与未来是众多以天下为己任的知识分子共有的特征。由于不同的历史情势、阶级地位与不同的知识结构，这些知识分子可能观念分歧，甚至针锋相对，但是，民族向何处去是他们始终放在心上的重大问题。作为儒家的先哲，孔子是一个入世的知识分子，他从未放弃自己栖身的那个时代；作为五四新文化运动的主将之一，鲁迅也是一个入世的知识分子，他的嬉笑怒骂是掷向黑暗现实的匕首与投枪。人们可以用两千多年的时间距离与历史演变解释鲁迅对于儒家思想的憎恶，但是，他们都是对于自己的历史时代做出清晰判断的人，而不是单纯的书斋式学者。相对于那些崇洋分子，民族本位是他们之间最为深刻的公约数，也将是弥合两种观念持久争论的基本前提。[①]

当然，迄今为止，我们必须充分地意识到历史背景的巨大转换。这一批知识分子的策略是否奏效？他们的历史判断是否已经过时？一个世纪之后，中国传统文化与西方文化之间的关系是否出现了另一种倾斜？如此等等。这是文学理论与民族性的争议面对的新问题、新局面和新条件。显而易见，五四新文化运动倡导的"德先生"与"赛先生"是我们民族崛起的重要原因。晚清之际的历史事实证明，如果亦步亦趋地延续封建帝国古老的文化逻辑，我们的民族无法阻止帝国主义列强的扩张野心。"物质力量只能用物质力量来摧毁"，我们的民族必须拥有生产各种"物质力量"的工业、社会机制以及相应的意识形态，这同时是进入现代社会的基本前提；然

---

① 南帆：《中国的文化活力》，《人民日报》，2016年10月13日。

而，现今的问题已经转移到另一个层面之上：在"物质力量"相对具备的情况之下，我们是否要重新思考古老的中国传统文化资源？这种思考至少包含了两方面的目的：首先，承传我们民族的文化基因，这种文化基因在世界文化谱系之中具有独一无二的意义；其次，现代性话语正在遭遇一系列问题和瓶颈，中国传统文化的某些理念有助于设计各种解决方案。

文学理论很大程度地控制了一个民族的审美和想象力，负责解释文学作品的各种意义。一个庞大的意识形态体系之中，各种微妙的、动人心魄的或者激情澎湃、热血贲张的审美愉悦可能带来什么？这也是文学理论不懈地关注的话题。相对于西方文学，抒情文学是中国传统文学的源头，因此，中国古代文学理论对于抒情主体以及主体与客观世界之间的情景关系做出了深刻而细腻的考察。"温柔敦厚"与抒情主体的节制或者"以禅喻诗"与抒情主体的顿悟等等都是古代批评家极具特色的美学命题。至于风骨、神韵、形与神或者虚与实均是西方文学理论未曾涉猎的美学范畴。保持以及阐发这种美学范畴是中国文学理论的重要职责，理解这些美学范畴对于体会中国古典文学至关重要；世界文学范围内，这些美学命题或者美学范畴隐含了特殊的价值。如果说，精神分析学之所以对文学批评产生了如此之大的影响，显然是因为"无意识"开拓的主体研究打开了巨大空间，那么，中国古代文学理论对于抒情主体的研究显示了另一种不同的方向。也许，这个方向展示的空间将在未来开启另一个研究空间。

我还想指出的是，文学理论与民族性问题的历史背景之中存在一个特殊的节点："民族"这个概念的浮现与"阶级"这个概念的退隐密切相关。从反对帝国主义列强的侵略到抗日战争，"民族"这个概念始终是凝聚人心和号召、动员的旗帜，"中华民族到了最危险的时候"，必须"万众一心冒着敌人的炮火前进"；然而，二十世纪初期，五四新文化运动的另一个理论后果开始显现：由于马克思主义学说的传播，"阶级"的观念进入中国，阶级斗争成为历史解释的一种最为重要的学说。抗日战争结束之后，民族矛盾退居次要，"阶级"的观念迅速上升为首要的标准，并且在数十年的时间里成为衡量一切问题的首要尺度。无产阶级必须战胜资产阶级赢得文化领导权，文学理论建设显然是这个战役的一个局部。中国现代文学理论发展之中的一个重要转折点即是，苏联文学理论的全面介入。二十世纪二十年代至七十年代，中国文学理论对于马克思主义批评学派的了解绝大部分是通过苏联的文学理论中转。1954年，苏联派遣毕达柯夫到北京大学举办"文学理论研究班"，社会主义现实主义文学理论得到了完整的传授，同时，来自英语世界或者来自德国、法国的文学理论体系作为资产阶级的学说遭到了拒绝和排除。这个研究班的学员日后多半成为中国文学理论的教学骨干。五十年代至七十年代，中国出版了许多文学理论教材。这些教材多以季摩菲耶夫——毕达柯夫的老师——的《文学原理》和毕达柯夫的《文艺学引论》为范本。事实上，中国现代文学理论之中，相当一部分"西方"的文学概念来自苏联，例如文学的阶级性、倾向性、党性、人民性、典型，等等，诸如现实主义、浪漫主义或者现代主义的涵义也在很大程度上接受了苏联理论家的解释。不论是政治制度、经济模式还是文化观念、审美想象，苏联的各个方面无不成为中国的范本。中国与苏联的关系破裂之前，阶级联盟拥有的意义远远超过了作为"想象的共同体"——本迪克特·安德森的著名表述——的民族。"全世界无产者联合起来"，这表现为跨民族的阶级联合。当时，苏联"老大哥"显然是作为阶级意义上的师长和战友获得了无可置疑的尊重，当然包括文学理论。我们心悦诚服地接受毕达柯夫的教诲，从未考虑用"民族"的名义阻挡那些陌生术语的全面覆盖。

四

如何评价阶级学说的引进是另一个事关重大的理论问题和历史问题。现今的事实是，阶级学说不再作为最高的纲领凌驾于一切工作之上。恰恰由于"阶级"这个概念的后撤,"民族"概念逐渐进入理论的聚光灯圈。当然,从阶级对立到民族差异,这是性质不同的文化竞争。事实上,后者所包含的内容似乎远比前者更为复杂。

这个意义上,我们必须进一步讨论阐释的有效性问题。

通常,文学理论乃是一套阐释文学的知识系统。文学理论利用一系列概念、范畴分析和概括文学,阐释文学的内涵和功能,从中发现和提炼出各种普适性的命题。因此,评价一种理论的成功与否,知识的有效程度构成了一个重要的标准。当"民族"成为文学与文学理论的定语时,知识的有效程度也不得不加入"民族"的内容作为定语:哪一个"民族"的文学理论?阐释哪一个"民族"的文学?有效程度如何?

抱怨中国文学理论"失语"的许多批评家往往忽略了这个问题。这些批评家的不满之处多半在于,众多理论命题或者概念术语的背后找不到中国的作者。然而,这种状况可能存在不同的原因:或者由于身为中国作者从而遭到了不公平的排挤或者压抑,或者由于中国作者的文学理论丧失了阐释的有效性。如今,至少在公开的学术舆论之中,没有哪一个民族的作者拥有天然的学术优势。一种成功的理论问世,理论的作者可能为自己的民族国家赢得荣誉;但是,这种程序无法颠倒——我们不可能仅仅因为作者的族裔而不假思索地接受他的理论。现代知识体系内部业已形成的共识是:无论生物学、物理学、化学还是史料的考订、水流量的测算、鳄鱼习性的描述,一种结论得到接受的理由是严格审定的学术价值,而不是作者的民族出身。换一句话说,在严格的学术标准面前,作者的出身只有微弱的参考价值。这就是说,本土的文学理论不能免除文学阐释是否有效的检验。

当然,这是一个头绪复杂的问题——上述的检验至少可以逻辑地区分为四个项目之间的交叉关系:本土的文学理论与西方的文学理论;本土的文学与西方的文学。我们常常忽略的另一个问题是,异域的理论可能阐释本土的现实——自然科学如此,社会政治如此,文学也是如此。生物学、物理学或者数学结论的有效性显然不受国界的限制。作为一种社会科学，马克思主义学说也突破了不同的文化圈和不同民族国家的隔阂。我们没有理由认为，来自美国作者的文学理论对于中国文学必定无效，或者中国的文学理论对于日本文学必定无效。必须看到，本土的文学理论与本土文学存在相同的根系，前者对于后者的描述和解读可能相对熨帖、准确；但是，所谓的阐释同时包含了某种评判。

评判所依据的价值标准并非本土文化的必然产物。这种标准毋宁说凝结了美学理想与文学现状之间的张力。没有任何张力的标准仅仅是一种自我循环式的重复。然而，我所说的美学理想拥有不同的来源——除了本土的现实和传统文化，人们还可以发现异域文化的作用。不同的历史条件下，异域文化可能某种程度地介入乃至参预本土的历史，提供各种参照系。这个意义上，异域文化某种程度地构成美学理想的组成部分并不奇怪。魏晋时期的佛学曾经介入中国文学，佛学之中的许多范畴深刻地影响了中国的古典诗学观念，例如"意境"；五四时期的西方文化大规模地介入中国文学，现代文学史上的鲁迅、郭沫若、茅盾、巴金、老舍、曹禺的美学理想之中无不存有西方文学的烙印。因此，我们可以说：

> 没有必然的理由断定，本土文学隐含的问题仅仅限于本土文学理论的阐释范围。二者不一定时刻重合；二者也可能相距甚远。另一方面，异域的理论漂洋过海植入本土，这种现象并不罕见。民族渊源与阐释效力不是两个严丝合缝的齿轮。的确，对于汪曾祺或者阿城说来，西方的文学理论并不够用；这两个作家追求的美学韵味显然是中国古代文学理论擅长表述的。然而，这不是文学的全部。对于王蒙、莫言、残雪、余华、苏童、刘索拉这些作家说来，革命、意识形态、意识流、现代主义、颓废这些西方概念的阐释效力肯定超过了中国古

代文学理论。①

许多文学理论家往往简单地强调，西方的文学理论与本土文学格格不入，理论阐释与研究对象之间的沟通必须由民族的血缘作为担保。然而，我想指出的是，这远非事实的全部。

五

也许，我们可以部分地认可上述事实：中国古代文学理论更为擅长阐释中国的古典诗文。然而，对于中国的现代和当代文学，道、气、境、兴象、气韵、滋味这些概念显然不够用。许多时候，典型、情节、结构、无意识、意识形态这些概念更能说明问题。五四新文化运动之后，一种新型的现代文学迅速成熟——中国的当代文学迄今仍然沿袭现代文学的基本框架。这是对于新型生活的文学回应。无论是大工业生产、发达的交通系统、大众传播媒介还是瞬息万变的城市生活、汹涌的流动人口、铺天盖地的符号信息，现代社会制造了前所未有的复杂经验。大型叙事文学的崛起显然与这种复杂的经验息息相关。梁启超的《论小说与群治之关系》虽然不无夸张之辞，但是，他对于小说的青睐具有历史的敏感性。中国古典诗文的审美通常停留于农耕时代的意象，抒情主体与这些意象之间的隐秘呼应构成了独特的情趣，引而不发的节制和妙悟天开的禅意表现出宁静之中的天人合一。中国古代文学理论的气、韵、境、味以及"脱以形似，握手已违"、"羚羊挂角，无迹可求"等均是这些情趣表现的精微描述。然而，面对现代社会的复杂经验，精致的古典诗文已经力不从心；叙事文学兴盛之后，"诗文评"为主要内容的中国古代文学理论只能做出相当有限的

---

① 南帆：《理论的历史命运》，《福建论坛》，2003年第5期。

反应。

无论是全球化还是现代性话语，二者无不表明了一个共有的特征：现代社会的复杂经验既具有纷杂的层面，同时又构成一个相互联系的整体。如前所述，科学精神正在成为愈来愈强大的观念，科学判断被视为生活之中的普遍准则。自然科学所研究的自然现象不依人的意志为转移，民族、阶级、国家所形成的意识形态无法干扰自然现象的形态、变化和运动。俄罗斯、美国、中国或者澳大利亚无疑拥有相同的水分子式，重力加速度可以在地球的每一个角落获得证实。这个意义上，正确的科学结论是跨民族的。科学精神是普遍主义的最大支持者。相对而言，现代性话语对于普遍准则的热衷具有强大的人为因素。这些普遍准则是降低经济活动成本的必要措施。这不仅形成了普遍主义的意识形态，而且，这些准则对于后进地区的格式化已经大面积涉及普通人的日常生活。我们可以从现代汉语之中找到许多证据，众多来自英语和日语的外来词汇证明了西方文化愈来愈明显的影响力。当科学精神和现代性话语本身业已构成中国现实的组成部分时，异域文化——当然主要是西方文化——对于中国本土的阐释得到了愈来愈多的成功验证。这种状况显然是历史情景的产物。然而，许多思想家往往倾向于抽掉历史情景的条件依据，借用科学精神和现代性话语论证形而上的普遍主义原则。当然，这个基础之上的普遍主义必定是以西方文化为中心。

文学、文学理论以及诸多人文学科对于隐藏于现代性话语内部的西方中心主义高度敏感。当经济学在利润的前提之下压抑了个性、自由、尊严之际，文学通常站在人文精神这一边，关注边缘、底层、小人物、非主流，关注各种形式的解放和冲击；当普遍主义逾越经济学领域扩展为西方式的普遍主义意识形态之后，文学时常对于现代性话语采取了不合作的态度。作为文学的阐释性呼应，文学理论始终对于同质文化的扩张和覆盖保持抵抗的姿态。很大程度上，后殖民批评即是文学理论做出的激进回应。

但是，文学理论从来不是以作者的民族出身作为批判的利器，重要的是阐释的有效程度。正如女权主义的批评观点可能出自男性批评家之手，西方中心主义的批判者乃至掘墓人也可能来自西方文化内部。后殖民等批评学派的出现表明，西方文化内部已经产生出某种文化抗体，这种文化抗体将与西方中心主义为敌。重要的是文学理论知识包含的批判指向，而不是作者的民族出身。这个意义上，我们没有理由简单地回绝一切来自西方的文学理论；另一方面，尽管中国古代文学理论可以视为本土文化的古老标本，但是，许多传统的理论范畴业已丧失与中国现代和当代文学对话的能力，也丧失了抗衡西方现代性话语的功能。如何摆脱文学理论的"失语"状态？这时，所谓恢复"国粹"往往只是一个象征性的姿态而缺乏真正的冲击力。

六

恢复"国粹"的主张多半隐含了一个前提：将中国的传统文化视为本土的标志。我曾经发现，许多人习惯于将中国本土与传统文化相提并论，同时，所谓的"现代"往往慷慨地判给了西方文化。这种习以为常的组合甚至充当了各种争论的潜在轴心。也许，这种习惯不无历史依据。最近几个世纪，一个不争的事实是：许多西方国家率先进入现代社会。然而，我们没有理由因此构思一个凝固的历史图景：中国必须心安理得地停留在现代社会之外，重复"君子固穷"或者"安贫乐道"之类言辞安慰自己。

这种观点时常将"本土"视为一个固定的、本质主义的概念，似乎本土仅仅是一个固结不变的形象，没有历史，没有未来，没有持续不断的演变。因此，如何想象本土固定的代表性标记常常是一个有趣的问题。炎黄子孙？龙的传人？儒家学说的信徒？汉唐气象？阴阳八卦、天人合一或者仁义礼智信？事实上，这个问题并没有一个标准的答案。许多人可能为是否"尊儒"或者秦始皇、汉武帝、唐太宗的历史功绩辩论不休，但是，将本土冻结于某一个古代文化的意象是共同遵循的思想方法。

将本土想象为固定不变的实体，也就是将本土排除在历史脉络之外，使之成为一个外在于世界的超然的孤岛。然而，这种一厢情愿的想象仅仅是一种幻觉。当今世界，已经没有哪一个角落可以逃脱现代经济、军事或者文化的网络覆盖。因此，我愿意遵从的是另一种考虑问题的方式：在众多相互交织的民族关系之中理解本土。本土始终存在于历史的运动之中，不存在一个抽象的、形而上的本土。事实上，我们只能谈论汉代的本土、唐宋时期的本土、晚清的本土或者现今的本土。它们不是完全相同的。毫无疑问，本土内部存在一脉相承的内容，我们常常称之为传统。但是，传统的涵义并不是一代又一代稳定不变的复制。传统只是人们出发的起点，而不是抵达的终点。每一代人都必须站在传统提供的起点之上重新创造，而不是躺在传统之上睡觉。毫无创意地重复传统本身就违背了传统生生不息的内涵。因此，传统并不能证明本土只能封锁在一成不变的模式之中。本土是一种持续的建构。本土显现的特征不是某种自我规定，这些特征取决于多民族之间的交往、竞争、对抗、吸引，历史网络之中多种力量的交织、互动塑造了本土——这些对话当然也塑造了其他民族。只有将本土置于真实的历史网络之中，我们才能真实地叙述何谓当前的本土，强调什么，坚持什么，同时反抗什么。所以，爱德华·萨义德——后殖民理论的鼻祖——在他那本影响广泛的《东方学》"后记"之中认为，民族文化并非一个"本质主义"的实体，而是"自我"与"他者"交互关系形成的建构：

> 每一文化的发展和维护都需要一种与其相异质并且与其相竞争的另一个自我的存在。自我身份的建构——因为在我看来，身份，不管东方的还是西方的，法国的还是英国的，不仅显然是独特的集体经验之汇集，最终都是一种建构——牵涉到与自己相反的"他者"身份的建构，而且总是牵涉到对与"我们"不同的特质的不断阐释和再阐

释。每一时代和社会都重新创造自己的"他者"。因此，自我身份或"他者"身份决非静止的东西，而在很大程度上是一种人为建构的历史、社会、学术和政治过程，就像是一场牵涉到各个社会的不同个体和机构的竞赛。①

显然，中国本土与西方文化的对话存在的前提是，抗拒同质化强势文化的吞噬。我们的民族并非为了不同而不同，亦非无条件地恢复儒家或者道家的名誉，或者加工出一副复古风格的奇异形象吸引人们的视线。按照萨义德的分析，提供各种肤浅的异国情调恰好满足了西方文化的猎奇和猜想。西方的文化殖民主义者热衷于想象，那些落后民族没有文明史，无法接受科学、技术、理性和逻辑。因此，西方的入侵意味的是文明的输入。这个意义上，那些不同民族古老理论之中古香古色的概念术语时常被作为西方文化的先进和现代意味的反衬。

因此，我想重提的一个原则是，本土与西方文化的竞争必须在现代性的平台之上展开。首先，我们的民族已经不可能退出全球化网络，解除与各个民族之间的竞争关系，自动地放弃现代社会，心甘情愿地退回远古的"桃花源"，深居简出，与世无争。"半部论语治天下"——对于"桃花源"式的传统农耕社会，古代思想家的观点似乎已经够用。然而，如果我们不愿意充当历史的局外人，不愿意西方文化垄断现代性话语，换言之，如果有信心发展独特的现代性主题，那么，我们就没有理由将现代性平台拱手相让。事实上，我们的目的是集聚起抗衡西方文化的强大能量，从而使本土成为世界文化之中一个不可忽略的存在。我们强调的是中国式的现代性，并且以这个主题与西方文化设定的现代性话语抗争，而不是摆脱现有的时间与空间坐标，将本土拖回历史的深处从而表示与西方文化的差距：这种怯弱的选择毋宁说间接地配合了西方文化的现代性前景设计。只有坚

---

① [美]爱德华·萨义德：《东方学》，王宇根译，生活·读书·新知三联书店，1999年版，第426页。

持进入现代性平台,西方中心主义的历史图景才可能遭受真正的有力挑战。

七

现在可以回到文学理论领域:我们没有理由将中国本土文学理论的民族性狭隘地收缩为中国的古代文学理论。相反,我们致力促成的恰恰是另一个事实:中国的本土能够与"现代"紧密而又合理地联系起来。这个意义上,中国古代文学理论的"现代转化"显出了特殊的吸引力。这是许多中国批评家共同倡导的命题。"现代转化"的说法表明,批评家已经意识到中国古代文学理论与现代社会的复杂经验之间存在距离;同时,某种理论的"转化"显然有助于克服这种距离,从而将中国古代文学理论的特定内涵引入现代性平台,使之获得与西方的现代性话语进行对话乃至竞争的可能。

我曾经指出,这种"现代转化"至少包括两个步骤:第一,解释和转译中国古代文学理论内部一系列概念、范畴、命题的基本涵义;第二,衡量和评判这些概念、范畴、命题对于现代历史语境具有何种意义。可以预料,中国古代文学理论的相当一部分内容仅仅是一种历史遗迹;因此,"现代转化"所要做的显然是,将那些仍然包含了强大冲击力的理论内容解放出来。

当然,即使对于所谓的"现代转化"抱有莫大的好感和期待,我们仍然不能将中国古代文学理论视为唯一的资源。构建中国本土的文学理论不仅要吸收中国古代批评家的真知灼见,同时要考虑到五四以来众多知识分子的思想探索。一个世纪左右的时间,他们已经同样成为中国传统文化的组成部分。时至如今,五四知识分子的许多具体文学见解已经不重要,重要的是他们的两种文化品格。首先,五四知识分子的现实敏感性是多数古代批评家所不可企及的。他们不仅深切地感受到底层大众的疾苦,而且敏锐地察觉历史深部的动荡不安,意识到巨大的革命风暴迫在眉睫。他们及时地站到了新生力量这一边,并且勇敢地为之摇旗呐喊。五四知识分子之中的许多人接受了马克思主义历史观念,这使他们拥有了古代批评家无法比拟的理论视野。其次,五四知识分子对于西方文化采取了一种必要的开放姿态。这种开放并非无条件的膜拜,而是鲁迅式的"拿来主义"和为我所用。他们之中没有多少人乐于炫耀博学,甚至无暇从事学术意义上严谨的"细嚼慢咽",相反,历史的急迫性驱使许多人匆匆地翻译、介绍和引用,乃至不惮于粗陋和疏漏。这种姿态再度显明,他们并非西方文化的信徒,而是将西方文化作为疗救弊病的另一个资源。

五四新文化运动是中国第一次大规模地引进西方文化,这个事实的历史后果迄今仍在延续。当然,各种极端的观点已经没有多少市场——例如,断言汉语是落后的文字,必须予以废除;或者,认定西方的"声光电化"乃"奇技淫巧",决不染指,如此等等。恰当的文化开放已经成为普遍的共识。然而,本土文化与外来文化——尤其是西方文化——之间的主从关系以及实际比例始终是一个争论不休的焦点。从"为我所用"到"崇洋媚外",二者之间的界限模糊不清。在我看来,没有必要对于西方文化的各种理论概念如临大敌,中国的文学理论应当拥有海纳百川的气度。一个思想的大国不至于那么轻易地被几个异域的概念攻陷。相反,不同理论体系的概念、命题时常提供了各种视角的补充。然而,引进各种西方的文学理论必须遵循一个重要的原则:这些理论的意义是再现和阐释"中国经验"及其意义,而不是将"中国经验"剪辑为迎合西方理论预设的例证。换言之,"中国经验"是一个不可代替的中心词,必须由这个中心词构成理论场域的制高点。相对于众多理论话语作者的民族身份,作为阐释对象的"中国"对象远为重要;论证的合理与否远为重要。我在《现代性、民族与文学理论》一文之中如此表述:

由于中国经验的坚固存在,西方文学理论仅仅是一种阐释而不能越俎代庖成为叙事的主宰者。"现实主义"或者"浪漫主义"这些强势概念曾经导致理论家削足就履地改写中国文学史。只有中国经验的独特结构才能抗拒西方文学理论的强制性复制,扰乱知识与权力的既定关系,打破普遍主义的幻觉。这常常使中国经验与西方文学理论的遭遇成为一种戏剧性的彼此改造。各种挪用、引申、误读或者曲解之下,西方文学理论出现了变种或者混杂,从而丧失原有的一致性和理论权威,出现所谓的"杂质化"。这时,中国经验可能在多种阐释体系的交织之中显现,并且与众多经典论述相距甚远——然而,这恰恰与本土血肉相连。[1]

或许,现在已经看得更为清楚:本土或者中国经验并非静止的,所有本质主义的固定解释都有可能丧失效力。各种现成的理论必须在持续的变化和挑战之中不断地自新。中国经验是一个真实的物理空间、文化空间和心理空间。从语言、宗教、风俗到伦理道德、饮食习惯、建筑风格以及特殊的审美观念,中国的传统文化始终活跃在这个空间。唐诗、宋词或者《三国演义》、《红楼梦》从来就没有离开我们的生活;文以载道、不平则鸣、传神写意、为情造文这些命题也从来就没有离开中国的文学理论。尽管如此,我所要强调的仍然是中国经验的创新之处。二十世纪八十年代迄今,中国的社会历史正在发生极为深刻的转型,持续的震荡波及社会的每一个角落。许多未曾命名的社会现象、生活方式、精神意识纷纷涌现,以至于各种现成的经济学或者社会学理论逐渐失效。作为社会文化最为灵敏的雷达,文学截获了这些内容,并且尽量给予完整的表现。某种程度上,这是文学参预历史转型的特殊方式。与此同时,从杂志、报纸、书籍到电影、电视、互联网,文学的传播工具也在发生革命性的改变。总之,各种

---

[1] 南帆:《现代性、民族与文学理论》,《后革命的转移》,北京大学出版社,2005年版,第149页。

未定因素正在向文学领域集聚。中国经验的文学显形隐含了各种生气勃勃的可能形式。这个意义上，文学理论必须做出积极的回应。这种回应的内部包含了如下两个方面的张力——开阔的理论视野与聚焦于"中国经验"的轴心。在我看来，这即是现今中国文学理论的民族性。